MARTIN MUCHA
Erbschleicher

ERBLEIDEN Arno Linder muss erfahren, dass die Forschungsanträge des Institutes für klassische Philologie abgelehnt wurden und er freigestellt wird. Der Arbeitslosigkeit entgeht er, indem ihm Herr Unrath einen Job als Privatsekretär des schwerreichen Sternwald vermittelt. Die Familie, die sich um das Sterbebett des todkranken Millionärs versammelt hat, steht dem neuen Sekretär kritisch gegenüber.

Als Arno die Probezeit hinter sich gebracht hat, wird er mit einem Auftrag bedacht. Er soll das Testament Sternwalds an dessen ehemaligen Geschäftspartner übergeben, denn der alte Mann misstraut den Absichten seiner Familie.

Es kommt, wie es kommen muss, und alles geht schief. Arno wird ausgeraubt und das wertvolle Dokument verschwindet. Da gleichzeitig Herr Sternwald stirbt, gerät Arno unter Generalverdacht. Einen letzten Trumpf hat er allerdings im Ärmel, er besitzt ein Dokument mit der Originalunterschrift Sternwalds. Was liegt also näher, als das unauffindbare Testament im eigenen Sinne zu fälschen?

Martin Michael Mucha, geboren 1976 in Graz, studierte in Wien Philosophie, Geschichte und Theologie und promovierte in Philosophie. Er arbeitet seit fast zehn Jahren im Bereich Drehbuch für Kino- und Fernsehfilme. Seiner ausgedehnten Reisetätigkeit, vor allem nach Asien und Afrika, entsprang bisher ein Bild-/Textband über Afghanistan und Tadschikistan. Martin Mucha lebt als verheirateter Familienvater in Wien.

Bisherige Veröffentlichungen im Gmeiner-Verlag:
Beziehungskiller (2012)
Seelenschacher (2011)
Papierkrieg (2010)

MARTIN MUCHA
Erbschleicher
Kriminalroman

GMEINER

Personen und Handlung sind frei erfunden. Ähnlichkeiten mit lebenden oder toten Personen sind rein zufällig und nicht beabsichtigt.

Die automatisierte Analyse des Werkes, um daraus Informationen insbesondere über Muster, Trends und Korrelationen gemäß § 44b UrhG (»Text und Data Mining«) zu gewinnen, ist untersagt.

Bei Fragen zur Produktsicherheit gemäß der Verordnung über die allgemeine Produktsicherheit (GPSR) wenden Sie sich bitte an den Verlag.

Immer informiert

Spannung pur – mit unserem Newsletter informieren wir Sie regelmäßig über Wissenswertes aus unserer Bücherwelt.

Gefällt mir!

Facebook: @Gmeiner.Verlag
Instagram: @gmeinerverlag
Twitter: @GmeinerVerlag

Besuchen Sie uns im Internet:
www.gmeiner-verlag.de

© 2014 – Gmeiner-Verlag GmbH
Im Ehnried 5, 88605 Meßkirch
Telefon 07575/2095-0
info@gmeiner-verlag.de
Alle Rechte vorbehalten

Lektorat: Claudia Senghaas, Kirchardt
Herstellung: Mirjam Hecht
Umschlaggestaltung: U.O.R.G. Lutz Eberle, Stuttgart
unter Verwendung eines Fotos von: © Blende-8 – Fotolia.com
Druck: Libri Plureos GmbH, Friedensallee 273,
22763 Hamburg
Printed in Germany
ISBN 978-3-8392-1530-2

»Weil das kein Tunnel ist, gibt's auch kein Licht am Ende.«
Oliver Schopf am 26.9.2012 in »Der Standard« zur politisch-moralischen Situation in Österreich.

»This is a true story, only the names have been changed, to protect the guilty.«
Bon Scott

1. KAPITEL

I

Der Winter in Wien hat was von der Redewendung ›wenn die Hölle zufriert‹. Kalte Nässe, die einem ins Mark dringt, kalte Windböen, die wie die Erinnyen kreischend sich durch Hemd und Mantel bohren, kalte Gesichter überall. Aber die Kälte ist nur der eine Teil des Verdrusses, den der Winter bringt. Der andere Teil ist die völlige Abwesenheit von Farben. Die Stadt ist so grau, dass sogar die Lichter der Verkehrsampeln farblos wirken. Kalt, freudlos, abweisend, so präsentiert sich die Stadt, wie die zugefrorene Hölle eben. Das Einzige, das in Wien noch beschissener ist als die Wiener, ist das Wetter.

Schlimm ist die Nässe, die durch die Sohlen der Schuhe dringt, die sich am Schal vorbei ins Unterhemd schleicht und die Finger in den Manteltaschen steif werden lässt. Schlimmer noch ist aber der Winterstaub, wenn es länger nicht geregnet hat. Dann ist die Stadt trocken wie die Takla Makan. Das Atmen wird mühsam, der Staub des von den Autoreifen zerriebenen Streuguts liegt auf allen Oberflächen, und der unbarmherzige Wind treibt die Partikel vor sich her. An den Duft von Blumen kann sich dann niemand mehr erinnern, alles schmeckt nur noch nach zermahlenem Granit.

Nach endlosen Monaten voller Hoffnungslosigkeit und rinnender Nasen wirft man dann einmal einen Blick in den Kalender und stellt fest, dass es erst Anfang Jänner ist. Gefühlte zwölf Monate vor Frühlingsbeginn. An manchen dieser Tage scheint es, als wäre der Frühling gestorben und käme nie wieder. Frühling und Sommer nehmen in diesen

Zeiten für den gelernten Österreicher einen Klang an wie Verwaltungsreform oder WM Qualifikation. Es wird ständig davon geredet, aber jeder weiß, dass es nie eintreten wird. Der letzte Konvent zur Verwaltungsreform wurde aufgelöst, als nach zwei Jahren intensiver Tagungstätigkeit als einziges Ergebnis eine Erhöhung der Politikergehälter zu Buche stand. Und in der letzten Qualifikation hat uns sogar Kasachstan verprügelt. Wie es mit dem Frühling steht, wagt man dann nicht einmal mehr zu fragen.

In solchen Zeiten treten dafür aber andere Dinge ein. Man steigt in die einzige Lacke zwischen Landesgericht und Stephansdom, wenn man das Institut verlässt. Man verpasst die Ring-Bim auf dem Weg zur Staatsoper und kommt zu spät zu seinem Rendezvous. Man wird angezischt.

»Arno, kannst du nicht einmal pünktlich sein?« Man entschuldigt sich, hilft Laura aus dem Mantel und hält dem Kontrolleur die Karten hin. Man versucht, sich auf die Oper zu freuen, aber es gelingt nicht. Weil man 40 Minuten zuvor in der Institutskonferenz erfahren hat, dass der Vertrag nicht verlängert wird. Man ist arbeitslos.

Dieses neutrale *man*, das mit nassen Füßen friert, bin ich, Arno Linder. 33 Jahre alt, promovierter Philologe und diplomierter Negerant sub auspiciis. Nachdem ich mich jahrelang von einem Vertrag zum nächsten gehangelt hatte, mit mehr Glück als Verstand, war jetzt die Katastrophe über mich hereingebrochen. Dem Institut für Klassische Philologie an der Uni Wien waren die Mittel gekürzt worden, zwei Forschungsstipendien waren nicht bewilligt worden, und so musste unnötiger Ballast abgeworfen werden. Manpower freisetzen, sagt man dazu. Tut verdammt weh. Wie sang Sixt Rodriguez so schön:

»Cause I lost my job two weeks before Christmas
And I talked to Jesus at the sewer
And the Pope said it was none of his God-damned business
While the rain drank champagne.«

Im Orchestergraben wurden derweil die Instrumente gestimmt. Ansonsten ein Moment höchsten Genusses, voller Vorfreude auf das Kommende, wenn die Erregung der Musiker und des Publikums spürbar wird, sodass es scheint, als würde sich der Vorhang von selbst bewegen. Heute nahm ich es nicht einmal wahr. Genauso wenig wie Lauras warmen Schenkel an meinem. Ich hörte nicht, wie die Streicher das a suchten, noch einen schnellen Lauf probierten und das ältere Ehepaar hinter mit tuschelte.

Ich hörte nur meine Chefin, Frau Glanicic-Werffel sagen: »Mit Anfang Februar sind Sie arbeitslos, Linder. Es tut mir wirklich leid, aber anders geht's nicht.«

»Beide Forschungsanträge sind durchgefallen?«

»Beide.«

»Gibt's gar keine Chance mehr?«

»Sicher doch. Sie müssen einfach Drittmittel in der Höhe von mindestens 50.000 Euro bringen. Wenn wir die Kommission von der wirtschaftlichen Relevanz unseres Instituts überzeugen können, bewilligen die sicher auch wieder Anträge.« An dieser Stelle hatte ich bitter gelacht. Welches Unternehmen sponsort Philologen, die sich mit einer seit gut 2000 Jahren untergegangenen Sprache beschäftigen. Den Eskimos Kühlschränke verkaufen ist dagegen ein Kinderspiel bei dem Klimawandel.

»Seien Sie nicht so negativ, Linder. Die Tibetologen haben's auch geschafft.«

»Was haben die geschafft?«

»Drittmittel heranzukarren. Die schwimmen im Geld.«

»Wer sponsort die Forschungen der Tibetologie? Sanskrit ist noch länger ausgestorben als Griechisch.«

»Schon, aber die haben Geld. Leider halten sie sich ziemlich bedeckt und wollen ihre Quellen nicht verraten.«

»Wer kann's ihnen verdenken.« Ich ließ den Kopf hängen, meine Chefin drehte den Dolch auch noch um:

»Nach der letzten Prüfung räumen Sie das Büro. Kopf hoch Linder, Sie werden schon was finden.«

Da war ich mir nicht so sicher. Vor sieben Jahren, als ich mit dem Studium fertig geworden war, hätte ich vielleicht noch irgendwo unterkriechen können. Aber Mitte 30, mit sieben Jahren Lücke im Lebenslauf, denn Lektor klingt zwar gut, überzeugt aber überhaupt keinen Personalchef, würde das sehr schwer werden. Ich sah mich schon wieder zu irgendwelchen Studentenjobs zurückkehren. Croupier war ich gewesen, in einem illegalen Casino. Doch die illegalen Casinos waren genauso auf der Strecke geblieben wie die klassische Bildung. Einen positiven Aspekt hatte die Situation jedoch. Ich wusste nun genau, wie sich die Dinosaurier gefühlt hatten, als sie merkten, dass sie unweigerlich aussterben würden.

»Arno! Hallo, irgendwer zu Hause?« Laura hatte sich zu mir herüber gebeugt und flüsterte mir ins Ohr.

»Es ist Pause. Ich will ein Glas Sekt und Unterhaltung.« Lauras mitternachtsblaue Augen funkelten, und in ihrer Stimme hörte ich ein kleines Mädchen über eine sommerliche Blumenwiese tollen.

»Gefällt's dir?«

»Wunderbar.« Ich stand auf, bot Laura meinen Arm und wir gingen hinaus in den Gang. Dort wo ein Piccolo

Sekt zum Preis einer Eigentumswohnung mit Dachterrasse und Blick auf den Stephansdom verkauft wird. Von der Eigentumswohnung hat man zwar länger was, aber dafür moussiert der Sekt.

»Ich hätte mir nie gedacht, dass es mir so gut gefällt«, meinte Laura. Im Allgemeinen steht sie nicht so auf Musik, und klassische Orchester sind schon gar nicht ihr Ding.

»Oper ist eben mehr als nur Musik, das ist Kunst für den ganzen Menschen. Kostüme, Inszenierung, Drama, Emotionen. Das Einzige, was dem nahekommt, ist ein richtiges Fußballmatch. Der Oper fehlen nur die Schlachtgesänge der Fans, die Stimmung auf der Tribüne ist immer ein wenig reserviert.«

Laura lachte.

»Arno, ich trau's dir sogar zu, dass du mich mal in ein Stadion schmuggelst. So ein richtiger VIP Bereich hätte mal was.«

»Blödsinn. Wenn wir ins Stadion gehen, dann nur in die Kurve.«

»Kurve?«

»Dort wo die echten Fans stehen, hinter dem Tor. Solange du das nicht erlebt hast, fehlt dir was!«

»Arno, die Leute schauen schon«, flüsterte Laura zwischen den Zähnen. Ich blickte mich um. Von überallher wurden wir beäugt, Fußball in der Staatsoper, das war zu viel für die Spießer.

Kurz darauf klingelte es zum zweiten Mal, und wir machten uns auf den Weg zurück zu unseren Plätzen.

Was an jenem Abend in der Staatsoper gegeben wurde, bleibt mir bis heute schleierhaft. Wenn sich die Leute über Meischberger, Hochegger und Mensdorff-Pouilly mokieren, die keine Wahrnehmung dazu haben, wie sie im Zuge verschiedenster Tätigkeiten zu Millionenbeträgen gekommen sind, so kann ich die armen Unschuldslämmer verstehen. Ich habe nicht die geringste Erinnerung daran, was an jenem Abend in der Oper auf dem Programm stand. Natürlich könnte ich im Spielplan nachlesen und mir in journalistischer Manier irgendwas aus den Fingern saugen, aber das wäre unehrlich. Nicht, dass ich Hemmungen hätte, zu lügen, ich flunkere gerne, aber nicht im Zusammenhang mit Musik oder Tee.

Ich saß also in meinem Sitz und grübelte darüber nach, wie die Tibetologen an Drittmittel gekommen sein mochten. Tibet war mir eigentlich immer sympathisch gewesen, aber damit war es jetzt vorbei. Wenn es mir nicht gelang, Geld aufzutreiben, würde ich nicht nur meinen Job an der Uni los sein, sondern vermutlich auch meine Freundin. Laura hat jede Menge Stärken, aber die Geduld, einen Privatgelehrten durchzufüttern, gehörte sicher nicht dazu. Eine Zukunft, in der ich die stillen Stunden in staubigen Lesesälen mit schweißtreibenden Hilfsarbeitertätigkeiten vertauschen musste, die Freude an homerischer Sprache gegen schwielige Hände und zermatschte Bandscheiben, das Drama der Antigone mit der Langeweile monotoner Arbeit an irgendeiner Maschine, eine solche Zukunft wollte ich nicht erleben.

In Gedanken ging ich alle Möglichkeiten durch, schnell reich zu werden, die mir je untergekommen waren. Da die Banken momentan selbst kein Geld haben, fiel diese Alternative aus. Um in der Münze Österreich ein paar Hundert Kilo Gold zu klauen, brauchte es Vorarbeit. So an die zehn bis 15 Jahre. Bis dahin wäre Laura sicher schon verheiratet und hätte Kinder. Um mir im Umfeld staatlicher Betriebe einen Platz an den Futtertrögen zu erstreiten, bin ich entschieden zu intelligent. Hut ab, aber nicht jedem ist es gegeben, ein Gorbach zu sein. Drogen und Frauenhandel schieden aus, da zum einen schon genügend Leute in diesen Sparten tätig sind, zum anderen aber auch ein moralisches Problem vorliegt. Laura mag so was nicht.

Ich saß also unempfindlich wie ein Stein in der Oper, während mich die Musik des Staatsopernorchesters umspülte. Kein Ton drang an mein Herz. Auch eine Art des Leidens, die Gefühllosigkeit.

Jedenfalls wurde ich irgendwann aus meinen trübsinnigen Träumereien gerissen, die sich um alleinstehende alte Damen, leichtgläubige Hausfrauen und gierige Kleinbürger drehten, als ich geküsst wurde. Ein Hauch von Zitrus, eine Idee Moschus und kalt-heiße Lippen zeigten mir recht eindrücklich, worauf ich mich zu konzentrieren hatte. Kaum hatte der Kuss begonnen, war er auch schon wieder vorbei. Laura stand auf und applaudierte. Wie so ziemlich alle anderen auch. Ich tat es ihnen gleich. Während der Encores meinte Laura: »Was für ein Abend, Arno, wir müssen das unbedingt wiederholen!« Sie war so begeistert, dass sie meine geistige Abwesenheit überhaupt nicht mitbekommen hatte.

»Wir können so oft kommen, wie du willst«, meinte ich. Wobei mir völlig klar war, dass ich mir das nicht leisten würde können. Wenn ich allein in die Oper gehe, dann sitze ich ganz hinten oben, wo man fast nichts mehr sieht. Das kostet dann zwischen zehn und 15 Euro. Für Laura hatte ich gute Karten gekauft, dagegen war das Piccolo Sekt eine Okkasion gewesen.

Ich bot Laura wieder meinen Arm, und wir zwängten uns durch die Menge. Aus dem Augenwinkel konnte ich bemerken, wie Laura die Toiletten der Damen taxierte, um

für das nächste Mal genauer Bescheid zu wissen, was sie tragen sollte. Ich holte ihren Mantel, half ihr hinein, und wir traten hinaus in die kalte, klare Nacht.
»Taxi, Bim oder zu Fuß?«, fragte sie.
»Zu Fuß? Willst du erfrieren?«, entgegnete ich entsetzt. Von der Oper bis in die Kupkagasse am Hamerlingpark, wo Laura wohnt, ist es eine gute halbe Stunde zu Fuß.
»Erfrieren nicht, aber ein wenig bibbern wäre nicht schlecht.«
Da mir nichts einfiel, schaute ich einfach mal blöd drein.
»Arno, heute bist du nicht auf der Höhe.«
»Ja?«
»Irgendwas ist los mit dir. Zuerst ignorierst du mein Dekolleté, dann legst du mir nicht bei jeder passenden und unpassenden Gelegenheit die Hand auf den Hintern, was ich übrigens sehr vermisse, und jetzt stoße ich dich mit der Nase darauf, dass ich nichts dagegen hätte, ein wenig zu frieren, was nahelegt, dass ich gerne aufgewärmt werden würde, und du schaust drein wie der Faymann, als ihm klar geworden ist, dass man als Bundeskanzler auch mal eine Entscheidung treffen muss.«
Wahrhaftig, ich hatte noch gar nicht wahrgenommen, dass Laura in einem entzückenden schwarzen Kleid steckte, das ich jetzt nicht sehen konnte, weil der Mantel im Weg war. Aber ich erinnerte mich verschwommen an Bilder von weißer Haut, schwarzem Stoff und verführerischen Kurven. Irgendwoher schimmerten auch noch ein paar Perlen, aber ob in Form von Ohrringen oder einer Kette konnte ich beim besten Willen nicht sagen.
»Außerdem, auch wenn ich es kaum glauben kann, würde ich schwören, dass du von der Aufführung nichts mitbekommen hast. Ich glaube fast, wir könnten einen

Tee trinken und du wüsstest nicht, ob es sich um Blätter oder Beutel handelte.«

»Wie kommst du darauf?«

»Du hast kein einziges Mal versucht, mir etwas zu erklären.« Unterdessen waren wir den Ring hinauf gegangen, näherten uns der Hofburg, und der alte Goethe saß bibbernd in der Dunkelheit auf seinem Denkmal. Etwa fünf Meter von uns.

Da kamen ein paar Typen mit einer Tibetfahne, Spendenboxen und lautem Gebrüll auf uns zu. »Freiheit für Tibet!«, war einer ihrer Slogans. Ich schaute sie bitterböse an. Sie missverstanden den Blick als Einladung. Einer hielt mir die Spendenbox unter die Nase. Das war zu viel.

Ich brüllte das arme Kerlchen aus voller Lunge an: »Reiß o, du Weh! Oder i brich da s'G'sicht!« Es musste relativ überzeugend geklungen haben, denn sogar Laura zuckte zusammen. Dem Kleinen fiel die Spendenbox aufs Trottoir, und die Gruppe gab Fersengeld.

Ich hob die Box auf und schüttelte sie.

»Darf ich die Lady auf einen heißen Drink einladen?«

»Arno, das ist Diebstahl!«

»Nein, ausgleichende Gerechtigkeit.«

»Wenn du die Box nicht zurückgibst, dann ...«

»Dann?«

»Dann darfst du mich nicht aufwärmen.«

»Hm.« Ich hatte nur mit einem Ohr zugehört, denn die Erinnerung an Lauras Kleidung hatte meine Neugier angestachelt. Ich nahm sie in die Arme, sodass ihr dicker, grauer Wollpelz uns beide umschloss. Unter dem Mantel war es warm und kuschelig. Über uns raschelte der Wind in den toten Ästen der Bäume der Ringallee. Unter dem Kleid war es heiß. Ich ließ die Box fallen, Geld ist schließlich nur Geld, und es gibt Augenblicke im Leben, da braucht man zwei Hände.

»Arno, wir sind mitten auf der Straße!«, hauche Laura, nachdem sich unsere Lippen wieder voneinander getrennt hatten. Ich brauchte immer noch zwei Hände.

»Taxi?«

»Taxi!«

II

Zwei Wochen später, es war immer noch kalt und nass, ging ich eine Auffahrt in Grinzing hinauf. Die Wolken hingen tief über dem Wienerwald und versprachen eiskalten Regen in winzigen, nadelstichartigen Tropfen. Ich trug einen dunkelgrauen Anzug, eine blaue Krawatte, die guten Schuhe und blaue Socken. Ich war sauber, nüchtern, rasiert, und es war mir egal, wer das wusste. Ich hatte eine Verabredung mit 40 Millionen Euro.

Weißer Kies knirschte unter meinen Sohlen, als ich auf die Hintertür zu schritt und klingelte. Leute mit einem Bankkonto unter sechs Stellen im Plus hindert ein Fluch am Finden der Vordertür. Für den Fall aber, dass sie den Fluch brechen sollten, werden sie von den dort wachehaltenden Luxuskarossen gefressen. Davon kommt es auch, dass die Maybachs, Rolls und Bentleys immer so glänzen, auch wenn keine Sonne scheint. Das sind die menschlichen Proteine.

Die Tür wurde geöffnet, und ein missbilligendes Windhundgesicht erschien. Es war schwer auszumachen, was ihn mehr anwiderte, meine Wenigkeit oder das schlechte Wetter.

»Sie wünschen?«

»Linder, ich habe einen Termin.«

»Ahhh. Folgen Sie mir.«

Ich betrat das Haus.

»Aber berühren Sie nichts.« Ein Finger in weißem Zwirnhandschuh erschien über der breiten Schulter.

»Werd mich hüten.«

Der Mann wandte sich um und legte einen weißen Zeigefinger an den Mund. Ich nickte. Er ging weiter. Er trug ein blaues Hemd mit weißem Kragen, eine eng anliegende schwarze Hose und italienische Schuhe. Ich hatte zwar das Etikett nicht gesehen, aber wenn ein Mann geht wie ein Gott, dann kommen die Schuhe aus Italien.

Durch eine Küche, einen Gang entlang, dann in eine Art Halle und von dort eine Treppe hinauf. Noch mal um ein paar Ecken, und schließlich klopfte der Mann an eine dicke eichengetäfelte Tür. Er wartete auf ein Zeichen, das ich nicht wahrnahm, und trat ein. Ich wartete draußen. Der Gang war großzügig, aber dunkel. Wahrscheinlich gab es irgendwo Fenster, die jedoch verhängt waren. Ein paar Meter entfernt stand ein Globus im Dunkel an der Wand. Weiter konnte ich nicht sehen. Es roch nach Holzpolitur und abgestandener Luft.

Mehr gab es nicht herauszufinden und mir wurde langweilig, als sich die Tür öffnete und mir Einlass gewährt wurde. Im Zimmer herrschte dieselbe dumpfe, stille Atmosphäre, und das Licht war genauso schwach wie auf dem Gang, denn auch hier gab es Fenster, die aber kein Licht einließen.

Das Zimmer war groß, man hätte auch von einem Gemach

sprechen können. Bücherregale an der Wand, ein paar Bilder, Kleiderschränke und ein Bett. In dem jemand lag.

»Linder?«

»Ja.«

»Was trinken Sie?«

»Was ist denn angebracht?«

Ein leises hüstelndes Lachen erklang vom Bett her, durch hohe Kissen gedämpft.

»Von mir aus können Sie auch Laudanum mit Absinth auf eine Halbe gespritzt trinken, ich bin kein Gesundheitsapostel.« Wieder das hüstelnde Lachen.

»Einen Tee«, antwortete ich trocken.

»Assam, Darjeeling, Oloong, Grün oder Früchte?«, fragte der Mann mit den weißen Handschuhen. Das Wort ›Früchte‹ sprach er aus, als ob es Lepra hätte.

»Grün bitte, wenn Sie haben, was Japanisches.«

»Lung Ching oder Gyokuro?«, fragte er mich ungerührt.

»Das sind zwar beide Drachenbrunnentees, aber nur der Gyokuro kommt aus Japan.« Die stahlgrauen Augen blitzten kurz anerkennend auf. Dann hatte er sich wieder im Griff.

»Sehr gerne«, meinte er und schloss die Türe hinter sich.

»Nehmen Sie sich einen Stuhl und rücken Sie ihn ans Bett heran.« Ich tat, wie mir geheißen.

Nun konnte ich Herrn Sternwald ins Gesicht sehen. Zermergelt und ausgelutscht sah es aus. Die dunklen Augen brannten aber noch hellwach im grauen Fleisch, und seine Zunge fuhr alle Augenblicke über seine dünnen violetten Lippen, als wolle er meine Aura schmecken. Auf seinem Kopf saß eine dicke Mütze, und an der Wand hinter ihm hing ein Beutel, von dem eine Kanüle zu seinem rechten Arm führte. Er bemerkte meinen Blick.

»Traurige Art, zu essen, nicht wahr? Aber ohne Eingeweide, was will man machen.«

Ich nickte.

»Sie müssen keine Zurückhaltung zeigen. Ich weiß selbst, wie beschissen meine Existenz ist. Trotzdem bin ich nicht gewillt, abzutreten, bevor es nicht unbedingt sein muss. Das schrecklichste Leben ist besser als der beste Tod. Lassen Sie sich das gesagt sein.«

Sternwalds Ton war trocken, spröde, seine Artikulation undeutlich, was wahrscheinlich von Medikamenten herrührte, aber vielleicht auch der Schwäche geschuldet war. Jedenfalls war er einer der ganz wenigen Menschen, deren Sprache mir nicht sofort verriet, woher sie kamen, sowohl geografisch als auch sozial. Es war für mich ein wenig so, als ob ich mir ein Eck eines Zahns abgebrochen hätte und nun immer wieder mit der Zunge über die Stelle fahren müsste. Es ließ mich nicht los. Aber ich hatte keine Chance. Er blieb ein Rätsel für mich. Alles was ich wusste war, dass er zu den Typen gehörte, die von den Frauen geliebt, von den Männern beneidet, nie verurteilt werden und schlußendlich in einem Ehrengrab der Gruppe 12 am Zentralfriedhof ihre letzte Ruhe finden.

Es klopfte, und herein kam mein Tee. Ich schenkte mir ein, aber er war noch nicht soweit, also goss ich den Inhalt der Schale zurück und beschloss, noch zwei Minuten zu warten.

»Rauchen Sie?«

»Nein.«

»Schade. Das ist ein entschiedener Minuspunkt für Sie. Ich habe den Tabak mein Leben lang geliebt. Aber jetzt geht's nicht mehr. Es schmeckt mir einfach nicht mehr.« Er schüttelte traurig seinen Kopf. »Ich hatte gehofft, dass Sie rauchen.«

»Wenn Sie wollen, kann ich ja anfangen.«
»Sie sind bereit, so weit zu gehen, nur für einen Job?«
»Ja.«
»Gut. Allerdings sollten Sie das Ihren Arbeitgeber niemals wissen lassen.«
»Normalerweise würde ich das auch nicht, aber hier liegen spezielle Gründe vor.«
»Ah so? Welche denn?«
»Dieses Arbeitsverhältnis scheint mir kein Ding für die Ewigkeit zu sein.«

Ganz kurz war ich mir nicht sicher, ob er das akzeptieren würde. Aber er lachte. Wenn in seinem Körper nur noch eine Unze Lebenssaft gewesen wäre, dann hätte er Tränen gelacht, so aber blieb er trocken.

»Sie gefallen mir«, meinte er schließlich. »Da drüben, in der Kommode finden Sie Tabak in einem Lederbeutel und dazu Papiere, Feuerzeug ist auch eins da. Sie können doch drehen?«

Ich nickte und machte mich auf, das Zeug zu holen.

»Die Filterzigaretten aus den Päckchen habe ich immer gehasst«, meinte er. »Da kann man gleich Stroh rauchen. Für morgen werde ich ein paar gute Zigarren besorgen!«

Ich hatte das Zeug geholt, setzte mich wieder zu ihm, probierte den Tee und drehte eine Zigarette. Derweilen erzählte er mir sein Leben.

Normalerweise verrät mir die Sprache eines Menschen so viel über ihn, sodass ich zumeist schon dadurch genug Hinweise in der Hand habe, um abschätzen zu können wie viel Wahrheit in einer solchen Erzählung steckt. Hier war es anderes. Die Tatsache, dass Sternwald noch dazu komplett reglos in einem Bett lag, von einer dicken Daunendecke umhüllt und von enormen Polstern verdeckt war, kam erschwerend hinzu. Ohne Gestik und Mimik blieb mir nichts übrig, als alles für bare Münze zu nehmen.

So hörte ich die Lebensgeschichte eines hungrigen jungen Mannes, der ein kleines Dorf verließ, um Geld zu machen, Frauen zu erobern und über andere zu triumphieren. Von ein paar Geschäftspartnern wurde erzählt, an die er sich zuerst als Junior-Partner gehängt hatte, dann dominiert und schlussendlich abgeschossen hatte. Ein paar Details merkte ich mir, denn die vorkommenden Namen waren durchaus prominent. Ich hörte von zwei Ehen samt Sprösslingen und einer unehelichen Tochter. Seine beiden Ehefrauen hatte er überlebt, und ich konnte mich des Eindrucks nicht erwehren, dass er einmal durchaus nachgeholfen haben könnte. Aber das ist pure Spekulation.

Als sich der Tee in der hauchdünnen Porzellankanne verflüchtigt hatte und die dritte Zigarette geraucht war, verlor seine Stimme allmählich an Ton, und die Erzählung geriet ins Stocken. Ich dämpfte aus und wartete ein bisschen. Nur sein regelmäßiger Atem war zu hören. Ich räusperte mich.

»Ja ja, für heute ist fertig, morgen um dieselbe Zeit. Etwas noch. Hier sind zwei Umschläge, der eine ist für Sie, der andere enthält einen Brief für meinen älteren Sohn. Adresse steht drauf. Bringen Sie ihn verlässlich noch heute vorbei. Ich bin zufrieden mit Ihnen. Thubois bringt Sie raus.« Er drückte einen Knopf, den ich nicht sehen konnte, und winkte mich hinweg. Keine 20 Sekunden später öffnete sich die Tür und Thubois begleitete mich durch den Gang.

»Es will Sie noch jemand sprechen«, bemerkte er trocken und führte mich in ein Zimmer. Kaum war ich eingetreten, hatte er auch schon die Tür hinter mir geschlossen.

Ich befand mich in einem weiten Zimmer, das trotz der trüben, winterlichen Lichtverhältnisse erstaunlich hell wirkte. Parkett, Teppiche, ein Sekretär, Bilder, alles war hell und heiter, wenn auch schon ein wenig angejahrt. Auf einer Couch saß eine Dame, und vor einem der Bilder ging ein Mann im dunklen Anzug auf und ab. Als beide gewahr wurden, dass ich eingetreten war, ignorierte mich die Dame völlig, aber der Mann stürzte auf mich zu.

»Wer sind Sie und was wollen Sie von meinem Vater?«, brüllte er mir entgegen. Das musste Werner, sein jüngerer Sohn sein. Sternwald hatte erzählt, dass er früher bei der Bawag beschäftigt gewesen war, jetzt bewohnte er hauptsächlich eine Dachgeschosswohnung im ersten Bezirk, da er nicht-geschäftsführender Stadtrat war. Jeder Stadtrat hat eine Agenda, Wohnbau oder Kunstförderung oder dergleichen. Es gibt aber auch welche, die haben keine Agenda, also nichts zu tun. Muss man sich mal vorstellen, so was gibt's in Wien. Jobs, die im Nichtstun bestehen. Tu felix Austria.

Außerdem war er verheiratet, seine Frau wurde manchmal in den Klatschspalten des Boulevards erwähnt. Allerdings nie mit vollem Namen, sondern nur mit Akronym: *SP*. Das *P* bedeutete irgendeinen französisch klingenden Familiennamen, den sie nach der Heirat behalten hatte. Perrin, oder so. Dunkle Augenbrauen, graues Haar und eine glatte Stimme machten ihn mir vollends unsympathisch.

»Linder ist mein Name, Arno Linder.«

»Was wollen Sie von meinem Vater, frage ich Sie!« Werners glatte, nasale Stimme war irgendwie unangenehm. Er trug eine rote Nelke im Knopfloch. Irgendwie wirkte die unecht.

»Wenn er Ihnen das nicht selbst erzählt, sehe ich keinen Grund, warum ich es tun sollte.«

Werner war ein feiner Mann und lief ob dieser Insolenz rot an.

»Was erlauben Sie sich!«

»Loyalität!«, bemerkte ich spitz.

»Zuerst schleichen Sie sich ein wie ein Dieb, missbrauchen die Schwäche eines alten Mannes, um daraus Kapital zu schlagen und dann, dann besitzen Sie auch noch die Frechheit, mich unter meinem eigenen Dach zu beleidigen!«

»Soweit ich weiß, ist es das Dach Ihres Vaters, solange er noch lebt«, legte ich nach.

Er kam auf mich zu und tippte mir mit dem Zeigefinger auf die Hemdbrust. Ich fand das putzig und ließ ihn gewähren.

»Ich werde zu verhindern wissen, dass Sie sich einschleichen um erb... zu ... schlei... schleichzuer... um sich in das Erbe einzuschleichen!«

»Da haben Sie vollkommen recht.«

»Sicherlich habe ich das. Ich habe immer recht!«, posaunte er. Dann hielt er kurz inne und wurde misstrauisch.

»Wie meinen Sie das jetzt?«

»Dass ich mich schleichen werde, und zwar jetzt. Mir gefällt die Unterhaltung nicht.«

»Ich kann mir gut vorstellen, dass Ihnen das nicht gefällt. Seit 20 Jahren bewache ich das Erbe meines Vaters, und jetzt auf der Zielgeraden, da lasse ich mir nicht von einem dahergelaufenen ...« Mehr hörte ich nicht, denn ich hatte die Tür hinter mir geschlossen. Werner Sternwald wurde angenehm leiser, seine Frau hatte die ganze Zeit geschwiegen.

Thubois stand vor der Tür, hatte offensichtlich alles gehört und seine Augen lächelten, das Gesicht blieb maskenstarr.

»Sie wünschen zu gehen?«

»Genau. Morgen bin ich wieder da, zur selben Zeit.

»Gut.« Er schritt mir voraus. An der Hintertür angekommen öffnete er mir und ließ mich hinaus. Auf der Schwelle drehte ich mich um und sagte: »Das war ein Lung Ching, aber er war trotzdem sehr gut.«

»Freut mich, dass Sie es bemerkt haben.« Anerkennung lag in der Stimme. Mit einem Mal hielt er einen Schlüsselbund in der Hand.

»Vordertür, Hintertür, Gartentür, Waschküchentür.«

»Danke.«

»Nichts zu danken, Sie gehören jetzt zu uns.« Damit schloss sich die Tür hinter mir und ließ offen, ob der meine Anstellung bei Sternwald oder mein Verhalten Werner gegenüber meinte.

Ich ging den Kiesweg hinunter, durch das Gartentor und hinaus auf die Straße. Es nieselte, und die Wärme des Hauses, die sich noch in meiner Kleidung bemerkbar machte, begann langsam zu schwinden.

Ich fischte mein Handy raus und wählte eine Nummer.

»Unrath«, meldete sich eine Stimme.

»Linder.«

»Fein. Wie gefällt Ihnen Sternwald?«

»Gut.«

»Sie haben den Job?«

»Morgen geht's los. Dann bin ich Privatsekretär. Mal schauen, was ich alles machen muss.«

»Wie ich den alten Sternwald so kenne, wird das genau Ihre Kragenweite sein, langweilig wird's bei ihm nie.«

»Kann ich mir denken.«

»Hat er Ihnen die alte Geschichte vom AKH Skandal erzählt?«

»Als er seinen Kompagnon reingelegt hat, indem er es so gedeichselt hat, dass die Türen um fünf Zentimeter zu schmal waren, um die Krankenhaus-Betten durchzuschieben?«

»Genau. Der darauf folgende Skandal hat dem Kompagnon den Kragen gekostet, und Sternwald hat alles übernommen. Auf diese Art muss man mal einen Konkurrenten loswerden. Sternwald ist ein Genie.«

»Ich bin schon gespannt.«

»Fein. Freut mich, dass ich Ihnen helfen konnte. Das nächste Mal lassen Sie es mich direkt wissen, sodass ich nicht auf Umwegen erfahren muss, dass Sie sich in einer brenzligen Lage befinden.«

»Sie haben schon sechs Stunden, nachdem ich von meiner Entlassung erfahren hatte, angerufen. Schneller wärs auch andersherum nicht gegangen.«

»Vielleicht höre ich aber nicht immer alles.«

»Wenn die Hölle zufriert, vielleicht.«

»Apropos. Morgen kommt das sibirische Tief. Temperatursturz.«

»Kanns kaum erwarten.«

Wir legten auf. Mein Mund brannte vom Tabak, in meiner Brusttasche knisterten die beiden Briefumschläge. Der eine enthielt ein Schriftstück, der andere einen Geldschein, dessen gelbe Farbe durch das hauchdünne Papier hindurchschimmerte.

III

Ich fuhr mit den Öffis in die Stadt hinein, dort, wo der Schottenring an den Donaukanal stößt, steht der Ringturm. Darin befindet sich unter anderem eine Versicherungsgesellschaft, die war mein Ziel. Ein großzügig angelegter Eingangsbereich, der glänzt und prunkt, hieß mich willkommen. Bezahlt von den armen Würstchen, die immer brav ihre Versicherungsprämien bezahlt hatten, aber keine Rechtschutzversicherung abgeschlossen hatten und somit nicht die finanzielle Ausdauer hatten, den Instanzenweg zu beschreiten.

Ich trat an einen Empfangstisch aus dunkelrotem Marmor heran. Dahinter saßen zwei wunderhübsche junge Frauen, tief dekolletiert und adrett gekleidet. Beide sahen so aus, als bräuchten sie für 2+2 einen Taschenrechner.

»Guten Tag, mein Name ist Linder, ich soll zu Herrn Joseph Sternwald kommen.«

»Sternwald?«, fragte die erste Dame gedehnt. Sie war blond. Ihre Kollegin saß neben ihr und starrte leer vor sich hin. »Sternwald?« wiederholte sie unsicher. »Du Sandra, gibt's bei uns einen Sternwald?«

»Sternwald?«, fragte die Zweite gedehnt. »Weiß nicht.« Sie war brünett.

Jede der beiden hatte einen Flachbildschirm vor sich stehen, mit Tastatur, Maus und sicherlich auch einem Computer dran. Auf die Idee, nachzuschauen, kamen sie aber nicht.

Im Hintergrund des Empfangsbereiches gab es eine Tür. Aus der trat ein wamperter Wiener mit Glatze und Aquariengläsern auf der Nase.

Seine blauen Augen wanderten von der einen zur anderen, dann zu mir. Das wirkte wie zwei riesige blaue Fische, die hinter enorm dicken Glaswänden schwimmen.

»Wos iss'n, Pupperln«, fragte er lässig, derweil er sich die Hose hochzog, die an der Unterseite seiner Wampe runterzurutschen drohte.

»Der Herr will zu wem.«

»Ah so, und zu wem will der Herr?«, fragte er seine beiden Kolleginnen. Doch die schwiegen vor sich hin und zupften die Frisur zurecht. Offensichtlich hatten sie den Namen nicht behalten. Darum sprang ich ein.

»Ich habe einen Termin mit Herrn Sternwald.«

»Sternwoid. Ahhhh!« Pause. Er dachte nach, schob sich die Brille zurecht.

»Wer ma nachschaun miassn«, meinte er ohne Anstalten zu machen, in irgendeine Aktivität zu verfallen.

»Das wäre sehr nett von Ihnen.«

»Is eh mei Job«, meinte er mürrisch, kratzte sich am Haaransatz und verschwand hinten in der Tür, wo er vermutlich sein Büro hatte. Ich hörte ihn herumwursteln. Das Smartphone der Blonden piepste, sie nahm es von der Schreibunterlage auf, die vollkommen unbenutzt vor ihr lag, und hielt es sich vors Näschen. Sie las eine SMS, dessen war ich mir sicher, denn ihre Lippen bewegten sich.

»Da Samo will mi auf an Cocktail einladen, heit nach'm Hackln«, meinte sie zu ihrer Kollegin.

»Was sogt da Niva dazua?«, fragte die Brünette zurück.

Beide lachten, und die Blonde tippte eine Antwort in ihr Phone. Ich hätte meine Seele verkauft, um zu wissen, wie sie Cocktail buchstabierte. Aber das ging leider nicht mehr, meine Seele habe ich schon verkauft. Für 500 Euro, der beste Deal meines Lebens.

Inzwischen kam der Portier zurück. In seiner Hand hielt er ein fettiges Schulheft, mit Kartonumschlag und Eselsohren. Er blieb vor mir stehen, befeuchtete sich den Finger und fing an zu blättern. Als er zum zweiten Mal das ganze Heft durchgeschlagen hatte, hob er den Blick und meinte: »San Se ganz sicher, was den Namen betrifft? I kann eam net finden. Es gibt kan Joseph Sternwald.«

Ich fischte den Umschlag heraus und las den Empfängernamen vor: »Direktor Dr. Joseph Sternwald.« Dann hielt ich ihm den Umschlag unter die Nase.

»Ah, der Herr Direktor! Was sagn S' des denn net gleich. Durchs Drehkreuz in den linken Lift und dann in den 19. Stock hinauf.« Er hielt mir einen Besucherausweis hin, den nahm ich mir und ging durch das Drehkreuz zum Lift, die Tür ging auf, und der Lift fuhr los, ohne dass ich irgendwas gedrückt hätte.

Oben angekommen stieg ich aus dem Lift direkt in ein Büro. Drei rotbraune Holzschreibtische standen im Raum verteilt, sodass niemand auf den Bildschirm eines anderen blicken konnte. Hinter den Bildschirmen an den Schreibtischen saßen drei Damen. Zwei von ihnen tippten wie verrückt und trugen Headsets. Die Dritte starrte mich feindselig an.

»Was kann ich für Sie tun?«

»Linder ist mein Name, ich habe einen Termin mit Herrn Sternwald.«

»Der Herr *Direktor*«, sie betonte den Titel, »hat ganz sicher keinen Termin mit Ihnen, da bin ich positiv.«

»Ich trage ein Schriftstück bei mir, das für ihn bestimmt ist«, sagte ich so höflich wie möglich.

»Das können Sie mir geben.«

»Leider nicht, streng vertraulich.«

Sie kniff die Augen zusammen und kaute ein wenig auf ihren Lippen herum. Dann musterte sie meinen Anzug, die Krawatte und vor allem die Schuhe.

»Na gut«, hörte ich noch, dann drückte sie einen Knopf, wartete kurz und sprach dann ins Headset.

»Theresa hier, vor mir steht ein Mann«, sie deutete mir, »wie war der Name noch gleich, ah Linder, ein Herr Linder, der ein Schriftstück für Sie abzugeben hat.« Pause. »Ah, gut, Sie haben keine Zeit.« Sie blickte mich an und schüttelte den Kopf.

»Es ist von seinem Vater.«

»Es ist von Ihrem Vater.«

Wieder ein kurze Pause, die sich aber zu ziehen begann.

»Gut, soll reinkommen.« Zu mir: »Sie können reingehen«, meinte Frau Therese und wies mit dem Kopf zu einer Tür, neben der Topfpalmen standen. Ich bedankte mich bei ihr und ging auf die Tür zu. Als ich die Hand an den Türknauf legte, summte es deutlich hörbar, ich konnte sogar die Vibration mit der Hand wahrnehmen. Die Tür sprang auf, und ich trat ein.

IV

Das Erste, was ich sah, war eine Glasfensterfront, die zwei Wände des Zimmers vollständig einnahm. Der Blick ging nach Norden und Osten, hin zum Kahlenberg und über die graue Leopoldstadt hinaus nach Transdanubien. Die Wolken hingen tief, aber ich war mir sicher, dass der Eindruck, den das Büro auf mich machte, auch bei Sonnenschein der gleiche sein würde. Lebensbejahendes Grausteingrau, fröhliches Stoffgrau und glänzendes Stahlgrau von einem Designer perfekt zusammengestellt. Mich überkam der Wunsch nach einer Wolldecke, einem Ostfriesen mit Sahne und Kluntje und viel animalischer Wärme. Dagegen war die staubige Kammer im Institut samt Topfpflanzenmumie, die ich mein Büro geschimpft hatte, eine Wellnessoase. Ich holte tief Luft und trat über die Schwelle.

Hinter einem majestätischen Schreibtisch thronte Joseph Sternwald. Er stand gut im Fleisch, sein Gesicht wies Ähnlichkeit mit einem rosa Fußball auf. Die kleinen schwarzen Augen verschwanden fast hinter den Fettpölsterchen auf seinen Wangen. Das dunkle Haar begann merklich auszudünnen, obwohl er noch immer so frisiert war, als ob das nicht der Fall wäre. Über einen engen Hemdkragen quoll Halsfett, den Rest verbarg der Schreibtisch. Der Gesamteindruck war der eines kleinen Bauern, der in einem teuren Anzug steckt und in einem Furcht einflößenden Büro sitzt und dabei soviel Qualen leidet, dass er kurz vor einem Erschöpfungssyndrom steht.

»Sie kommen von meinem Vater?«, fragte er und bot mir mit der Hand einen Stuhl an.

»Sehr richtig, Linder ist mein Name«, antwortete ich, während ich mich setzte.

»Mein Bruder hat mich bereits von Ihnen in Kenntnis gesetzt.«

»Das ist ja lieb von ihm.«

»Was haben Sie für mich?«

»Das hier.« Ich hielt ihm den Umschlag hin, den mit

dem Brief natürlich, nicht den mit dem schönen gelben Euroschein.

Eine rundliche Hand erschien und nahm ihn mir aus der Hand. Neugier, Angst und Gier zeichneten sich in dem Gesicht vor mir ab. Da hatte jemand eine Heidenangst vor seinem Papa. Schließlich überwog die Neugier und er griff zu einem schweren Brieföffner. Ein Ratsch und er zerrte das Schreiben aus dem Umschlag hervor, wurde zuerst bleich, dann rot, dann wieder bleich. Er blickte zu mir, um herauszufinden, ob ich etwas bemerkt hätte, aber ich tat so, als würde ich stumpf vor mich hinstarren. Als er seinen Blick von mir abwandte, steckte er den Brief in die Innentasche seines Jacketts.

»Was spielen Sie eigentlich für eine Rolle in diesem Stück?«, fragte er mich schließlich ernst.

»Hat Ihnen das Ihr Vater nicht geschrieben?«

»Mein Vater setzt mich nicht von allem in Kenntnis, was er tut!«, fauchte er mich an, hatte sich aber gleich wieder unter Kontrolle. »Aber diesmal hat er geschrieben, Sie wären sein Privatsekretär«, fügte er honigsüß hinzu.

»Na dann wissen Sie ohnedies alles.«

»Mein Vater ist nun schon seit einem Jahr ans Bett gefesselt, und bis jetzt hat er keinen Privatsekretär gebraucht. Ich frage mich, warum jetzt.«

»Ich soll ihm dabei helfen, ein paar Dokumente zu ordnen, und wohl auch den einen oder anderen Gang erledigen.«

»Genaueres wissen Sie nicht?«

»Nein.« Ich hätte aber auch nichts gesagt, wenn ich mehr gewusst hätte. 200 Euro für einen Botengang können bei mir für eine Menge Loyalität sorgen. Vor allem, wenn noch mehr vom Selben zu erwarten ist.

»Es ist aber auch mein erster Tag«, fügte ich hinzu. Vielleicht konnte ich ihn ein wenig ködern, indem ich Gesprächsbereitschaft signalisierte. Josephs Stirn lag kurz in Denkerfalten, dann glättete sie sich wieder, und er bot mir etwas zu trinken an. Da ich neugierig bin wie eine Katze, nahm ich an. Die Familienverhältnisse interessierten mich ungemein.

Joseph stand auf und ging zu einer holzgetäfelten Wand. Unnötig zu sagen, dass das Holz grau war und mit Stahl verstärkt. Als die Bartür geöffnet wurde, breitete sich warmes gelbes Licht aus. In der trostlosen Designeratmosphäre wirkte das anheimelnd wie eine Coca Cola Weihnachtswerbung. Edles Bleiglas klirrte, die Bartür schloss sich, das Licht verschwand, und es stand ein riesiger Schwenker vor mir auf dem Schreibtisch. Joseph schenkte sich ein, dann mir und hielt dabei die Cognacflasche so, dass seine Fingerspitzen die Altersangabe teilweise verbargen. Zu sehen waren nur mehr zwei der vier Buchstaben. Ein einsames VP blieb, der Rest war verdeckt.

Wir hoben die Gläser und nahmen einen Schluck. Joseph schmeckte dem Cognac nach, und unbewusst fuhr seine linke Hand dorthin, wo er den Brief untergebracht hatte.

»Meinen Bruder Werner haben Sie schon kennengelernt, was halten Sie von ihm?«

»Wir hatten nur ein ganz kurzes Gespräch.«

»Kann ich mir denken. Er wird Sie wahrscheinlich davor gewarnt haben, mit erben zu wollen.«

»Genau.«

»Nehmen Sie es ihm nicht übel, aber der gute Kerl ist bankrott, und nur das Erbe kann ihn noch retten.«

»Ich bin nicht empfindlich.«

»Das wird Ihnen helfen, wenn Sie seine Angetraute kennenlernen. Die SP ist nicht jedermanns Sache.« Werner gluckste und nahm einen Schluck, um anschließend fortzufahren.

»Meine Stiefschwester und ihren Ehegespons haben Sie auch schon kennengelernt?«

»Nein, das Vergnügen hatte ich noch nicht.«

»Das wird sicher noch kommen. Er ist ein reizender Kerl, wirklich.« Er nahm einen Schluck. »Und?«

»Auch auf die Gefahr hin, jetzt begriffstutzig zu wirken, was meinen Sie mit dem ›und‹?«

»Ob Sie erben wollen.«

»Natürlich, Ihr Vater scheint mir sehr reich zu sein.«

Meine Offenheit brachte Joseph komplett aus dem Konzept. Er starrte mich böse an, und wenn ihn nicht seine Wampe daran gehindert hätte, wäre er glatt über den Tisch gesprungen, um mich zu würgen.

»Sie haben sich also eingeschlichen! Sie, Sie …« Es fiel ihm nichts ein, darum wurde aus der geplanten Beschimpfung nur ein »… Sie Kerl!«. Er stand auf und brüllte los.

»Schaun Sie, dass Sie rauskommen. Ich werde das zu verhindern wissen, dass Sie meinen armen alten Vater ausplündern! Nicht mit mir, haben Sie mich gehört?«

Ich blieb ruhig sitzen, nippte an meinem Cognac, der mir nicht sonderlich schmeckte, und ließ den Wortschwall über mich ergehen. Irgendwie schmeckte der Schnaps überhaupt nicht nach Frankreich. Eher so, als ob er irgendwo hinter Wels aus einem Alufass gelaufen wäre. Als Joseph fertig gebrüllt hatte, meinte ich sachlich:

»Ich habe nur einen Job angenommen, der mir angeboten wurde. Mehr nicht. Ich habe auch überhaupt keine Ambitionen auf das Erbe. Aber wenn Sie mich fragen, dann antworte ich. Meine Antwort bestand in nichts anderem, als dass ich gerne erben würde. Ich würde auch gerne im Lotto gewinnen, vielleicht würde ich auch gerne auf den Mond fliegen und mehr dergleichen. Zu diesen Sachen könnte ich willentlich wahrscheinlich mehr dazu beitragen als dazu, Ihren Vater zu beerben. Seien Sie beruhigt.«

Ich stand auf und ging. Joseph stand da und schnappte nach Luft wie ein Karpfen an Land. Von der Tür her meinte ich noch zum Abschied: »Aber aufs Geld scheinen Sie mir nicht weniger versessen zu sein als Ihr Bruder.« Damit war ich draußen. Ich nickte Therese freundlich zu und ging zum Lift. Unten angekommen gab ich meinen Ausweis ab und trat hinaus in die Winterluft. Ich stellte den Mantelkragen hoch und machte ein paar Schritte auf dem Gehsteig. Mit 200 Euro in der Tasche kann man gut essen gehen. Es war gerade erst Mittag, also war es noch möglich, einen netten Tisch für zwei zu reservieren. Ich ging gerade im Kopf eine Liste von Lokalen durch, als neben mir eine Limousine anhielt und das Fenster runtergelassen wurde. Der Wagen war ein weißer VW Phaeton. So was fällt auf.

»Herr Linder?«

»Ja. Mit wem hab ich es zu tun?«

»Fritz Peter, meine Freunde nennen mich FP. Ich bin der Ehemann der Halbschwester. Wollen Sie nicht einsteigen, ich würde Sie gerne kennenlernen.«

»Sehr gerne«, antwortete ich. Die Familie war wirklich bemerkenswert. Wer hätte gedacht, dass sich jeder brennend für den Privatsekretär des Vaters interessieren würde. Die Leute mussten eine Heidenangst um ihr Geld haben, das gegenwärtig noch Herrn Sternwald gehörte.

»Ich will Ihnen nicht die Zeit stehlen, sagn S' ma einfach, wos hinwollen, dann führ' ich Sie.«

»Fein. In den 15., Felberstraße 32/6-8.«

Wir fuhren los. Zuerst runter zum Kai, dann den Ring entlang, die Linke Wienzeile am Naschmarkt vorbei hinaus zum Gürtel. Dort dann der U6 entlang bis zum Westbahnhof, und dann bog FP in die Felberstraße ein. Es war ordentlich Verkehr, darum brauchten wir eine gute halbe Stunde. Mit den Öffis wäre ich schneller gewesen und relaxter sowieso. FP fuhr wie ein Blöder, drängelte, hupte und ums Haar hätte er einen Fahrradkurier umgenietet. Das Ganze ereignete sich an der Wienzeile, recht genau auf der Höhe der ›Gräfin am Naschmarkt‹. FP wollte die Spur wechseln, um wichtige Zehntelsekunden rauszuquetschen, bloß fuhr rechts schon ein Fahrradkurier dicht hinter einem Kleinlaster her und nützte den Windschatten aus. FP blinkte und hupte, aber der junge Mann auf dem Rennrad schien nicht gewillt, seinen Platz aufzugeben. Da warf FP einfach das Steuer herum und drückte den Fahrradfahrer in die parkenden Autos. FP hupte triumphierend und quetschte ein: »Geh scheißn, du Ökosau!«, zwischen den Zähnen heraus. Etwa 20 Meter später standen wir an einer roten Ampel. Der Fahrradkurier fuhr vorbei, holte aus und zertrümmerte FP den Rückspiegel an der Beifahrerseite. Dann schlängelte er sich gemütlich durch die Blechlawine, fuhr bei Rot über die Kreuzung und verschwand aus meinem Sichtfeld. FP riss die Tür seines Wagens auf, sprang auf die andere Seite und begutachtete fluchend den Schaden. Ringsum hupten die anderen Autofahrer, da es mittlerweile grün geworden war und FP den Verkehr blockierte. Nachdem ihm ein Bierlasterfahrer der Ottakringer Brauerei in freundlichem Ton einen 14-tägigen Aufenthalt im AKH angeboten hatte, stieg FP ein und fuhr weiter.

»De scheiß Radlfahrer!«, ist das Einzige, was ich aus seiner folgenden Tirade wiedergeben kann, ohne zu erröten.

»Sie hätten den Mann fast umgebracht, da ist es kein Wunder, dass er sich ein wenig revanchiert«, meinte ich.

»Soll er am Kinderspielplatz radeln. Auf der Straßn hat der nix verloren, der Wichser, mit sein vorsintflutlichen Gefährt.«

Da ich den Mann nicht verärgern wollte, hielt ich mit einer Antwort hinter dem Berg. Denn wenn in einer Welt knapper werdender Ressourcen und drohendem ökologischem Kollaps irgendetwas vorsintflutlich ist, dann wohl eher ein fossile Brennstoffe vernichtendes Gefährt, das, um im Schnitt einen Menschen zu transportieren, eine Tonne Stahl bewegen muss.

Schließlich hielten wir vor meiner Haustür und verabschiedeten uns. Beste Freunde waren wir nicht geworden. Die Fahrt über hatten wir ein wenig geplaudert. Wenn ich mich schon nicht erholt hatte, so war ich doch nun wesentlich besser informiert als zuvor.

»Sie kommen gerade vom Joseph?«, hatte er das Gespräch begonnen.

»Genau.«

»Wie hams ihn gfunden?«

»Naja, wissen Sie ...«

»Er is a Oarschloch. So anfach is des. Zerst hat der die Bauernakademie gmacht, dann is er bei irgendeiner Raiffeisenorganisation untergekommen, der Name fallt ma momentan net ein, irgendwas Unwichtigs, und da hat er dann an Burn-out ghabt. Jetzt sitzt er in dem Büro am Ring und schaut wichtig drein. Alles, was ihn interessiert, is des Geld von sein Vater.«

»Auch ein Lebensinhalt, finden Sie nicht?«

FP überhörte meine Antwort, da er gerade einen Fußgänger anschrie, der es gewagt hatte, bei Grün über den Zebrastreifen am Schwedenplatz zu gehen.

»Da Werner ist genau der Gleiche. Sitzt im Rathaus, denkt weiß Gott was er is, und spitzt nur auf die Marie. Beide san bankrott. Wenn der alte Sternwald net bald abkratzt, dann prackts beide auf, und ihre Frauen kennen den Schmuck bei der Tante Dorothee abgebm.«

»Was machen Sie so, wenn ich fragen darf.«

»Ich bin Zahntechniker.«

»Solider Beruf, Pappnschlosser sagt man dazu, nicht?«

»Na, des sind die Zahnärzte.«

»Ah so, und macht Ihnen der Beruf Freude?«

FP schaute mich verständnislos an.

»Wo ordinieren Sie?«

»Zmeist gemma ins ... na wie heißt der Italiener in der Wallnerstraßn, helfen S' ma.«

»Missverständnis, ich wollte wissen, wo Sie Ihr Labor haben.«

»Mein Labor?«

»Ja.«

»Momentan gar net. I muss mi doch um die Interessen von meiner Frau kümmern. Sie ist so gutmütig, wenn i da net für sie aufpass, dann krieg ma nix von ihrm Anteil.«

»Verständlich«, murmelte ich.

»Der Werner und der Joseph mit ihren Familien wolln alles immer unter sich ausmachen und uns ausschließen. Aber des lass ich nicht zu. Wir haben genauso ein Recht wie die anderen. Deswegen hab ich Sie auch angsprochen. Meinen S' net, dass Sie uns a bisserl helfen können?«

»Wie sollte ich das Ihrer Meinung nach anstellen?«

»Na, wenn Sie vielleicht einmal einen Blick ins Testament werfen könnten ... es schauat auch was für Sie dabei raus.« Er rieb den Daumen an Zeigefinger und Mittelfinger.

»Ich weiß nicht«, antwortete ich ausweichend, mal sehn, wie weit der Typ gehen würde.

»Sie nehmen dem Sternwald ja nix weg, nur a bissl an Zund für uns.«

»Es wäre trotzdem Betrug und gegen jede Moral.«

»Ah geh, des is doch ›Part of the Game‹.« Er zwinkerte mir zu. »Da Werner hat jahrelang der Zeitung, wo sei Frau hackelt, die Inserate verkauft. Da kann ma Ihnen sicha nix vorwerfen. Des macht do a jeder!«

Dass man die Handlungen anderer Menschen nicht zum moralischen Standard des eigenen Handelns machen kann, ließ ich ungesagt. Gelinde gesagt, erschien es mir unmöglich, dass er das verstehen könnte. Außerdem wollte ich mir die Sache warmhalten. Wer weiß, was noch alles passieren könnte. Ich scheine ein ziemliches Talent dafür zu haben, in schräge Situationen zu rutschen. Wenn ich eine Schranktür öffne, dann findet sich dahinter sicherlich ein Dimensionsportal. Deswegen besitze ich keine Schränke. Noch nicht, Laura macht nämlich schon Stress. Zurück zu FP. Ich meinte ausweichend, dass wir sehen würden, was die Zukunft so bereithielte.

»Ausgezeichnet, ich habs doch gewusst, dass Sie unser Mann sind.« Für feine Unterschiede hatte er keinen Sinn. Er drückte mir eine Visitenkarte in die Hand, auf der mit Kuli eine Handynummer geschmiert war. Ich steckte sie mir ein, wer weiß, wozu man so was noch mal brauchen kann. Wir schüttelten einander die Hände, dann stieg ich aus. FP rauschte davon. Sein Phaeton wurde immer kleiner.

In einer Angelegenheit hatte mir FP aber einen unschätzbaren Dienst erwiesen. Von dem Italiener in der Wallnerstraße wusste ich nichts und war auch froh darüber. Aber von einem anderen wusste ich, und der war mir durch FP wieder in den Sinn gekommen. Jasomirgottgasse, Antinori und dann eine Bistecca Fiorentina, auf einem Holzteller, mit Petersilie, Weißbrot und Olivenöl. Ein anderer hätte die 200 Euro für schlechte Zeiten zurückgelegt. Das Einzige, was ich für schlechte Zeiten aufbewahre, sind gute Vorsätze. Hat bis jetzt immer funktioniert, und dann nützen sie sich auch nicht so schnell ab. Ich reservierte einen Tisch für zwei und rief dann Laura an.

»Hi.«

»Keine Zeit, was gibt's?«

»Heute Abend, magst du essen gehen?«

»Wohin?«

»Jasomirgottgasse, so um acht?«

»Im Ersten?«

»Genau.«

»Woher hast du das Geld?« Laura war sofort misstrauisch geworden.

»Unwichtig!«

»Arno, ich hab dir gesagt, wenn du mich noch einmal mit Geld aus illegalem Schwachsinn zum Essen einlädst, dann bist du Geschichte!« Laura flüsterte jetzt. Wahrscheinlich war sie im Büro und wollte nicht, dass jemand was hörte.

»Nein, überhaupt nicht, das Geld ist ehrlich verdient.«

»Wie kann ein Philologe Geld verdienen? Du hast sicher wieder irgendwas getrickst«, zischte sie.

»Hab heute Zahltag gehabt.«

»Glaub ich dir nicht, die Uni zahlt nicht mitten im Monat.«

»Ach Uni, das ist Schnee von gestern. Ich hab einen neuen Job.«

»Einen neuen Job?« Laura klang entgeistert. »Was denn?«

»Ich wollte dir das alles heute Abend erzählen, bei Kerzenschein, einem schönen Rotwein und einer Bistecca Fiorentina.«

»Da kommts mir, seit wann hast du eigentlich einen neuen Job?«

»Seit heute.«

»Und die Uni?«

»Passé.«

»Du hast gekündigt? Nach allem, was du durchgemacht hast?«

»Nein, die haben mich vor die Tür gesetzt.«

»Mitten im Monat? Arno, hör auf zum Schmähtandeln. Sag mir die Wahrheit.«

»Das war im Dezember, dass mir Glanicic-Werffel mitgeteilt hat, dass unsere Projekte endgültig abgewiesen wurden. Da ich männlich bin, hat das den Abschied bedeutet.«

»Im Dezember, und das sagst du mir erst jetzt?«

»Mit so was prahlt man nicht.«

»Arno, wir sind zusammen, du musst mir die Wahrheit sagen, nicht prahlen! Bist du 15 oder was!«

»Ist doch wurscht, ich hab einen neuen Job, und das wird gefeiert. 200 Euro am ersten Tag. So gut hab ich noch nie verdient.«

»Am ersten Tag hast du 200 Euro verdient? Arno, das kann nicht legal sein.«

»Doch ist es. Ich bin jetzt Privatsekretär.«

»Bei wem?«

»Kennst du nicht.«

»Raus damit.«

Mit meiner Antwort verschwand der gereizte Ton völlig aus Lauras Stimme, und Sorge machte sich breit.
»Bei Herrn Sternwald.«
»Arno, in was bist du da wieder hineingeraten!«

V

Die Wochen vergingen, die Kälte blieb. Noch immer war es Winter und der Frühling nichts weiter als ein vages Gerücht. Ich verbrachte meine Tage damit, im Schlafzimmer von Herrn Sternwald Papiere, Akten und Dokumente zu sichten und zu ordnen. Teils wurden diese Dokumente dann vernichtet, wir hatten einen Shredder im Zimmer, teils aber auch wieder irgendwo eingeordnet. Meist handelte es sich um Aufzeichnungen geschäftlicher Natur, und da ich von Wirtschaft etwa so viel verstehe wie ein Orang-Utan von Quantenphysik, sagte mir all das nicht besonders viel. Es verhielt sich in etwa so wie bei einem Zaubermeister, der einen Lehrling sucht, dessen Dummheit seinesgleichen sucht, damit ihm selbst keine Unannehmlichkeiten erwachsen. Das Einzige, das ich mitbekam, war, dass Herr Sternwald weitverzweigte Geschäfte führte, manch eine Firma persönlich besaß und sein Vermögen wohl bedeutend größer als die von Unrath genannten 40 Millionen Euro sein musste. Es gab auch noch eine Stiftung und jede Menge Unternehmen in stiller Teilhabe.

Der zweite Teil meiner Tätigkeit bestand darin, Herrn Sternwald zu helfen, seine Autobiografie zu verfassen. Er diktierte in sein elektronisches Gerät, und ich verschriftlichte daraufhin das Ganze. Dieser Tätigkeit kam ich zumeist nachmittags und abends nach. Mir war ein kleines Zimmerchen unter dem Dach zugewiesen worden, in dem gerade Raum für eine Pritsche und einen Tisch vorhanden war. Auf dem Tisch stand ein Computer, und daneben lag das Diktafon. Wenn ich mit meinem täglichen Pensum fertig war, schlief ich zumeist gleich ein. Es dürfte die erste Zeit in meinem Leben gewesen sein, seitdem ich lesen kann, dass ich in drei Wochen nicht ein einziges Buch gelesen habe. Aber nach einem Arbeitstag, der etwa 18 Stunden dauerte, auch verständlich. Herr Sternwald sammelte Kräfte und schlief, während ich einordnete. Kaum war ich aber mit einer Arbeit fertig, als er sofort wieder erwachte und mir neue Anweisungen gab.

Der einzig unangenehme Aspekt der Arbeit für Herrn Sternwald bestand darin, ihm jeden Mittag, während er sein Mittagmahl einnahm, die am Abend zuvor niedergeschriebenen Seiten seiner Autobiografie vorzulesen. Herr Sternwald konnte nur Reisschleim zu sich nehmen, was ihn ungeheuer verbitterte, außerdem war er ein strenger Kritiker. Nie hatte ich in der Vornacht genug Material zu Papier gebracht, noch war er mit dem Stil zufrieden. Knapp, kalt, präzise musste das Ganze sein. So sehr ich mich auch anstrengte, in jedem Absatz war doch ein Wörtchen dabei, dass er dort nicht haben wollte. Die Mittagstunde war tagtäglich eine Tortur.

Außer Sternwald und Thubois sah ich praktisch niemanden, denn die Erben ließen sich nicht mehr blicken, und für Laura hatte ich keine Zeit, da es im Hause Sternwald weder Pausen noch Wochenenden gab. Aber die Bezahlung stimmte, und so beklagte ich mich nicht.

Da Herr Sternwald auch eine Haushälterin beschäftigte, die ich allerdings fast nicht zu Gesicht bekam, wurden die Mahlzeiten pünktlich, reichlich und wohlschmeckend serviert. So einen Luxus hatte ich nicht mehr erlebt, seitdem ich mein Elternhaus verlassen hatte. Ich begann sogar ein wenig Fleisch anzusetzen. Alles ging ruhig seinen Gang, keine Katastrophen kündigten sich an, und ich war recht zufrieden. Das hätte mir Warnung genug sein müssen.

Eines Donnerstagmorgens, es war der letzte im Jänner, betrat ich Sternwalds Zimmer und bemerkte sofort eine Veränderung. Die Aktenkartons standen zwar im Raum, Thubois musste sie immer in der Nacht aus dem Keller heraufholen, sie waren aber nicht geöffnet, und es lagen auch weder Akten noch Blätter auf dem Bett.

»Was ist heute los?«, fragte ich ein wenig verwirrt, nachdem ich eingetreten war.

»Guten Morgen«, schnauzte Sternwald. »Kinderstube haben Sie nie eine von innen gesehen?«

»Guten Morgen. Ich war nur sehr überrascht.«

»Gute Erziehung verlässt einen auch nicht in der Überraschung!«

»Sie haben sehr recht, ich entschuldige mich vielmals.«

»Ich warte noch immer.« Seine skelettartige Hand trommelte auf die weiche Decke.

»Guten Morgen«, wiederholte ich.

»Ich bin todkrank, aber nicht senil, merken Sie sich das, Linder.«

»Sicher.«

»Gar nix ›sicher‹! Sie haben schlichtweg keine Ahnung, was ich von Ihnen will, oder?«

»Ehrlich gesagt, nein.«

»Zuerst sagt man ›Guten Morgen‹, wenn man das Zimmer eines Todgeweihten betritt, dann fragt man ihn nach seinem Befinden! Das will ich von Ihnen. Sie haben das ja noch jeden Morgen hingekriegt! Bis jetzt hatte ich eigentlich den Eindruck, dass es sich bei Ihnen um einen leidlich intelligenten jungen Mann handelt. Heute früh wirken Sie wie ein Volltrottel.«

»Ich sehe keine Akten und frage mich ein wenig irritiert, was der Grund dafür sein könnte.«

»Linder, Sie sind ja sensibel wie der Ölpreis. Ich hab bis jetzt überhaupt nicht bemerkt, dass Sie so ein Weichei sind, das die geringste Unregelmäßigkeit Sie aus dem Tritt bringt. Wahrscheinlich finden Sie auch keinen Schlaf, wenn die Regentropfen aufs Dach fallen, weil das so laut ist.« Seine Stimme hatte einen hämischen Klang angenommen. Mir war schon des Öfteren aufgefallen, dass er es richtiggehend genoss, andere die Verachtung, die er für ihre Schwächen hatte, fühlen zu lassen.

Das mit dem Weichei wollte ich aber nicht auf mir sitzen lassen.

»Ich schlafe auch unter einer Autobahnbrücke problemlos. Die fehlenden Akten auf Ihrem Bett schienen mir nur darauf hinzudeuten, dass unser Dienstverhältnis dem Ende zu geht. Da ich auf keinem Riesenhaufen Geld sitze, hat mich das berührt. So was nennt man Existenzangst. Das halte ich aber für völlig normal, und da Sie schimpfen wie ein Rohrspatz, wäre eine Frage nach Ihrem Benehmen redundant.«

Sternwald lächelte.

»Gut so. Hätten wir das geklärt. Da drüben liegt eine Ledertasche. Darin finden Sie ein paar Dokumente, die werden Sie einem ehemaligen Geschäftspartner von mir überbringen. So weit, so klar? Oder soll ich nach dem Riechsalz klingeln, weil Sie vor Aufregung in eine Ohnmacht hinüberkippen?« Wieder der harte, sarkastische Zug um die Lippen, den ich in den letzten Wochen kennengelernt hatte.

»Riechsalz wird da nichts nützen. In der Bim tendiere ich dazu, Hirnschläge zu erleiden, wenn mir nicht gerade wegen einer Panikattacke das Herz platzt, weil sich eine ältere Dame neben mich setzt.«

»Genug geblödelt. Sie fahren zum Schwarzenbergplatz 16. Dort befindet sich die Privatbank Schöller und Söhne. Sie werden den Herrn Schöller senior aufsuchen, er weiß von Ihrem Kommen, und Sie werden ihm die Dokumente überreichen. Die im roten Umschlag wird er an sich nehmen, die im grünen wird er unterschreiben. Danach werden Sie von ihm einen Ordner erhalten. Den bringen Sie mit zu mir. Sofort und direkt, ohne irgendwelche Umwege. Der Ordner ist mehr wert als Ihr Augenlicht, haben Sie verstanden?«

»Klar und deutlich.«

»Warum stehen Sie dann noch herum?«

»Weil ich noch ein wenig Kollateralinformation brauchen könnte.«

»So? Welcher Art denn?«

»Was sind das für Dokumente, und warum soll ich sie transportieren?«

»Linder! Ich zahle, also bestimme ich auch.«

»Hm, früher mal hieß das ›cogito, ergo sum‹.«

»Früher, Linder, früher. Da haben die Menschen auch noch an die Vernunft geglaubt.«

»Sie meinen, heute zählt nur mehr das Geld.«

»Meinen tun die alten Frauen und die Hühner, Linder. Ich weiß.«

»Egal. Ohne ein bisschen was werde ich nicht losmarschieren.«

»So? Wenn Sie nicht mit den Dokumenten gehen, dann gehen Sie, aber ohne!«

»Ich hab schon einmal einen solchen Gang gemacht. Da war ich noch jung, frisch und grün hinter den Ohren. Dadurch habe ich einen guten Freund verloren.«

»Tot?«

»Nein, jahrelang furchtbar böse.«

»Das überlebt man.«

»Sicher, überleben tut man viel, aber besser, man erspart sich so was. Also, worum geht's.«

»Sie verfluchter Lauser.« Sternwald schnaufte, und wenn er noch Speichel in seinem Mund gehabt hätte, dann hätte er wahrscheinlich ein wenig Schaum vor dem Mund gehabt.

»Jetzt haben Sie mich schon wieder rumgekriegt. Also gut. Alt werden ist keine Hetz, merken Sie sich das. Man wird inkontinent und weich.«

»Solange Sie mir was erzählen, solls mir recht sein.«

»Also gut. Rauchen Sie eine, Linder, rauchen Sie.« Das war ein Befehl, dem kam ich nach. Nachdem ich den Tabak und die Papers wieder verstaut hatte, rauchte ich an, und Sternwald fuhr fort.

»Da drin ist mein Testament. Der Herr Schöller soll es für mich verwahren. Er ist ein alter Geschäftsfreund. Das zweite Dokument ist ein leeres Blatt Papier.«

»Leer?«

»Mit einer Unterschrift, von mir.«

»Ah, wieso das?«

»Wir haben ein paar gemeinsame Leichen im Keller. Das ist ein Zeichen meines guten Willens.«

»Ihres guten Willens?« Ich musste ein wenig grinsen.

»Was soll das?«

»Naja, die Sachen, die ich die letzten Wochen bearbeitet habe?«

»Was ist mit denen?«

»Die haben mich nicht glauben lassen, dass Sie so was haben wie einen guten Willen.«

»Linder, Sie sind clever. Das gestehe ich Ihnen zu. Aber Sie müssen noch viel lernen. Ich sprach von einem Zeichen des guten Willens. Das will Schöller, und das kann er haben. Guten Willen aber kriegt er nicht. Das ist ein feiner Unterschied.«

»Gut. Warum hinterlegen Sie das Testament nicht einfach bei einem Notar? Mit Aufnahme ins Register. Da kann doch nichts passieren.«

»Nichts passieren? Mein Gott, sind Sie naiv. Den Fall, wo der Notar mit der Bürgschaft abgehaut ist, haben Sie den vergessen? Die Testamentsfälschungen am Bezirksgericht Dornbirn letztes Jahr? Ich will verdammt sein, wenn ich meinen letzten Willen so einem Notar«, er spuckte das Wort förmlich aus, »überlasse.«

»Ist es so brisant?«

»Ha. Jetzt stellen Sie die richtigen Fragen.«

»Also?«

»Meine Söhne kriegen nix. Wenns nicht unbedingt sein muss, nicht mal den Pflichtteil.«

»Und die Tochter?«

»Tochter hab ich keine, die ist nicht von mir.«

»Offiziell schon.«

»Offiziell ist Österreich auch eine Republik, was heißt das schon.«

»Haben Sie wieder mal recht.«

»So, Fragestunde beendet. Schaun Sie zu, dass Sie das

Testament sicher hinbringen. Ich will nicht, dass irgendein Aasgeier profitiert. Ham S' mich?«

»Sicher.«

»Sie waren die letzten drei Wochen eingesperrt wie ein Mönch. Ich will nicht, dass Sie irgendwen treffen oder anrufen oder sonstwas. Keine Frau, keinen Mann, keinen Bekannten, weder den besten Freund noch die Frau Mama. Verständlich?«

»Ja.«

»Wenn Sie einen Teil der Papiere verlieren oder sonst irgendeine Unregelmäßigkeit eintritt, dann werde ich Sie zerquetschen wie einen Kakerlak. Da hilft es auch nichts, dass ich Sie leidlich sympathisch finde.«

Ich nickte.

»Seien Sie so zuverlässig wie bis jetzt.« Sternwald drückte einen Knopf an seiner Fernbedienung. Es knackte wie von einem Mikrofon.

»Thubois, bringen Sie Linder raus und geben Sie ihm das größte Fläschchen Riechsalz mit, das wir haben, der Bub ist empfindlich wie eine Primel.«

VI

Die Aktentasche unter dem Arm, das Riechsalzfläschchen in der Sakkotasche und jede Menge über Gefühle im Bauch betrat ich Schwarzenbergplatz Numero 16. Aufträge, die nicht schief gehen dürfen, ziehen das Unglück magisch an. So wie Butterbrote immer mit der Butterseite auf dem Boden landen.

Außerdem beulte mir das Riechsalzfläschchen die Sakkotasche aus. Da einerseits das Fläschchen eine ausgewachsene Flasche war und andererseits die Sakkotasche so eng geschnitten war, ergab sich eine unübersehbare Ausbuchtung. Ich bin zwar nicht übertrieben eitel, aber so was macht keinen guten Eindruck. Wenigstens hatte ich den Mantel an, sodass niemand die Beule sehen konnte.

Wenn am Schwarzenbergplatz nicht ausschließlich majestätische Gebäude aus einer lang vergangenen Epoche stehen würden, dann hätte ich gesagt, meine Zieladresse wäre an Protz kaum mehr zu überbieten. Üppige Karyatiden, jede Menge Stuck und falsche Säulen, symbolische Götterdarstellungen und Goldfarbe schmückten die Fassade. Innen war alles kühl und sachlich. Eine karge weißmarmorne Eingangshalle mit spiegelndem schwarzem Boden lag vor mir. Gerade und exakte klassische Linienführung, sehr geschmackvoll. Mit klackenden Schuhen ging ich zum Empfang. Hinter einem Tisch, der aus einem massiven Marmorblock herausgefräst worden war, stand eine junge, schmale Dame. Sie trug ein eng anliegendes schwarzes Kostüm, die Haare streng nach hinten genommen und duftete exklusiv.

»Guten Tag. Zur Privatbank Schöller und Söhne, bitte.«

»Rechte Treppe in den Mezzanin hinauf.« Kristallklare Aussprache und wunderbare Intonation ließen mich an einen Automaten denken. Deshalb zwinkerte ich ihr zu. Keine Reaktion. Vielleicht wirklich eine Maschine.

»Danke.«

Ich stieg die Treppen hinauf. Diesmal klackerten meine Schritte nicht, denn die weißmarmornen Stufen waren mit einem schweren dunkelroten Teppich belegt. Die Wände bestanden aus einem Stein, den ich Rosenmarmor nennen würde, keine Ahnung, ob es so was gibt, aber so sah das Ganze aus. Nachdem ich jede Menge nackte Göttinnen mit festen Brüsten und einladenden Schenkeln passiert hatte, kam ich vor einer Rauchglastür zum Stehen. Die Tür steckte in einer kahlen weißen Wand und war in Edelstahl eingefasst. In Augenhöhe stand in einer altmodischen, geschmackvollen Handschrift *Privatbank Schöller und Söhne. Wien, Prag, Budapest, seit 1823.* Ich blickte mich um, konnte aber keine Klingel entdecken. Weder an der Tür selbst noch am Rahmen noch an der Wand. Manch hinterhältige Firma hat ihre Klingel in einer dekorativen Fläche versteckt, die sich erst beim dritten Hinsehen als Gegensprechanlage zu erkennen gibt. In diesem Fall war dem aber nicht so. Es gab keine Klingel. Verwundert wollte ich gerade meine Hand heben, um zu klopfen, als ein Summen ertönte und sich die Tür öffnete. Ich trat ein. Kaum war ich drinnen, fiel die Tür hinter mir ins Schloss. Irgendwie klang es wie eine Verliestür.

Vor mir erstreckte sich ein langer Gang. An der rechten Wand standen in langer Reihe Barockstühle aus vergoldetem Holz mit rotsamtenem Bezug. Dahinter hingen drei riesige, nachgedunkelte Ölschinken. Die linke Wand war vollständig kahl. Ich setzte mich in Bewegung.

Das erste Gemälde zeigte ein Detail der Schlacht von Fontenoy, und zwar die berühmte Episode, wo sich britische und französische Truppen höflichst darüber streiten, wer das Feuer eröffnen dürfe. Ich sage das deshalb so genau, weil es mich zwei ganze Tage in der Nationalbibliothek gekostet hat, um herauszufinden, was ich da gesehen hatte. Dass ich es herausgefunden habe, macht mich nicht wenig stolz. Die beiden anderen Gemälde waren unbedeutend. Einfach altes, dunkles Öl. Am Ende des Gangs gab es ein Fenster, durch das man zwar nicht hinausschauen konnte, das aber viel Licht hereinließ. Links daneben befand sich eine offene Tür. Als ich gerade im Begriff war, hindurchzutreten, ertönte hinter mir eine Stimme. Ich fuhr herum.

»Willkommen in der Privatbank Schöller und Söhne, was kann ich für Sie tun.«

»Mein Name ist Linder, ich bin im Auftrag von Herrn Sternwald hier.«

»Ah, Herr Doktor Linder, wir haben Sie schon erwartet. Wenn Sie eine Minute Platz nehmen würden.«

Sie ging an mir vorbei und führte mich in den Raum, den ich gerade betreten hatte wollen. Ich setzte mich, und die Dame verschwand wieder im Gang. Ich war von ihrem plötzlichen Auftauchen so verblüfft, dass ich überhaupt nichts von ihr mitbekam. Mir war keine Tür aufgefallen, als ich eingetreten war. Weder rechts noch links in der Wand. Vielleicht gab es eine Art Tapetentür, aber da ich keine Tapete gesehen hatte, fiel das weg. Andererseits, grübelte ich, vielleicht war die Tür in einem der Gemälde getarnt. Ich machte mir eine Notiz.

Ich hatte gerade meinen imaginären Notizblock beiseitegelegt, als sich eine weitere Tür öffnete und eine junge Dame auf mich zu kam. Sehr adrett und gut aussehend.

»Herr Doktor Linder?«

»Ja, der bin ich.«

»Würden Sie mir bitte folgen, Herr Schöller hat jetzt Zeit für Sie.«

»Wunderbar.«

Ich folgte ihr durch die Tür einen weiteren Gang entlang,

wieder Ölgemälde, wieder Barockstühle und dicke Teppiche. In den ganzen Räumen der Bank war nichts zu hören, alles war mucksmäuschenstill. Schließlich gelangten wir an eine Tür, die Frau klopfte, und ich wurde hineinbugsiert.

Ein winziges Büro, vollgestopft mit Papieren, lag vor mir. Der Schreibtisch war unter Akten, Schriftstücken und langen kleinbedruckten Listen überhaupt nicht zu sehen. Überall standen leere Kaffeetassen herum, und es roch noch teurem Tabak. Hinter dem Schreibtisch saß der gewaltigste Mann, den ich je gesehen hatte. Wenn mir jemand erzählte, sein Vater sei ein Elefant und seine Mutter ein Rhinozeros gewesen, könnte ich das glatt glauben. Sein kahler Schädel wurde von ein paar dünnen langen Haarsträhnen verdeckt, die er quer gelegt hatte. Eine der Strähnen hatte sich gelöst und stand seitlich ab wie der Fühler eines Insekts. Die Haare glänzten schwarz, während die Kopfhaut rosig durchschimmerte. Er trug eine Hornbrille, die Krawatte hatte er gelockert und die obersten Hemdknöpfe offen. Sein Jackett hing über dem Stuhl hinter ihm. Elektronik konnte ich überhaupt keine ausmachen.

»Kaffee?«, begrüßte er mich.

»Sicher, danke.«

»Wie wuilln S' eam?«

»Schwarz, heiß, stark.«

Der Mann drückte einen Knopf und lehnte sich zurück. Dann zog er ein Taschentuch aus der Brusttasche seines Hemds und wischte sich den Schweiß von der Stirn. Dann steckte er das Seidentüchlein wieder weg. Erst jetzt fiel mir auf, dass es in dem Zimmer ungeheuer heiß und schwül war. Mir standen schon die ersten Schweißtropfen auf der Stirn.

»Darf ich ablegen?«, fragte ich höflich.

»Sicher, nur kan Genierer.« Er zeigte auf eine uralte, rissige Ledercouch in Grün. Ich legte meinen dunkelgrauen Mantel ab und lockerte den Krawattenknoten.

Die Tür ging auf, und eine Frau brachte uns Kaffee auf einem Silbertablett. Zwei weiße Tassen, ein Kännchen Sahne und eine Zuckerdose. Herr Schöller schob einfach ein paar Papiere beiseite, und das Tablett wurde abgestellt. Die Frau verschwand. Ob es die gleiche war wie zuvor, konnte ich nicht beurteilen. Schöller bemerkte meinen Blick. Er hatte seine Kaffeetasse schon in der Hand.

»Na, was is?«

»Die weiblichen Angestellten glichen einander wie ein Ei dem anderen.«

Er lächelte, zuckerte ausgiebig und schlürfte genießerisch.

»Was sagt Eana des?«

»Dass sie entweder eineiige Multiplinge sind, oder unter der Beachtung von Ockhams Rasiermesser, dass es überhaupt nur eine Angestellte ist.«

»Sehr gut. Es ham mi schon Leit gfragt, ob ma Klonhaserln beschäftigen.« Er gluckste fröhlich in sich hinein.

Ich nahm mir meine Tasse. Sie war dickwandig, unheimlich glatt und vorgewärmt. Der Kaffee wurde durch eine dicke Crema verdeckt. Ich ließ ein paar Zuckerkristalle hinauffallen, sie blieben auf der Oberfläche liegen und sanken nicht hindurch. Dann nahm ich einen Schluck. Der Kaffee war stark, sehr stark sogar, aber ohne bitter zu sein, und mit einem Aroma, das mir in die Nase stieg, um dort für immer wohnen zu bleiben. Würzig und ein wenig exotisch. Ich war glücklich.

»Sie kumman vom Sternwald?«

»Genau.«

»Dann werma einiges zum tuan ham.«

Ich nickte. Schöller machte mir einen ruhigen, vielleicht sogar leicht phlegmatischen Eindruck. Warum er die eine Hand krampfhaft unter den Tisch wandern ließ, konnte ich nicht verstehen.

»Wie lang sind S' denn scho beim alten Gauner?«

»Knapp drei Wochen.«

»Hawiderre! Drei Wochen und scho so an Auftrag, net schlecht.« Seine Hand blieb unter dem Tisch, ich wunderte mich immer noch.

»Was hams denn vorher so gmacht?«

»Dies und das. Ich war für verschiedene Arbeitgeber tätig.«

»Nie Scherereien ghabt?«

»Doch, aber die sind immer nur für die anderen schlecht ausgegangen.« Ich hatte versucht, einen kleinen Scherz zu machen, um die Situation ein wenig zu entspannen. Denn ich fand, dass Schöller von Sekunde zu Sekunde nervöser wurde. Mein Witz fand überhaupt keinen Anklang, dafür löste er eine Reaktion aus.

Seine Augen zusammengekniffen, die üppigen Lippen zu dünnen Strichen gepresst zischte er: »Ganz ruhig!«, und hatte auf einmal eine Schusswaffe in der Hand. Ich war perplex. Das eine oder andere Mal waren mir schon Pistolen unter die Nase gehalten worden. Meist, weil ich ein wenig ungeschickt bin, aber noch nie in so einer Situation. Konsterniert war gar kein Ausdruck für meinen Gemütszustand. Sonst nie um Worte verlegen stammelte ich nur: »Äh, bitte, mhmm, könnten Sie vielleicht, ich meine ...«

»Gar nix kann i. Schön langsam die Hände hoch.« Ich tat, wie mir geheißen. Typisch, dachte ich mir, andere Leute überfielen eine Bank, ich wurde in einer überfallen. Wenigstens erlebte ich einen Banküberfall einmal hautnah mit. Erste Reihe fußfrei, mittendrin statt nur dabei.

»Glaubn S', i waß nix? I bin net auf der Nudelsuppen dahergschwumman! Se san aner, der was friacher bein Bender mitgschnitten hot! I kenn de Partie. Jetzt san S' bein Sternwald! Des Gfrast passt zu Eana wie der Oarsch aufn Eima! Hot der Sternwald echt glabt, i kriag des net mit, wem er engagiert? An Häfnbruader wia Sie für so a heikle Gschicht aussuachen, da fall i net drauf eini.«

Sein linkes Lid zuckte ein wenig. Ohne mich aus den Augen zu lassen, nahm er einen Schluck aus seiner Kaffeetasse. Dabei fiel mir auf, dass sich sein Hemd ziemlich eng über sein Embonpoint spannte. Es blitzte sogar etwas von seiner weißen Unterwäsche durch. Was für Kleinigkeiten man in der Aufregung wahrnimmt, ist unglaublich. Den Feinripp werde ich mein Leben nicht vergessen.

»Sie hätten mir ruhig was zuatraun kennan. I scheiß ma net ins Hemad, nur wal Se Ihre Puffn offensichtlich in Sakko äußerln fiahrn!«

»Ich habe keine Waffe in meinem Sakko.«

Die Hitze im Raum war um gefühlte zehn Grad angestiegen. Uns beiden stand nun der Schweiß in dicken Tropfen auf der Stirn. Mein Hemd war durchgeschwitzt.

»Ah geh! Wirklich. Was is denn des?« Er wies mit der linken Hand auf meine ausgebeulte Sakkotasche.

»Das?« Ich atmete vor Erleichterung tief durch. »Das ist keine Waffe, das ist nur das Riechsalz!«

Schöller starrte mich entgeistert an. Er glaubte mir kein Wort. Jetzt, da ich diese Zeilen schreibe, hätte ich mir selbst auch kein Wort geglaubt, aber damals wollte ich das nicht einsehen.

»Wirklich, lassen Sie es mich Ihnen zeigen.« Ich wollte

schon die Hand sinken lassen, aber Schöller spannte den Hahn. Die Waffe in seiner Hand war klobig, schwarz, mit kurzem Lauf und glänzte ölig. In der Trommel konnte ich die Patronen aufblitzen sehen.

»Na, sicher net.«

»Wirklich, das ist ein Missverständnis.«

»Ha. Und wie das a Missverständnis is! I hab zerst wirklich glaubt, dass der Sternwald endlich guten Willen zeigt und die alte Gschicht aus der Welt räumen will. Er gibt mir seine Beweise, i eahm meine und schlussendlich bewahr ich sei letztgültiges Testament auf. Was war i zufrieden, nach all den Jahren mit der Angst, dass die Gschicht irgendwann aufliegt. Aber dann? Dann hör i, dass der Alte an Haberer vom Bender anheuert, der was scho mehrmals in Häfn war! Da schaun S' bled, was?«

»Ich war noch nie im Gefängnis.«

»Ah geh, echt net. Was war im 8er Jahr, bei den Mord an dem Kunsthändler? Ha?«

»Den hab ich aber nicht umgebracht.«

»Des kann glauben, wer will. Kurz darauf warn S' verstrickt in de Gschicht mit der schwoazn Journalistin, und letzten Herbst is da Duvenbeck gsturbn, wia Sie in sein Haus gwesen san. Na servas, dass des alles a Zufall war.«

Ich war bass erstaunt. »Woher wissen Sie das alles?«

»Glaubn S', a Privatbank wia mia überlebt in Wien, ohne an gscheiten Zund? Ha? Information is des A und O, was glaubn S' denn eigentlich, wen mia alles schmian? Aber des setz i alles von der Steuer ab! So schauts aus.«

»Lassen Sie mich nur schnell in die Tasche greifen, und ich kann Ihnen beweisen, dass ich unbewaffnet bin.«

»Wenn Sie Ihre Hand unter Ohrwaschlhöhe bringen, dann druck i ab. Ham S' mi?«

»Sicher, ich bin ganz brav.«

»Sie werdn jetzt die rechte Hand über den Kopf nehman, die linke ausm Ärml ziagn und dann des Sakko auf den Boden fallen lassen. Anschließend schiebn S' as mitn Fuaß an die Wand da drüben.«

Ich tat wie geheißen. Auch wenn ich kein Schlangenmensch bin, fiel das Sakko endlich zu Boden, und ich schob es an die Wand. Das Riechsalzfläschchen klapperte unter dem Stoff wie eine echte Knarre.

»Riechsalz! Se san mir ana. Respekt, kaltblütig wia a Leguan, des muaß i Ihna lassen.«

»Jetzt?«

»Jetzt werden Sie mir Ihre Aktentasche geben, dann werden Sie Ihren Mantel nehman und dann können S' tschari gehen. Sagn S' n Herrn Sternwald an schönen Gruaß.«

»Werd ich machen.«

Nachdem ich alles so gemacht hatte, wie er es mir gesagt hatte, nahm ich meinen Mantel und schloss die Tür hinter mir. Ich schlüpfte in den Mantel, denn im Rest der Räume war es eisig kalt, wenn auch nur im Vergleich zu Schöllers überhitztem Büro. Ich war von den Ereignissen so überrumpelt worden, dass ich keinen klaren Gedanken fassen konnte. Bevor ich auch nur ansatzweise verstanden hatte, was da eben passiert war, fand ich mich schon auf der Straße wieder. Es war beißend kalt, mein durchgeschwitztes Hemd machte die Situation nicht besser, und ich war komplett ratlos. Ich holte mein Handy raus und rief bei meinem Arbeitgeber an. Wenn schon blöd sein, dann wenigstens ehrlich. Ich ließ es läuten, niemand nahm ab. Nach ein paar Minuten Warten probierte ich es nochmals, wieder nichts. Da entschloss ich mich, zurück nach Grinzing zu fahren. Es würde zwar ein Riesendonnerwetter geben, aber ich wollte die Situation durch einen Husarenstreich meinerseits nicht unnötig verkomplizieren. Nicht dass ich das zu jenem Zeitpunkt gewusst hätte, aber das wäre überhaupt nicht mehr möglich gewesen.

VII

Eine Stunde später, es war immer noch kalt und nass, ging ich eine Auffahrt in Grinzing hinauf. Die Wolken hingen tief über dem Wienerwald und versprachen eiskalten Regen in winzigen, nadelstichartigen Tropfen. Ich trug einen dunkelgrauen Mantel, eine blaue Krawatte, die guten Schuhe und blaue Socken. Ich war nervös, hätte am liebsten geweint und es war mir egal, wer das wusste. Ich hatte eine Verabredung mit 40 Millionen Euro, die ziemlich sauer auf mich sein würden.

Ich sperrte die Hintertür auf und betrat das Haus. Direkt hinter der Tür befand sich eine kleine Garderobe, dort hängte ich meinen Mantel auf. Dann machte ich mich auf den Weg in die Küche, eine Tasse Tee sollte mir gut tun und die Moral stärken, ehe ich Sternwald von meinem Unglück berichten wollte. Obwohl ich eine gute Stunde Zeit gehabt hatte, über meine Situation nachzudenken, war mir nichts Hilfreiches eingefallen.

Ich hatte offensichtlich eine alte Rechnung zwischen Schöller und Sternwald begleichen sollen. Schöller hatte was von Beweisen gesagt, von einer alten Geschichte zwischen den beiden. Wahrscheinlich hatten sie gemeinsam ein krummes Ding gedreht und genügend Beweise gegeneinander zurückgehalten, um voreinander sicher zu sein. Warum aber Sternwald sein Testament unbedingt bei Schöller deponieren hatte wollen, blieb mir schleierhaft. Was ich dagegen glasklar sah, war meine eigene Situation. Die war trist.

Wenn Schöller einfach meinen Besuch leugnen würde, und das war ihm durchaus zuzutrauen, dann war ich angeschmiert. Während des Versuchs, mir konkret vorzustellen, was das bei einem Menschen wie Sternwald heißen sollte, kochte das Wasser auf. Ich nahm eine kleine Kanne aus dem Regal, vier gute Fingerspitzen voll Teeblätter und goss mit dem Wasser auf. Dabei sah ich aus dem Fenster. Ein Auto kam die Auffahrt heraufgebraust und blieb mit quietschenden Reifen stehen. Zwei Leute sprangen aus dem Wagen und eilten zur Eingangstür, die ich vom Küchenfenster aus sehen konnte. Ich wurde ziemlich nervös, denn der Wagen war in Silber gehalten, mit einem rot-blauen Streifen. Das war die Kripo, die gerade angekommen war. Mein erster Impuls war, den Tee auszuschütten, die Kanne schnell mit kaltem Wasser auszuspülen, ganz hinten in das Regal zu stellen und auf Zehenspitzen abzuhauen. Ich bin in meinem Leben schon ein paar Mal mit dem Gesetz in Konflikt geraten, natürlich immer unschuldigerweise, und die österreichische Polizei ist nicht mein Lieblingsverein. Da ich diesmal aber wirklich ein durch und durch reines Gewissen vorweisen konnte, unterdrückte ich den Fluchtimpuls und widmete mich meinem Tee.

Der Tee war großartig und er unterhielt mich auch ganz nett, allerdings nahm meine Nervosität mit jeder Minute, die verstrich, zu. Als dann noch ein zweites und dann ein drittes Fahrzeug in der Auffahrt stehen blieb, hielt ich es nicht mehr aus. Ich wollte aufstehen, als sich die Küchentür öffnete und zwei Polizisten eintraten.

»Wer san Sie?«

»Linder ist mein Name. Ich bin der Privatsekretär von Herrn Sternwald. Was ist denn los, wenn ich fragen darf?« Nicht einmal ignoriert wurde meine höfliche Frage.

»Seit wann sitzen S' denn in der Kuchl?«

»Seit etwa einer Viertelstunde.«

»Und davor?«

»War ich im Auftrag von Herrn Sternwald unterwegs.«

»Wo denn?«

»Am Schwarzenbergplatz, Privatbank Schöller und Söhne.«

»Wie lang?«

»Ungefähr um zehn bin ich gegangen, jetzt ist eins.«

»Was ham S' denn dort gmacht.«

»Ich hatte für Herrn Sternwald ein paar Dokumente abzugeben.«

»Eh. Und des ham S' auch gmacht?«

»Sicherlich.«

»Irgendetwas Ungewöhnliches erlebt?«

»Nicht dass ich wüsste.« Bis auf die Tatsache, dass mich ein Banker überfallen hatte, weil er mich für einen gefährlichen Verbrecher hielt. Aber wie soll man so was der Polizei erklären. Da wäre es besser, man fängt von UFOs an, denn wird man wenigstens nur für verrückt gehalten.

»Halten S' Ihna hier zur Verfügung.«

»Mach ich.«

»Weder das Grundstück noch das Haus sollen S' verlassen. Ham S' verstanden?«

»Sicher.«

»Ob S' verstanden haben, will i wissen?« Der Beamte fragte das im Tonfall eines Schlägers, der eine Auseinandersetzung provozieren will.

»Ich habs verstanden.«

»Na dann is fein.« Die beiden schlossen die Tür hinter sich und ließen mich allein. Normalerweise verliere ich nicht so schnell die Nerven, aber der heutige Vormittag hatte es in sich. Kaum hatte sich die erste Verwirrung gelegt, als schon wieder die Tür aufging.

»Da schau an, der Herr Doktor Linder.«

Lederjacke, Dreitagebart, Kampfsportlerfigur und nikotingelbe Finger. Dazu ein Hauch Hochgebirge im Tonfall.

»Herr Moratti. Kommissar? Inspektor? Oberinspektor? Ich vergess das immer.«

»Scheiß ma drauf.«

»Gut.«

»Kumman S' mit aussi. Will ane rachn.«

»Sicherlich. Ich hole nur meinen Mantel.«

»Tuan S' Ihna nur kan Zwang an.«

Wenige Augenblicke standen wir draußen in der Kälte. Moratti rauchte, und ich hatte mir auch eine gedreht.

»Das letzte Mal ham S' aber nit gracht?«

»Nein.«

»Hätten S' lei net anfangen suilln.«

»Ach, ich kann jederzeit aufhören. Herr Sternwald hat es gern, wenn ich rauche.«

»Ja ja der Herr Sternwald.«

Missliches Schweigen.

»Was glaubn Sie eigentlich, za was ma da san?«

»Keine Ahnung.«

»Wirklich nit?«

»Nein.«

»Dann frag i Sie jetzt nachm Alibi für die Zeit von elf bis Viertel nach elf.«

»Das hab ich Ihren Kollegen schon gesagt.«

»Können Sie ruhig wiederholen.«

»Ich war am Schwarzenbergplatz 16, Schöller Privatbank, im Auftrag von Herrn Sternwald.«

»Des werma dort nachprüfen können?«

»Sicherlich doch.«

»Freut mi für Sie, dass a Alibi ham. Der Herr Sternwald is nämlich leider verstorben. Unter kräftiger Mithilfe einer unbekannten Person.« Er blies mir den Rauch aus etwa zehn Zentimetern Entfernung ins Gesicht.

Die Terrassentür öffnete sich, und eine weitere wohlbekannte Figur erschien.

»Da schau her, der Linder Arno«, ließ sich Frau Inspektor Molnar vernehmen. Sie klang keineswegs erfreut. In dem Jahr, das seit unserer letzten Begegnung vergangen war, hatte sie sich überhaupt nicht verändert. Lediglich die Kleidung war den winterlichen Temperaturen angepasst. Sie trug eine figurbetonte Funktionsjacke der Schweizer Firma Mammut in Schwarz, Bluejeans und vermittelte mir noch immer den Eindruck einer Stahlklinge. Die blonden Haare waren unter einer dunklen Haube versteckt, aber die stahlgrauen Augen leuchteten.

»Wemma Sie ham, brauchen wir keine anderen Verdächtigen mehr. Eigentlich könnt ma Sie glei auf den Kort mitnehma.«

»Er hat ein Alibi.«

Sie lachte giftig. »Das hat er doch immer, oder? Nur nutzen wirds ihm nix! Komm, Stefan, wir ham noch was zu erledigen.«

Beide wollten gerade gehen, als Joseph Sternwald die Bühne betrat.

»Frau Inspektor, das ist der, von dem ich gesprochen habe. Eingeschlichen hat er sich, weil mein Vater alt und gebrechlich war! Ausgenutzt hat er des, und ich verlange, dass Sie ihn sofort mit aufs Revier nehmen und einem strengen Verhör unterziehen! Dann wird er schon gestehen!«

»Überlassen Sie die Polizeiarbeit ruhig uns, Herr Sternwald. Es gibt keinen Grund zur Sorge, wir werden den Schuldigen schon finden.«

»Ich kann mich meinem Bruder nur anschließen.« Werner Sternwald war von hinten herangetreten. »Eine weitere Suche dürfte sich erübrigen! Es hat überhaupt keinen Sinn, wenn Sie hier viel Staub aufwirbeln, vor allem nicht in einem Wahljahr, und wenn der Schuldige so klar zu identifizieren ist.«

»Sie müssen Werner Sternwald sein, der Stadtrat?«, fragte Molnar.

»Genau.«

»Dann sind Sie Politiker und als solcher haben Sie sicher von vielem eine Ahnung, aber ganz sicher nicht von richtiger Polizeiarbeit. Ich rede Ihnen ja auch nicht drein, wie Sie Ihr Ressort zu führen haben!« Molnar hatte Sternwald getroffen. Der aufgeplusterte, glatte Schein der Selbstgerechtigkeit war zerstoben, und vor ihr stand ein mittelgroßes grauhaariges Würstchen mit dunklen Augenbrauen.

»Sie ... Sie ... ich werd mich bei Ihrem Chef beschweren, das können Sie mir glauben!«

»Statt meinen Bruder zu beleidigen, sollten Sie sich lieber um den dort kümmern. Fragen Sie ihn einmal, was er heute zum Schwarzenbergplatz gebracht hat, fragen S' ihn das! JA!«

Als Joseph mit diesen Worten herausgeplatzt war, zuckte Werner unmerklich zusammen. Sofort griff er seinem Bruder unter die Achseln und schob ihn zur Terrassentür.

»Komm, Joseph, lassen wir die guten Leute alleine. Das hat jetzt keinen Sinn.« Es wollte mir ganz kurz scheinen, als ob er seinem Bruder etwas ins Ohr geflüstert hatte. Aber ich war mir nicht sicher.

Die beiden Brüder verschwanden im Haus, die Beamten gingen durch den Garten zur Vorderseite. Ich blieb allein zurück. Es wurde still, meine Zigarette schmeckte mir nicht mehr und ich warf sie in eines der toten Blumenbeete. Dann machte auch ich mich auf ins Warme.

Drinnen herrschte ein Mordsdurcheinander. Beamte aller Art liefen kreuz und quer herum, schnauzten sich gegenseitig an und schienen im Begriff zu stehen, alle Spuren, die möglicherweise vorhanden waren, zu verwischen. Aber immerhin schien es ihnen Spaß zu machen, das ist ja das Wichtigste.

Eine hysterische Frauenstimme drang durch den Trubel, wahrscheinlich eine der Gattinnen der Brüder. Mehrere andere Stimmen schienen beruhigend auf sie einzureden. Es klang nicht nach einem Aufruhr der Trauer und der Verzweiflung, sondern mehr nach dem Streit von kleinen Kindern zu Weihnachten um die Geschenke.

Das alles bekam ich nur am Rande mit, denn ich suchte Thubois. Schließlich fand ich ihn auch. Er stand allein in dem stillen Gang, der hinunter in die Waschküche führte. Ich trat von hinten an ihn heran und räusperte mich. Er fuhr auf wie von der Tarantel gestochen. Es schien, als wären seine Augen ein wenig feucht. Mit belegter Stimme fragte er: »Ja, was kann ich für Sie tun, Herr Doktor?«

»Ich würde Ihnen gern mein tief empfundenes Beileid aussprechen.« Die Worte selbst stellten nichts anderes als tausendmal heruntergeleierte Floskeln dar, aber mein Gefühl dahinter war echt.

Thubois schniefte.

»Verschwenden Sie nicht Ihr Mitleid an mich. Es gibt genug Blutsverwandte im Hause, die Ihrer Unterstützung bedürfen, ich bin nur ein Angestellter.«

»Die Blutsverwandten scheinen ihrer Trauer freien Lauf zu lassen«, meinte ich schelmisch. Von oben waren zwei keifende Frauenstimmen zu hören, wahrscheinlich stritten sie gerade um eines der Häuschen im Wienerwald. Dunklere Männerstimmen versuchten, beruhigend einzugreifen, waren aber zu erregt, als dass sie es geschafft hätten.

Thubois lauschte nach oben und lächelte dann.

»Ein schwerer Schlag für die Familie, wie mir scheint, Herr Doktor.«

»Ja, Thubois, das ist ein Verlust, den sie nur schwer zu verkraften scheinen.«

Oben wurden gerade die Geburtstagsgeschenke der Enkel gegeneinander aufgerechnet und zum Gesamterbe in Relation gesetzt. Jede Murmel, jedes Eis, jeder Kinobesuch wurde ausdiskutiert.

»Ja, man muss ihnen aber zugutehalten, dass sie schon so lange auf das Erbe warten. Herr Sternwald war jahrelang moribund, das zehrt an den Nerven!«

»Wenn man sich Tag für Tag vor der schlechten Nachricht fürchtet!«

»Und die dann auch jahrelang nicht eintritt.«

Wir zwei verstanden uns prächtig.

»Herr Sternwald würde das hier sicher mächtig komisch finden, was, Thubois?«

»Im Vertrauen, Herr Doktor, er hat seine Familie immer sehr amüsant gefunden.«

»Kann ich mir vorstellen.«

Wir schwiegen ein wenig und hörten dem Zank aus dem oberen Stockwerk zu. Ein paar Zimmer weiter lag der tote Herr Sternwald, aber das schien niemand mehr im Sinn zu haben.

»Was machen Sie nun, Thubois?«

»Ich habe in den letzten Jahren genug gespart, ich werde einfach eine Weile vor mich hin leben, vielleicht mache ich irgendwann mal ein kleines Café auf, in dem es gute Sandwiches gibt. Mal schauen.«

»Klingt nicht schlecht.«

»Vielleicht lege ich aber auch einfach nur die Füße hoch und gehe abends tarockieren. Kann gut sein. Was ist mit Ihnen, Herr Doktor? Mir scheint, Herr Sternwald hat einmal gesagt, dass Sie finanziell ziemlich auf dem Trockenen sitzen?«

»Ja, aber das bin ich schon gewohnt. Irgendwo werde ich schon was finden. Trotz der traurigen Begleitumstände kann ich nur sagen, dass ich froh bin, Sie kennengelernt zu haben.«

»Hat mich auch sehr gefreut, Herr Doktor. Der Herr Sternwald hat Sie auch immer gut leiden mögen.«

»Wirklich, ist mir nicht so vorgekommen.«

»Doch, doch, seien Sie versichert.«

Wir schüttelten uns die Hände, und ich ging. Thubois war wirklich in tiefer Trauer, denn er merkte nicht, dass ich noch immer die Hausschlüssel hatte. Wer weiß, wann man so was einmal brauchen kann, dachte ich mir und machte mich auf in die Stadt hinunter.

2. KAPITEL

I

Ein paar Stunden später, es war draußen schon dunkel, stand ich in Lauras Küche und war dabei, ein Abendessen herzurichten. Meine Süße hatte nicht die geringste Ahnung von meiner Anwesenheit, und ich hoffte, dass sie sich freuen würde. Kluge Menschen vermeiden solche Überraschungen, aber Klugheit zählt nicht zu meinen Tugenden. Ob das, was ich zu meinen Tugenden zähle, auch wirklich welche sind, lasse ich einfach mal dahingestellt.

Es ging auf sieben zu, das Salzwasser wallte im großen Topf, ich hatte eben den Guanciale in feine Streifen geschnitten und im eigenen Schmalz knusprig gebraten und dann aus der Gusseisenpfanne geholt. Nun gab ich klein geschnittenen Knoblauch hinzu und sautierte ihn. Die Paradeiser waren geschält und klein geschnitten und warteten darauf, sich dem Knoblauch beizugesellen. Dann noch ein bisschen Salz und viel schwarzen Pfeffer, und die Sache wäre geritzt. Laura liebt all'amatriciana. Eben hatte ich die Paradeiser in die Pfanne gleiten lassen, als mein Handy losging. Fluchend fischte ich nach der Elektronik und nahm ab.

»Hallo, Moratti da.« Morattis Testosteronlevel war so hoch, dass er durch die digitale Telefonverbindung durchkam. Mir stellten sich die Haare auf, und fast hätte ich gefaucht wie eine Katze.

»Ja?«

»Wo sind Sie denn?«

»Was geht Sie das an?«

»Sollen wir die Peilsendung einschalten?«
»Dazu brauchen Sie einen richterlichen Beschluss!«
»Einen richterlichen Beschluss brauch ich, wenn ich scheißen war, sonst nicht! Linder, wir sind die Kripo. Wo sind Sie?«
»Zu Hause.«
»Sind Sie nicht, wir stehen vor Ihrer Wohnung in der Felberstraße. Da sind Sie nicht, und die Hausbesorgerin sagt, dass Sie seit gut einem Monat nicht mehr hier waren!«
»Sie sprechen polnisch?« Die Hausbesorgerin bei mir kann nämlich nur »guten Tag«, »frohe Ostern« und »Scheiße« auf deutsch.
»Nein, aber Molnar.«
»Schönen Gruß, ich leg jetzt auf.«
»Linder, ich werde Sie einkastln!«
»War nur ein Schmäh. Kupkagasse, das ist am Hamerlingpark, Numero 4.«
»Im Achten?«
»Genau.«

Ich legte auf. Es hatte keinen Sinn, der Kieberei zu sagen, dass sie sich beeilen solle. Die tun nie, was man ihnen sagt. Ich konnte nur hoffen, die Hände falten und beten. Im Vertrauen darauf, dass Gott nicht weiß, dass ich Atheist bin. Und dass Laura erst dann heimkommen würde, wenn die beiden da gewesen waren.

Wie die Welt aber eingerichtet ist, hörte ich keine zwei Minuten später das Türschloss klicken. Laura war zu Hause. Sie kam in die Küche und wir küssten uns. Dann zog sie schnuppernd den Duft von Schweineschmalz, Paradeissugo, Parmesan und kochenden Nudeln ein.

»Hmm. Amatriciana. Hast du Bucatini bekommen?«
»Sicher.«

»Fein.«

Wir küssten uns nochmals.

»Was verschafft mir die Ehre? Im letzten Monat hätte ich auch mit einem Astronauten auf Marsmission zusammen sein können.«

»Ich dachte, du willst vielleicht was Gutes essen, und außerdem habe ich dich vermisst.«

Laura legte den Kopf auf meine Schultern und freute sich einfach nur, dass ich da war. Es war schön, zu merken, dass auch ihr messerscharfer Verstand gewöhnlichen Emotionen unterworfen ist. Normalerweise braucht sie keine zehn Sekunden, um hinter meine Unschuldsmiene zu blicken. Diesmal freute sie sich aber so, dass sie naiv war wie ein Schulmädchen.

Wir turtelten noch ein bisschen, bis die Küchenuhr klingelte und ich die Bucatini abseihen konnte. Laura hatte Teller und Besteck rausgeholt und den Wein eingeschenkt. Wir würden auf dem Küchentisch essen, ich stehend, sie auf der Arbeitsfläche sitzend. Irgendwie finden wir das so immer am gemütlichsten.

Es roch nach Italien, das Licht war angenehm, die Fenster spiegelten den Raum wider, und die Unordnung, die immer durch das Kochen entsteht, war nicht störend, sondern heimelig.

Laura holte sich einen Nachschlag und bemerkte: »Wir sollten nicht so viele Kohlenhydrate essen, mein neues Gil Sanders Kostüm spannt schon ein bisschen.«

»Umso schlimmer für das Kostüm.«

»Wenn ich mit meinem Hintern in der Tür stecken bleibe, dann liebst du mich nicht mehr.«

»Oh doch. Ich werf mich dann in meine strahlende Rüstung, um die Jungfrau in Nöten zu retten. Mit zwei Litern

Olivenöl krieg ich dich da locker raus. Wird allerdings eine ziemliche Schweinerei.«

»Hoffentlich«, meinte Laura, und wir waren eben im Begriff, uns zu küssen, als es an der Tür klingelte.

»Wir machen nicht auf, wer kann denn das schon sein«, meinte Laura.

Bevor ich antworten konnte, wurde wie verrückt gegen die Türe gehämmert und Morattis Leitwolfstimme brüllte:

»Aufmachen, Linder, Kriminalpolizei!«

Sanft löste ich mich aus Lauras Armen und ging zur Tür. Meine Süße war für einmal so perplex, dass sie einfach nur vor sich hinstarrte.

»Kommen Sie rein, Sie stören überhaupt nicht.«

»Freut uns, dass wir gelegen kommen.« Molnar übernahm das Sprechen.

»Darf ich Ihnen was zum Trinken anbieten oder sonst irgendwas auftischen.«

»Nur keine Lügen, dann sind wir schon zufrieden.«

»Gut.« Wir waren im Vorraum stehen geblieben.

»Was soll das eigentlich?«, ließ sich nun Laura vernehmen. Ich wollte entschuldigend antworten, als ich bemerkte, dass sie sich ausschließlich an Molnar gewendet hatte.

»Herr Linder ist Tatverdächtiger in einem Mordfall.«

»So, wie kommen Sie denn auf so was?«

»Wer sind Sie?«

»Laura Lignamente, ich bin Herrn Linders Lebensgefährtin. Außerdem bin ich Anwältin.«

»Herr Linder ist der Letzte, der Herrn Sternwald heute Vormittag lebend gesehen hat.«

»Das macht ihn noch nicht zu einem Tatverdächtigen.«

»In Kombination mit der Tatsache, dass zwei wichtige

Dokumente heute Morgen spurlos verschwunden sind, schon.«

»Sie meinen, Herr Linder hat die Papiere entwendet und den Verstorbenen ermordet. Was wäre das Motiv?«

»Persönliche Bereicherung, die Dokumente bestanden aus einem Testament und einer roten Papiermappe mit Schuldverschreibungen und heiklen Geschäftsaufzeichnungen.«

»Was ist Ihr Anhaltspunkt, darauf zu schließen, dass Herr Linder diese Papiere entwendet hat? Bis jetzt ist das reine Spekulation.«

»Wir haben zum einen eine Auflistung aus dem Besitz des Verstorbenen, die jedes Dokument penibel bezeichnet. Dazu passend haben wir Aussagen der Söhne des Verstorbenen und die Aussage des, hm, wie sagt man?«, wandte sie sich an Moratti.

»Butler?«

»Man sagt doch heute nicht mehr Butler. Die sind mit den Vatermördern ausgestorben.«

»Mir fällt nichts anderes ein.«

»Majordomus«, warf ich ein. Molnar blinzelte mich böse an, und Laura schnappte kurz: »Wenn du nicht gefragt bist, schweig still!«

»Also, wir haben die Aussage des Butlers, dass der verstorbene Herr Sternwald Herrn Linder mit wichtigen Papieren außer Haus geschickt hat. Da alle anderen Papiere da sind, muss es sich folglich bei den von Herrn Linder entwendeten um die genannten handeln.«

»Warum entwendet? Wenn Herr Linder im Auftrag von Herrn Sternwald gehandelt hat, gibt es keinen Grund zur Annahme, dass er irgendetwas entwendet hat. Der Butler hat das bestätigt, haben Sie eben gesagt.«

»Er hat sie entwendet, weil die Papiere niemals an ihrem Bestimmungsort angekommen sind.«

»Ach so? Woher wissen Sie das?«

»Weil Herr Linder uns diesen Bestimmungsort als Alibi angegeben hat. Wo er sich zur Tatzeit aufgehalten haben will. Dort war er aber nie.«

»Woher wollen Sie das wissen?«

»Weil wir sowohl mit Herrn Schöller als auch mit seinen beiden Assistentinnen gesprochen haben.«

»Von der Privatbank Schöller und Söhne?«

»Genau.«

»Und wie stellen Sie sich den Tathergang vor?«

»Herr Linder verlässt das Haus, vom Butler begleitet, der seinerseits zehn Minuten später das Haus verlässt, um Einkäufe zu tätigen. Dann kehrt Herr Linder zurück ... den Rest können Sie sich denken.«

»Und wo soll Herr Linder die Papiere nun versteckt halten?«

»Das wird er uns sicher mitteilen, wenn wir ihm ein paar Fragen gestellt haben.«

Laura und Molnar wechselten böse Blicke. Die zwei Ladys waren sich überhaupt nicht grün.

»Dass Herr Schöller eventuell nicht die Wahrheit gesagt haben könnte, scheint Ihnen beiden überhaupt nicht in den Sinn gekommen zu sein?«

»Sie meinen, dass Herr Linder die Papiere abgegeben hat, aber Herr Schöller hat sie eingesteckt und beschuldigt nun Herrn Linder?«

»Denkbar wäre es. Schöller war vor Jahren ein enger Geschäftspartner von Sternwald. Außerdem sagen Sie stets ›die Papiere‹ und nicht nur ›das Testament‹. Woraus ich schließe, dass es sich um mehr handelt als einfach nur das

Erbpapier. Es kann also durchaus um mehr gehen.«, meinte Laura. »Dass Herr Schöller selber einen Vorteil wahrnehmen möchte, etwa.«

»Denkbar schon, allerdings spricht auch da ein guter Grund dagegen: Herr Linder hätte von Herrn Schöller auch ein Papier mitnehmen sollen. Das hat uns sowohl Herr Schöller als auch Herr Thubois bestätigt. Dieses Papier befindet sich nach wie vor im Besitz von Herrn Schöller. Also war Herr Linder überhaupt nicht dort.«, antwortete Molnar.

»Vielleicht schon, aber es hat sich dort etwas abgespielt, was niemand vermutet«, entgegnete Laura.

»So, was denn?«, meinte Molnar spitz.

»Vielleicht hat mir Schöller eine Knarre an den Kopf gehalten und mir das Zeug einfach abgenommen?«, warf ich ein.

»Arno, lass die Scherze sein. Das ist nicht hilfreich«, fauchte Laura. Ich nickte.

»Linder, allein schon die Vorstellung, dass Herr Schöller Sie mit einer vorgehaltenen Schusswaffe bedrohen könnte, ist lächerlich.«

»Des nimmt dia lei koaner ab, Herr Doktor!«, meinte Moratti aus dem Hintergrund. Nun war Molnar an der Reihe, böse dreinzuschauen. Moratti schrumpfte auf Zwergengröße. Unsere Frauen hatten uns ganz schön im Griff.

Molnar wandte sich wieder Laura zu.

»Herr Linder, ziehn S' Ihna was an, wir fahrn aufn Kort.«

»Wieso?«

»Weil wir Ihre Aussage haben wollen, darum.«

»Aber die haben Sie ja schon.«

»Schriftlich.«

»Ich verstehe.«

»Kann man da gar nichts machen?«, ich wandte mich an Laura. Die schüttelte nur den Kopf.

»Ich komme gleich, warten Sie bitte im Auto unten, bin gleich da.«

»Wir sind die Kripo und kein Escort Service«, antwortete Molnar streng. Sie und Moratti spreizten die Beine und schienen durch nichts zu einer Ortsveränderung zu bewegen zu sein.

»Alles, um was ich Sie bitte, ist ein Moment Privatsphäre.«

»Das ist kein Melodram, Linder. Wenn Sie sie küssen wollen, tun Sie's in Gottes Namen, aber beeilen Sie sich.«

Auch wenn ich jetzt ein wenig Privatsphäre vorgezogen hätte, war da nichts zu machen. Ich legte Laura meine Hände auf die Wangen, und wir sahen uns tief in die Augen.

»Ich liebe dich«, versuchte ich zu beginnen.

»Wenn du vernünftig bist, rück die Papiere raus«, flüsterte meine Angebetete, »es schaut gar nicht gut für dich aus.«

»Wenn ich aufm Kort fertig bin, darf ich wieder vorbeikommen?«, fragte ich unsicher. Laura ist bei solchen Sachen immer enorm böse.

»Wenn Sie dich rauslassen, sicher«, lautete die auffallend freundliche Antwort.

»Sonst bring mir einfach meine Zahnbürste mit.« Ich grinste.

»Idiot!«, meinte Laura liebevoll, dann zog mich Moratti von ihr fort. Ohne Kuss. Ich wusste nun, wie Edmond Dantés sich gefühlt haben musste. Alles, was ich nun tun konnte, war, auf einen greisen Zellenmitbewohner zu hoffen, in dessen Leichensack ich mich ins Freie schmuggeln lassen konnte. Wieder in Freiheit würde ich blutige Rache nehmen.

II

Allein, wie das Leben so spielt, kommt es immer anders als man denkt. Eine gute Stunde später stand ich auf dem Gehsteig am Schottenring vor der Polizeidirektion. Der Gestank vom schwarzen Tabak in den filterlosen Zigaretten Morattis hing mir noch in der Nase, aber die Kieberer war ich los. Sie hatten wirklich nur eine schriftliche Aufnahme meiner Aussagen gewünscht. So viel Glück muss man haben.

Ich schwankte gerade zwischen dem 43er zur Feldgasse und dann zu Fuß oder mit der Ring-Bim zum Parlament und dann mit dem 2er die Josefstädterstraße hinauf, als vor mir in einem der parkenden Autos das Licht anging und sich die Beifahrertür öffnete.

»Bitte einzusteigen, Herr Doktor.«

Warum immer ich in seltsame Fälle gezogen werde, in denen Autos neben mir stehen und ich einzusteigen habe, ist mir ein Rätsel. Vielleicht hat das was damit zu tun, unter welchem Stern ich geboren bin. So gesehen sollte ich mir einmal ein richtiges Horoskop stellen lassen. Es könnte aber auch so sein, dass die Strukturalisten recht haben. Dann wäre meine adoleszente Schundromanlektüre Grund allen Übels, denn die Strukturalisten behaupten, dass sich die Welt so verhält, wie man es von ihr erwartet. Und in meinem Falle wären diese Erwartungen von den schlechten Büchern meiner Jugend geprägt. So oder so, ich stieg ein. Das hatte weder was mit Sternen noch mit Büchern zu tun. Sondern mit Schuhen, in denen kalte Zehen in nassen Socken steckten.

»Herr Linder«, begann der Mann neben mir, »ich bin so schnell zu Ihrer Wohnung gekommen, als ich nur irgendwie konnte. Aber die Polizei war einfach schneller. Unser Missverständnis bei der ersten Begegnung tut mir wirklich leid. Ich hoffe, Sie haben noch keine anderweitige, endgültige Übereinkunft getroffen.«

Der Mann neben mir war der jüngere Sohn Sternwalds. Ich hatte zwar weder die silbergrauen Haare noch die schwarzen Balkenaugenbrauen gesehen, da es im Wagen dunkel war, aber die glatte, nichtssagende Schmeichlerstimme kannte ich.

Als wir uns das erste Mal begegnet waren, hatte er mich von oben her abgekanzelt, ganz im Vertrauen auf die eigene Überlegenheit. Jetzt flehte er schon fast. Wahrscheinlich meinte er, dass ich wirklich das Testament in meinen Händen hätte.

»Sie waren bei meiner Wohnung?«

»Ja. Kupkagasse.«

»Aha. Was genau wollen Sie? Nicht dass ich mich beschweren würde, dass ich nicht zu Fuß nach Hause muss, aber ich bin neugierig.«

»Wir sollten zuerst einmal losfahren, hier fallen wir sonst noch auf.«

Er startete den Motor seines BMWs und fuhr los. Hinauf zur Währinger, dann bei der Votivkirche links hinein, am Landesgericht vorbei und dann die Florianigasse hinauf. An der Ecke Skodagasse ließ ich ihn halten.

»Wenn Sie wissen, wo ich wohne, wissen es andere sicher auch, und ich glaube, das wäre Ihnen gar nicht recht? Oder?«

»Mein Bruder! Ist er auch schon an Sie herangetreten?

Da ich keine Antwort geben wollte, zuckte ich bloß mit den Achseln.

»Sie wollen nichts sagen. So. Auch gut. Sie werden schon sehen, was Sie davon haben. Ich bin ein einflussreicher Mann. Ich sage Ihnen …« Werner hörte sich an, wie ein weinerliches Kind.

»Keine Sorge. Sagen Sie mir einfach klipp und klar, was Sie wollen.«

»Ich will das Testament meines Vaters.« Werner atmete tief durch, so wie jemand, der gerade etwas sehr Mutiges getan hat.

»Ja?«, antwortete ich fragend.

»Na, Sie habens doch. Darum hat Sie ja die Polizei. Der Schöller hat's nicht. Das wissen mittlerweile alle.«

»Soso.«

»Sicher, darum hat Sie die Polizei auch wieder rauslassen, weil die nicht will, dass das Testament von mein Vater verschwindet. Der Joseph hat schon dafür gesorgt.«

»Der kann das?«, fragte ich misstrauisch.

»Sicher. Der war bei der Raiffeisen.«

»So?«

»Sicher. Raiffeisen ist schwarz, so wie die Partei, und die stellt den Innenminister, und der bestellt den Polizeigeneral – und die sind alle schwarz.«

»Sieh da.«

»Aber genauso ist es«, meinte Werner protestierend.

Er klang wie ein verwöhnter Achtjähriger, dem man seine Gummibären weggenommen hat. Oder wie ein Bundeskanzler, dem die Stimmen, die seine Partei über 27 Prozent heben, abhandengekommen sind.

»Ich glaubs Ihnen ja.«

Erleichterung bei Werner.

»Wo haben Sie das Testament und wann können Sie es mir geben?«

»Halt, nicht so schnell. Zuerst weiß ich gar nicht, ob ich wirklich im Besitz des Testaments bin. Außerdem müsste ich schon wissen, was mir denn so in Aussicht gestellt werden würde, falls ich besagtes Dokument beschaffen könnte.«

»Sie haben es gar nicht? Dann war unser Treffen komplett umsonst.« Werner war verzweifelt.

»Nicht so schnell. Das hab ich alles nicht gesagt.«

»Was haben Sie dann gesagt?«

»Dass ich zuerst wissen will, was Sie mir bieten.«

»Fahren wir hin, dann kriegen Sie von mir 5000 Euro.«

Ich blieb stumm.

Werner versuchte, zwei Sekunden ruhig zu bleiben, dann schlug er wütend auf das lederbezogene Lenkrad vor ihm ein.

»Zum Kuckuck. So sagen Sie doch was!«

»So einfach geht das nicht.«

»Was?«

»Dass Sie das Testament bekommen können.«

»Warum?«

»Weil, wenn es stimmt, was Sie eben gesagt haben, dass mich die Kieberer nur rausgelassen haben, um mir zum Testament folgen zu können, dann werde ich nicht fünf Minuten, nachdem ich aus dem Hauptquartier draußen bin, in einem mitternachtsblauen BMW mit einem der Erben das Testament holen fahren. Das wäre doch irgendwie idiotisch, nicht wahr?«

»Sie haben recht.«

»Natürlich habe ich das.«

»Was schlagen Sie vor?«

»Sie überdenken noch mal Ihr Angebot, und ich mache einmal auf unschuldig. Einverstanden?«

»Warum soll ich das Angebot überdenken?«

»Weil es ungefähr um ein Promille der Verlassenschaft geht. Das ist mir dann doch zu wenig.«

»Sie wollen mehr?«

»Ex-akt.« Damit stieg ich aus dem Wagen und warf die Tür zu. Nicht ohne noch gesagt zu haben: »Ich meld mich dieser Tage bei Ihnen.«

Ich trat aus dem Lichtkegel der Straßenlampe und ging im Dunkeln die Skodagasse hinunter zum Hamerlingplatz. Da gab es jede Menge nachzudenken. Fein, dass Werner meinte, ich hätte das Testament. Da ließ sich sicher irgendwas machen. Er war ganz der Mann, der auch für ein leeres Blatt Papier in einer graublauen Kartonmappe 10.000 Euro zahlen würde. Eine gute Eigenschaft muss ein jeder haben.

Alles, was ich brauchte, war morgen früh eine Schreibwarenhandlung, ein Aktenkoffer und ein geheimes Übergaberitual. Damit wäre dann die Übergangszeit bis zum nächsten Job gesichert.

Die Probleme mit der Polizei schienen momentan nicht so gravierend zu sein, nachdem sie mich wirklich nach Aufnahme meiner Aussage wieder gehen ließen, glaubte ich, nichts mehr befürchten zu müssen. Ich stand schon vor der Tür zu dem Haus, in dem Laura damals wohnte, als mein Handy klingelte. Ich nahm ab.

»Linder, san Sie des?«, fragte mich eine Stimme in tief wienerisch gefärbtem Tonfall.

»Bin ich, aber wer sind Sie?«

»Treff ma se im Bistro Milo, Blindengassen Ecke Lerchenfelder. An der Bar.«

»Sicher.«

»Sagn ma zehn Minutn?«

»In zehn Minuten, mir solls recht sein.«

Ich machte mich auf den Weg. Immer wieder linste ich über meinen aufgestellten Kragen in die Umgebung. Der Anrufer musste genau gewusste haben, wo ich mich gerade befand. Entweder er hatte eine Satellitenortung, eine gute Beziehung mit der Polizei oder er beobachtete mich einfach. Da der Anruf genau in dem Moment gekommen war, als ich im Licht des Hauseingangs von Laura auftauchte, war ich mir recht sicher, dass Satelliten dabei keine Rolle spielten.

III

Das Bistro Milo ist ein kleines Lokal, das man auch ungeniert als ›Windn‹ bezeichnen könnte. ›Windn‹ ist die unterste Stufe der Gastronomie in Wien, die sich auf so einem Niveau befindet, dass man es auch als Erlebnisgastronomie bezeichnen kann. Streng wertneutral natürlich, denn davon, dass es ein schönes Erlebnis sein könnte, ist nichts gesagt.

Das Bistro Milo ist klein und dreckig. Drei Tische, an denen zu jeder Tageszeit rotnasige und triefäugige Mittfünfziger sitzen, ein kleiner Tresen, den mein Anrufer mit Bar gemeint haben musste und jede Menge Zigarettenqualm. Aus Plastikboxen dröhnt Schlagersound aus Deutschland, Österreich, Ungarn und all den kleinen Staaten zwischen Slowenien und der Türkei.

Der Wirt stand hinter seinem Tresen, ein schmutzstarrendes Geschirrtuch um die Schultern gelegt, und schaute mich böse an, als ich eintrat. Mit zusammengekniffenen Augen, einer Schulterbreite von knapp zwei Metern und einer glänzenden Glatze ausgestattet bot er ein imposantes Bild. Ein breiter Schnauzer im türkischen Stil zierte seine Oberlippe.

»Was du wuilln?«

»Einen großen Mokka bitte.«

»Kummt sufurt.« Der Mann bildete des ›r‹ nur mit der Zungenspitze, sodass ein leicht zischendes Geräusch dabei entstand. Ich tippte auf einen Geburtsort irgendwo in der Nähe von Sanliurfa. Das ist dort, wo sich die Hasen und die Füchse wirklich Gute Nacht sagen.

Wie mir im Anruf vorgeschlagen worden war, stand ich an der Bar. Der Chef stellte mir gerade einen großen Mokka mit einem Glas Wasser auf den Tresen, als sich die Tür öffnete.

»Ah, der oide Vodda und ›s Kappl«, seufzte er und drehte sich um.

Herein kamen zwei Männer Mitte 50. Der eine war mit einem Karohemd, weißen Socken und schwarzen Lacklederschuhen bekleidet. Von seinem Gesicht sah man nur eine große Himmelfahrtsnase, der Rest war von einer leuchtend roten Kappe verdeckt. Das Einzige, was fehlte, war eine überdimensionale Schleuder in der hinteren Gesäßtasche seiner Hochwasserjeans.

Der andere trug einen dunklen grau melierten Vollbart, ebenfalls Karohemd und Jeans sowie weiße Turnschuhe. Auf seiner Nase saß eine dieser Brillen, die Hollywood immer deutschen Ingenieuren anzieht. Beide stellten großflächige Tätowierungen an den Unterarmen zur Schau.

Sie waren in eine äußerst anregende Diskussion vertieft, die sie mit Verve führten und schon längere Zeit andauern mochte.

»Geh, denen fehlts am Hirn, darum sendens immer die Wiederholungen, de gschissenen!«, meinte der mit dem Kapperl. Ob mit dem letzten Prädikat die Wiederholungen oder die Programmgestalter gemeint waren, ließ er nonchalant in der Luft hängen.

»Oida Vodda!«, rief er aus. »ORF Programmgestalter, des is wie Frauenfußball!« Er stammte aus der Gegend Österreichs, wo man Heckenklescher trinkt und Kürbiskerne presst. Allerdings schien er schon Jahrzehnte in Wien zu leben und hatte viel vom einheimischen Sprachschatz übernommen.

»Oder Negerschach!«, merkte der mit dem roten Kapperl an.

Kurze Pause, meckerndes Lachen von beiden.

Sie traten zu mir, stellten sich an den Tresen, und wie von Zauberhand standen vor dem Kappl ein kleines Bier und ein Averna. Der ›Oide Vodda‹ bekam ein Coke Zero. Beide tranken und wandten sich dann mir zu.

»Du bist der, mit dem was ma halafoniert ham?«

»Ja.«

»Host no nie a Peggerl gseng?«, fragte mich der mit dem Kapperl angriffslustig. Ich hatte nämlich völlig entgeistert eine nackte Dame angestarrt, die sich lasziv um den Hals des Brillenträgers rekelte.

»Doch schon«, antwortete ich. Was ich noch nie gesehen hatte, behielt ich für mich. Die üppige Dame trug einen Namen: Mama. Das hatte ich noch nie gesehen.

»Oida Vodda, reiß die zsamm, Kappl. Des is der, mit dem was du halafoniert hast. Brauch ma net glei an Kölch.«

»Eh kloa.« Der mit dem roten Kapperl wandte sich mir zu, steckte sich eine Lucky Strike an und blies den Rauch aus.

»Du bist der Linder?«

»Ja.«

»Guat. Mia hättn an Zund fia di.« Der Zeigefinger visierte mich an, zischen Ring- und Mittelfinger steckte die Zigarette, ihr Rauch wirkte wie der von einer Knarre.

»Interessant. Schießen Sie los.«

»Herst bist deppat? Net da herin. Wennst wüllst, mia san min Auto da. Kemma glei losfahrn, wenns da Spaß macht.«

»Wohin?«

»Wirst scho seng.«

»Konkreter geht's nicht?`«

»Fahr o, mit dene scheiß Wärter, was ka Sau kennt.« Er schob das Kapperl zurück und starrte mich angriffslustig an. Irgendwie hatte ich das starke Gefühl, dass Hunde, die so bellen wie die beiden, sicher nicht beißen. Dazu kam, dass ich neugierig bin wie eine kleine Katze. Die beiden hatten todsicher was mit der Testamentssache zu tun. Ich konnte das Geld schon förmlich riechen, durch den Tabakqualm, die aufdringlichen Deos und Schweißfüße hindurch.

»Gut, fahrn wir los?«

»Trink ma zerst aus. Tschikkn wüll i a no ane«, meinte das Kappl.

»Wieso?«

»Weil sei Holde net wüll, dass ma in sein Auto tschikkt.«

»Verständlich.«

»Oida Vodda«, meinte der mit der Ingenieursbrille. Das Kappl neben ihm schluckte den Averna hinunter, als ob er Wasser wäre.

Wir standen noch ein paar Minuten an der Bar, die beiden rauchten ihre Zigaretten fertig. Danach wurde gezahlt. Das heißt, ich zahlte, die zwei ließen aufschreiben. Ein paar Meter die Blindengasse hinauf parkte ein uralter weißer Volvo. Sogar im Dunkeln konnte man die Rostflecken an den Türen sehen, und ohne eingestiegen zu sein, wusste ich, dass es nach Duftbaum Skandinavische Tanne riechen würde und dass während der Fahrt ein klapperndes Geräusch aus dem Motorraum zu vernehmen sein würde. Ich behielt recht. Auch mal fein.

Die beiden saßen vorne, ich hinten. Der Oide Vodda lenkte, das Kappl saß daneben und gab wertvolle Ratschläge, auf die der Oide Vodda sauer reagierte. Die beiden steigerten sich mit der Fahrtdauer. Es ging vom Gürtel auf die Heiligenstädter Lände, dann auf der Bundesstraße nach Klosterneuburg, und da ich mich dort partout nicht mehr auskenne, verlor ich irgendwo im Gewirr der Klein- und Kleinststraßen, die sich zwischen steilen Weinbergen durchschlängeln, die Übersicht.

»Geh, da vorn hättest links miassn«, schimpfte das Kappl, »i hobs da amol gsagt, i hobs da zwamol gsogt aber du, du hearst ma zu wie mei Muata, de derrische ...« Wie das Kappl seine Mama bezeichnete, lasse ich aus Respekt aus.

»Du Weh, bist waach? Du sagst, links, i fahr links, a wenn i waß, dass es a Schwachsinn is. Jetzt samma zwamal links gfahrn, so wie du gsagt hast, und mir stengan an. Deine Ezzes stengan ma bis da her.« Er zündete sich eine Zigarette an.

»Rutsch umma, lass mi fahrn, des hat kan Zweck.«

»Na, du wirst net fahrn, du bist scho antschechert. Wenn uns die Kieberer aufhaltn!« Die beiden stritten munter drauflos, ich hörte nicht mehr richtig zu, sondern linste raus in die Dunkelheit. Wir standen vor einem leeren Hang, in den ein steiler Weg hinaufführte. Die Straße wurde direkt vor uns zu einer winzigen Gasse, so eng und dunkel, dass nicht mehr auszumachen war, ob sie überhaupt mehr darstellte als nur einen Feldweg. Was man allerdings sehen konnte, war eine majestätische Thujenhecke, hinter der sich eine barockgelbe Villa versteckte.

Das Kappl und der Oide Vodda waren im Begriff, sich die Haare auszureißen, als ich mich einmischte.

»Also, wenn wir uns schon verfahren haben, dann könnte mir auch jemand mitteilen, wohin wir wollen und weswegen eigentlich.«

Die beiden unterbrachen ihren Streit, das Kappl zündete sich auch eine Zigarette an und sie drehten sich nach hinten um.

»Es geht, um was es immer geht.«

»Es draht sie de Wölt ums …«, der Oide Vodda ließ den Rest des Satzes in der Luft hängen.

»Geld«, ergänzte ich.

»Sehr brav«, meinte das Kappl. »Schau her, wir wissen was, wal ma für wen ghackelt ham.«

»Und des mächt ma gern zu Geld machen.«

»Kann ich verstehen, aber für was braucht ihr mich?«

»Für was braucht ihr mich?«, äffte mich des Kappl nach. »Genau für des!«

»Für was?«

»Schönsprechen«, lautete die simple Antwort vom Oiden Vodda.

Ich lachte.

»Was peckst di o, Burschi?«

»Weil wenn ich sage: ›Für was braucht ihr mich?‹, dann ist das alles andere als korrekt. Es müsste heißen ›Wozu braucht ihr mich‹, und dass du einen Satz mit Fehler als Beispiel verwendest, um zu zeigen, wofür ihr mich braucht, das ist …«

Ich wollte sagen: ›komisch‹, aber dazu kam ich nicht. Dem Oiden Vodda und dem Kappl waren die Mienen eingeschlafen.

»Verarschst du uns?«

»Oida Vodda, Burschi, i prack da ane, dann kannst weiterreden, wenn da der Kifl wackelt!«

»Wennst di Pappn no aufbringst«, ergänzte das Kappl.

»Sagen wir einfach, wir teilen nicht den gleichen Sinn für Humor, okay? Nix für ungut.«

Die beiden schienen nicht gerade begierig darauf zu sein, eine Schlägerei anzufangen. Also beruhigten sie sich.

»Weiter im Text. Ihr braucht jemanden, der Hochdeutsch spricht. Und warum ich?«

»Weil dich der Herr kennt, mit dem was d redn suillst.«

»Wer wäre das?«

»Sagt da der Name Schöller was?«

»Sicher.«

»Eh.«

»Du gehst hin, klingelst, er wird dich reinlassen, und basta.«

»Das glaube ich nicht, der Herr Schöller hat keine gute Meinung von mir.«

»Oida Vodda, bist du deppert!«, ließ sich der Fahrer vernehmen.

»Der ist naturwaach, unter alle missn ausgerechnet mia auf an naturwaachn Doktor kumman. Scheiß mi an.«

»Huach zua, Doktor. Du wirst natürlich net sagn, dass du der Linder bist, check?«

»Gut, aber warum habt ihr dann gerade mich ausgesucht.«

»Wal du in der Gschicht mit drin hängst, mit dem Testament und so.«

»Gut, also, wenn wir jemals an die Adresse gelangen sollten, die wir ansteuern, werd ich klingeln und mir was einfallen lassen.«

Das Wort Adresse ließ wieder alle atmosphärischen Störungen zwischen den beiden Kumpanen aufflammen. Es begann bei topografischen Fragen und endete damit, dass das Kappl ausrief:

»Groß die Pappn aufreißen und in mein Auto tschikkn. Des passt!«

»Oida Vodda, des is das Auto von deiner Holden, net deins! Und du tschikkst a!« Beide hielten glühende Zigaretten in der Hand.

»Aber du hast angefangen!«, zischte das Kappl.

»Schau her, du Batzer!«, rief der Oide Vodda aus und dämpfte seine gesundheitsgefährdende Rauchware im Sitzpolster aus. Das hinterließ ein schönes Brandloch.

»Steig aus, steig aus, du feige Sau, dann ...«, drohte das Kappl.

»Wohin müssen wir eigentlich?«, unterbrach ich den liebevollen Streit.

»Zun Schöller.«

»Ich meine die Adresse?«

»Löblichgasse 18.«

»Ah.«

Die beiden fuhren fort zu streiten. Ich stieg kurz aus und ging ein paar Meter auf die Villa zu und las das Straßenschild. Als ich wieder zum Auto zurückkehrte, waren die Scheiben von innen angelaufen und gedämpfte Laute drangen aus dem Wageninneren. Das Auto wackelte sogar leicht. Es sah fast so aus, als ob sich zwei Teenager ihre gegenseitige Zuneigung beweisen würden. Nichtsdestotrotz klopfte ich an die Scheibe.

»Eh?«, der Oide Vodda ließ die Scheibe herunter.

»Wir stehen direkt vor dem Haus.«

»Wiss ma eh olle!«, ließ sich das Kappl vernehmen, und die beiden lachten wieder ihr meckerndes Lachen, das mir schon bei ihrem Auftritt im Bistro Milo aufgefallen war. Bei manchen Menschen scheint es, als ob man sie schon nach einer halben Stunde ein Leben lang kennen würde. Und die zwei kannte ich mittlerweile schon gut drei Stunden lang.

IV

»Ja?«, dröhnte eine entsetzlich verzerrte Stimme aus der Gegensprechanlage.

»Thubois ist mein Name. Ich würde gerne Herrn Schöller sprechen.« Das war der erste Name, der mir irgendwie eingefallen war.

»Moment«, dröhnte es wieder, dann ein Summen, dann eine längere Pause.

»Was is?«, zischte es aus den Schatten der anderen Gassenseite herüber. Der nasse Asphalt glänzte im Licht der Lampe über der Einfahrt. Der Rest der Gasse versank in schwarzer Finsternis.

»Moment«, zischte ich zurück.

Die Gegensprechanlage krächzte, zischte und summte. Dann meldete sich wieder eine Stimme.

»Gut, Sie können reinkommen. Immer den Weg entlang.«

Betont langsam ging ich durchs Tor und ließ wie versprochen ein Stofftaschentuch im Schloss stecken. Die Tür fiel klackend zu, schloss aber nicht. Mit ein bisschen Glück kriegte das im Haus niemand mit. Ich folgte dem Gartenweg aus runden, unregelmäßigen Steinplatten bis zu einer kleinen Waschbetontreppe und stieg diese hinauf. Hinter mir hörte ich im Dunkeln leise Schritte. Die Kompagnons versuchten, leise zu sein.

Kaum stand ich an der Tür, fiel mir eine Kamera auf, die mir von oben entgegenlinste. Ich versuchte, den Kopf tief zu halten. Die Kamera schwenkte summend hin und her, nach ein paar Sekunden verstummte das Geräusch und die Tür ging auf.

Die Empfangsdame von Schöller stand in der Tür und ließ mich herein. Ich trat aus dem Dunkel in die helle Wohnung, und noch immer brauchte sie etwa zwei Sekunden, bis ihr auffiel, dass sie mich schon einmal gesehen hatte. Sie wurde weiß im Gesicht und wollte gerade etwas ausrufen, als Herr Schöller die Eingangshalle betrat.

»Sie?«, rief er aus. »Sie haben mich schon wieder getäuscht!«

Ich nahm sofort die Hände hoch, denn beide schienen ernstlich verängstigt zu sein, und Schöller besaß zumindest eine Waffe. Das hatte ich vom Vormittag behalten.

»Kein Grund zur Panik. Ich bin nur hier, weil ich das Missverständnis von heute Morgen aufklären möchte.«

»Sie können mich umlegen, wenn S' wuin, aber die Dokumente werdn S' net kriagn«, presste Schöller zwischen den Zähnen hervor. Er schien heroisch zu allem entschlossen.

»Keine Sorge, ich bin nicht hier, um Gewalt anzuwenden.«

»Des soll i glaubn? Zerst schleichen S' eana ei mit an hinterhältigen Trick, und jetzt soll ich Ihna vertrauen?« Schöller war noch immer weiß im Gesicht und belegte mich und meine Nachkommen bis ins siebte Glied mit einem nicht wiedergebbaren Fluch. Die Empfangsdame stand sichtlich unter Schock. So hatte mein Auftritt noch nie gewirkt. Aber auch wieder typisch, wenn ich drohe, lachen alle, wenn ich nett bin, haben sie einen Strich in der Hose.

»Ich bin unbewaffnet, guten Willens und nur hier, weil ich das Missverständnis von heute Morgen aus der Welt schaffen wollte. Wenn ich nicht ein bisserl geschwindelt hätte, hätten Sie mir nie die Tür geöffnet.«

»Sehr richtig.« Schöller wandte sich an die junge Dame. »Amanda, du bist a so a Nixerl! Da hamma die sauteuren Kameras, und du, du lasst eahm eina!«

»Aber es war doch dunkel«, flötete sie entschuldigend. »Ich konnte überhaupt nichts sehen, und er hat doch gesagt, dass er Thubois ist!«

»Wenns'd nix siechst, mach net auf!«, brüllte Schöller.

»Es ist ja kein Unglück passiert. Ich bin gekommen, weil

ich mir sicher bin, dass Sie mein Sakko durchsucht haben. Es muss doch mittlerweile klar sein, dass ich überhaupt keine Feuerwaffe mit mir geführt habe!«

»Des war ganz a übler Trick, ums Haar hätte i an Unbewaffneten erschossen. Aber wer steckt scho a Flascherl Riechsalz ein.«

»Das war Herr Sternwald, er hat sich über mich lustig gemacht.«

»Aha. Und jetzt?«

»Jetzt ist die Lage die, dass mich die Polizei im Verdacht hat, Herrn Sternwald ermordet zu haben, unter anderem auch deshalb, weil die Papiere verschwunden sind und mein Alibi mein Aufenthalt in Ihrer Bank war. Das haben Sie bestritten, ergo bin ich Hauptverdächtiger.«

»Hm. Bled für Sie, die Papiere geb i aber nimmer her.« Schöller klang mittlerweile wieder recht entspannt. Das Adrenalinniveau im Raum war auf Normalwert gesunken.

»Warum bieten Sie mir nicht etwas zu trinken an, wir gehen in Ihr Arbeitszimmer und besprechen das Ganze wie zivilisierte Menschen. Ich bin mir sicher, wir können eine Lösung finden, die sowohl Ihre Interessen als auch meine vertritt.«

»Vielleicht.«

»Sicher. Sie machen Ihren Schnitt, und ich bleib auf freiem Fuß. Angebot?«

»Gut. Was wollen Sie trinken? Amanda, ich will an Espresso.«

»Ich auch bitte.«

»Also zwei, ins Arbeitszimmer, gell?«

Ich hatte ihn soweit, er war zwar noch ein bisschen misstrauisch, aber durch die Überraschung ein wenig aus der Fassung. Das Eisen muss man schmieden, solange es heiß ist. Ich sah mich schon im Besitz des Testaments, als eine Tür aufging und der Oide Vodda und das Kappl auftauchten. Wenn die beiden Idioten mir nur fünf Minuten gelassen hätten, wäre alles Wonne und Waschtrog gewesen. Aber so verkomplizierte sich wieder einmal alles.

»Niemand geht irgendwohin irgendan Kaffee kochn!«, keifte das Kappl. Er hielt eine silbern glänzende Pistole in der Hand und zielte auf Frau Amanda.

»Oida Vodda! Wenn's die rührst, Wamperter, bist a Sieb!«, ließ er Herrn Schöller wissen.

»Herr Doktor, des hams klass gmacht.«

»Eh, super Ablenkungsmanöver!«

»Wie seid ihr zwei reingekommen?«

»Durchs Kellerfenster. Wie's Madl die Haustür aufgmacht hat, hamma a Scheibn eingschlagn.«

»Unmöglich!«, rief Schöller aus. »Wir ham a Alarmanlage!«

»Geh scheißn mit deiner Anlag. Das erste Mal, dass die Leut ausgraubt werdn, is von de Alarmanlagenfirmen bein Einbau! De scheißn si nix!«

»Bei die meisten schalt si die Sicherung aus, sobald die Haustür aufmacht wird. Des hamma ausgnutzt!«

»So und jetzt her mit de Papiere!« Der Oide Vodda wedelte mit seiner Pistole vor Schöllers Gesicht herum.

»Das ist doch gar nicht nötig«, meinte ich. »Herr Schöller und ich wären gerade auf dem Weg zu einer Einigung gewesen. Das wäre für alle, auch für euch zwei, viel besser als ein bewaffneter Raubüberfall. Ihr hättet mir nur noch eine Viertelstunde geben müssen, und wir hätten die Schereien nicht am Hals.«

»Was für Schereien?«

»Meints ihr zwei vielleicht, der Herr Schöller zeigt euch

nicht an, wenn ihr ihn durch Waffengewalt zur Herausgabe von Papieren zwingt?«

Der Oide Vodda und das Kappl sahen sich unsicher an. Fast wäre es so gewesen, dass sie von einem Bein aufs andere getreten wären, den Blick auf die Zehen gerichtet, wie Schulbuben. Aber eben nur fast.

»Eh, aber ...«

»Gar nichts aber, ihr werdet jetzt vernünftig sein und die Puffen runternehmen, und dann wird Herr Schöller so vernünftig sein und darauf verzichten, sich daran zu erinnern, dass ihr jemals in seinem Haus wart. Richtig, Herr Schöller?«

Herr Schöller nickte. Ich glaube, er hätte wirklich alles getan, um die Schusswaffen loszuwerden. Ihm stand der kalte Schweiß auf der Stirn, und seine Augen zuckten unruhig.

»Sicher, sicher, nur um Himmels willen, nehman S' doch die Puffn owe, bevor no a Unglück gschieht.«

»Sicher, das werden die beiden gerne tun? Nicht wahr.«

»Eh, Dokta.«. Kaum hatten die beiden die Waffen wieder hinten in ihre Bluejeans gesteckt, als die dritte Tür, die ins Zimmer führte, aufging und die Empfangsdame von Schöller in Erscheinung trat. Ich musste zweimal durch den Raum linsen, bis mir klar war, dass ich nicht halluzinierte. Es waren wirklich Zwillingsschwestern.

Die Frau stand mitten in der Tür, die Beine leicht gespreizt. Es handelte sich um ebendieselbe Waffe, die Herr Schöller am Vormittag auf mich gerichtet hatte.

»Keine Bewegung, die beiden Herrn mit den Schusswaffen«, zischte sie böse, die Augen schmal wie Schlitze.

»Amanda, hilf den Herrn doch beim Ablegen«, meinte sie von der Tür her, mit dem gebieterischen Ausdruck in der Stimme, die eine Schusswaffe verleiht.

»Sicher, Louise.« Amanda sprach den Namen nach französischer Art aus, mit der leichtesten Ahnung eines ›e‹ hinter dem s.

Dann trat sie zu den beiden Männern und zog ihnen die Kanonen aus den Bluejeans. Der Oide Vodda und das Kappl waren komplett perplex. Amanda erledigte die Arbeit konzentriert und seriös, Schöller stand wie unbeteiligt daneben. Man hätte sagen können, dass sein Kinnladen auf seinem Bauch ruhte, so verblüfft war er. Nachdem meine Kompagnons entwaffnet waren, standen alle eine Weile blöd herum. Niemand wusste so recht, was tun. Ich ärgerte mich grün und blau, schließlich war ich schon fast am Ziel meiner Wünsche angelangt gewesen. Schöller war überrumpelt, und die Zwillinge von ihrem eigenen Erfolg überrascht. Der Oide Vodda und das Kappl schienen so an den eigenen Misserfolg gewöhnt zu sein, dass sie völlig passiv blieben. Schließlich passierte doch noch was.

»Hearst, Oida, hast an Koffa ogstellt?«, fragte das Kappl seinen Kompagnon bitter. Er verzog das Gesicht und hätte er nicht die Arme über den Kopf gehalten, so hätte er sie schützend vor die Nase gelegt.

»Was soll i machen? Wenn i platz, is des a ka Hülf«, versuchte sich der Oide Vodda zu verteidigen.

»Bah, probiers mitn Platzn s nächste Mal, schlimmer kanns a nimmer wern.«

»Hupf in Gatsch!«, war die verärgerte Antwort. Der Oide Vodda drehte sich vom Kappl weg.

»Bitte lassen S' mi zum Dokta umme, i wüll net in dem Gstank sterbn!«, fragte das Kappl Herrn Schöller.

»Nix da, Sie bleibn, wo Sie stengan!«, erwiderte Schöller streng.

»Bah, mir sengts de Nasnhoar an. Bitte. Es tuat ma a wirklich lad, dass ma Sie überfallen ham. Ehrlich.« Die Mimik, die er dabei zur Schau stellte, wird wohl allgemeinhin Dackelblick genannt.

»Bist waach, Kappl?«, fragte der Oide Vodda. »Hast ka Ruckgrat mehr? De wern uns sowieso hamdrahn, bewahr deine Würde!«

»Würde? Würde?«, das Kappl war fassungslos. »Wer hat an Schaas lossn, dass da Sau graust? Du oder i? Kumm ma noch amal mit Würde, und i wer die …«

»Und was genau wirst mi, du Zniachtl?«, provozierte der Oide Vodda seinen Kompagnon.

»Hamdrahn!«, war Kappls Schlachtruf, und er stürzte sich auf seinen Freund. Eine halbe Sekunde später wälzten sich die beiden über den blank geputzten Boden. Schöller brüllte, die Zwillinge hielten ihre drei Kanonen überallhin, alle hatten die Nerven verloren, und niemand hätte eine seriöse Prognose über den Ausgang der Situation abgeben können, als es an der Tür klingelte. Alle Bewegung erstarb sofort, so ähnlich, wie wenn man im Gymnasium vom Lehrer auf dem Klo beim Kiffen erwischt wird. Allen war ihre Schuld an der Miene abzulesen, die Herzen hörten auf zu schlagen, und alle dachten gleichzeitig: »Wär ich doch heute Morgen einfach nur im Bett geblieben. Warum bin ich bloß aufgestanden?«

Alle bis auf mich, wohlgemerkt. Schließlich hatte ich so eine Situation schon einmal überstanden, muss so in der siebten Klasse gewesen sein. Ich schnappte mir Louise, entwand ihr die beiden Waffen, die sie in der Hand hielt, und richtete eine auf Amanda, die andere auf Louises Hals. Unritterlich benutzte ich die schöne Frau als Schutzschild. Sie roch irgendwie nach Sandelholz. Außerdem betete ich, dass die beiden Knarren gesichert waren. Die Dinger haben manchmal so einen nervösen Druckpunkt, dass in so einer Situation das Hirn an die Decke spritzt, bevor man überhaupt kapiert, was los ist.

»Okay. Amanda, Sie legen jetzt Ihre Waffe auf den Boden und schieben sie mit dem Fuß weg.«

Amanda zögerte, schaute zu Schöller, der nickte, und sie leistete meiner Aufforderung Folge.

»Die beiden Herrn stehen auf, sonst werden Sie für den letzten Rest Ihres Lebens sitzen! Klar?«

»Eh!«, antworteten die beiden unisono.

»Wenn ich noch einen Mucks von euch zwei höre, dann ist Schluss mit lustig.«

»Eh!«, meinten beide trotzig. Wie es schien, fügten sich alle meinen Anweisungen. Für gewöhnlich besitze ich in solchen Situationen überhaupt keine Autorität. Nicht mal meinen eigenen schlotternden Knien gegenüber, von anderen Menschen gar nicht zu reden. Aber diesmal waren alle so überrascht und überfordert, dass alles glatt lief.

»So, jetzt werden wir ganz ruhig die Gegensprechanlage bedienen! Amanda, darf ich bitten.«

Amanda ging hinüber und nahm ab. Inzwischen hatte es wieder geklingelt.

»Thubois, Herr Schöller erwartet mich.« Amanda blickte zu mir.

»Soll reinkommen.«

»Kommen Sie rein!«, sagte Amanda und drückte den Türöffner.

»Jetzt werden wir uns alle ganz vernünftig verhalten, dann gibt's keine Komplikationen. Ihr zwei«, ich zeigte auf den Oiden Vodda und das Kappl, »schleichts euch ins

Auto, sobald der Herr herinnen ist. Unauffällig und höflich. Dort könnt ihr auf mich warten«

»Eh, Chef.« Sie nickten.

»Wir werden uns ganz natürlich verhalten.« Mit diesen Worten wandte ich mich an Schöller. Ich steckte die beiden Pistolen weg und hob die dritte auf. Ich nahm sie am Lauf und hielt sie Schöller hin.

»Das ganze Tohuwabohu tut mir leid. Tun wir einfach so, als wäre ich gerade erst gekommen.«

»Sicher. Nix für ungut.« Wahrscheinlich hätte er in dem Moment auch eine Erklärung über die Existenz von Außerirdischen in der Wasagasse unterschrieben, die Ereignisse hatten ihn in Mitleidenschaft gezogen.

»Ganz meine Rede.«

Mittlerweile ertönte die Klingel von der Haustür her. Ich nickte Amanda zu, und sie öffnete. Herein kam doch tatsächlich Thubois. Er blickte einmal in die Runde, als er mich sah, zuckten seine Augen unmerklich, bei allen anderen Anwesenden ließ er sich nichts anmerken.

»Ich hoffe, ich störe nicht, aber wir hatten uns doch für 22 Uhr verabredet.« Er hatte sich an Schöller gewandt. Ich wollte aber nicht, dass sich der dicke Banker meiner Autorität entzog, und antwortete an seiner statt.

»Wir hatten nur eine kleine Besprechung. Herr Schöller und ich wollten gerade im Arbeitszimmer einen Kaffee trinken.«

»Mia schleichn si«, meinte das Kappl, nahm den Oiden Vodda an der Schulter, und Amanda begleitete sie hinaus.

»Gehn wir?«, fragte ich Schöller. Der nickte nur, und wir folgten ihm. Zuerst ging es aus der Eingangshalle hinaus, in einen Salon, dessen spiegelndes Parkett glänzte, dass man sich eine Sonnenbrille wünschte. Dann folgte eine

Flucht von kleinen Zimmern, und schließlich ging es eine Treppe hinauf, die von den Dimensionen her einer ländlichen Fronleichnamsprozession genügt hätte. Schließlich kamen wir in ein Zimmer, das mit Bücherregalen vollgestellt war, es gab einen Schreibtisch, eine grünlederne Sofagarnitur, dicke Teppiche, einen großen Globus und einen prächtigen Kronleuchter. Ohne zu zählen, tippte ich auf ein bisschen mehr als 1000 Glasteile. Das arme Schwein, das die zweimal im Jahr zu putzen hat, konnte einem richtig leidtun.

V

Schöller bot uns beiden auf der Couch einen Platz an. Er selbst ließ sich erschöpft in einen Ohrensessel fallen und wischte sich den Schweiß von der Stirn. Übrigens mit einem eleganten Taschentuch. In dem Zimmer roch es nach Kaffee und Papier, eine Note Staub kam noch hinzu und ergab insgesamt eine angenehme Atmosphäre, die zum Wohlfühlen einlud, wäre es nicht so entsetzlich heiß gewesen. Aber so war mein Hemd durchgeschwitzt, noch bevor mein Hosenboden das Leder berührte. Thubois setzte sich langsam, den Rücken steif wie ein Besenstiel. Er war verwundert, aber sehr bemüht, sich nichts anmerken zu lassen. Alle drei warteten wir nur darauf, dass einer zu sprechen beginnen würde, niemand wollte den Anfang machen.

»Ich wollte mit Ihnen alleine sprechen, davon, dass noch eine dritte Person anwesend sein würde, wusste ich nichts. Unter diesen Umständen wäre wohl besser gewesen, gar nicht zu erscheinen«, begann Thubois trotzig in Richtung Schöller.

»Herr Thubois, ich hab Sie im besten Willen gebeten, heute Abend vorbeizuschauen. Dass der Herr Dr. Linder auch noch da sein würde, wusste ich nicht.« Er wandte sich zu mir. »Woher ham S' eigentlich gwusst, dass da Thubois heut Nacht vorbeischaut? Sunst waratn S' nie einakumman!«

»Warum weiß man, dass ein Haus eine Rückseite hat, auch wenn man sie nie gesehen hat?«, stellte ich eine Gegenfrage. Zuzugeben, dass man bloß unwahrscheinliches Glück gehabt hat, steigert das Ansehen normalerweise nicht gerade nachhaltig.

»Wie meinen?«, fragte Schöller nach. Mit antiken Philosophemen hatte er es offenbar nicht so.

»Ist nicht weiter wichtig. Ich bin da, und das ist gut so.«

»Warum sollte das gut so sein?«, fragte Schöller.

»Sie wollten doch Herrn Thubois das Testament übergeben, sodass es morgen oder übermorgen irgendwo auftauchen kann. Nicht wahr?«

»Woher wissen Sie das? Ich hab mit niemandem drüber gredt!«, rief Schöller aus.

»Der Herr Doktor weiß eben, dass ein Haus eine Rückseite hat, ohne dass er sie gesehen haben muss«, fügte Thubois mit einem Lächeln hinzu, Schöllers Blick wanderte zwischen uns beiden hin und her.

»Thubois, ham Sie dem Linder an Zund gebn?«

»Nein, das hat er nicht«, antwortete ich für Thubois.

»Und das wäre auch ganz unnötig gewesen. Sie mussten

das Testament loswerden, da in Kürze eine hektische Suche danach ausbrechen wird. Sie können mit dem Schriftstück selbst nichts anfangen. Warum also ein Risiko eingehen. Das waren Ihre Gedanken, nicht wahr?«, bluffte ich.

Schöller nickte. Ich war riesig in Form. Irgendwie hatte mich der Zufall nach Klosterneuburg gespült, und jetzt traf ich mit jedem Satz ins Schwarze. Ich kam mir vor wie Sherlock Holmes, der aus zwei Zentimetern Zigarettenasche, einer Krawatte und zwei Zahnstochern die Körbchengröße der Tochter des Ermordeten deduziert.

»Woher?«, fragte Schöller wieder.

»Elementar«, antwortete ich nonchalant. Das machte Spaß. Ich beschloss, noch ein wenig im Dunkeln herumzuschießen.

»Gehe ich recht in der Annahme, dass Herr Sternwald Ihnen sein Testament übergab, damit Sie es für ihn verwahren?«

Schöller nickte wieder.

»In der Ledermappe, den ich zu Ihnen brachte, gab es aber noch mehr Dokumente.«

»Darüber waß i nix«, merkte Schöller streng an.

Ich lächelte: »Da müssen Sie überhaupt nichts wissen. Weil ich weiß es, oder besser gesagt, ich kanns mir denken.«

»So? Des glaubn S' aber selber net.«

»Lassen S' den Herrn Doktor doch ausreden.«

Ich bedankte mich artig und begann meinen Gedankengang aufs Neue: »Warum sollte Ihnen Herr Sternwald sein Testament überlassen? Offensichtlich, weil er Ihnen vertraute. Warum aber vertraute er Ihnen, das ist mir nicht so ohne Weiteres klar geworden?« Ich machte eine rhetorische Pause. »Jemand wie Herr Sternwald, und ich kann sagen, ich habe ihn im letzten Monat sehr gut kennengelernt, war jemand, der niemals anderen vertraute. Wenn er wem vertraute, dann nur denjenigen Leuten, von denen er ein Druckmittel in der Hand hielt. Würden Sie mir zustimmen, Thubois?«

»Würde ich. Herr Sternwald sagte immer: Ich vertraue keinen Leuten, sondern nur der Kontrolle, die ich über sie ausübe!«

»Klingt ganz nach ihm. Damit steht fest, dass Herr Sternwald Ihnen gegenüber ein Druckmittel in der Hand hatte.«

»Genau. Mir warn früher enge Freind, bis zu der Sache ...«, er blickte Hilfe suchend zwischen Thubois und mir hin und her.

»Reden Sie nur weiter, wir sind alle ganz gespannt.«

»Na, da isses darum gangen, dass ma bei an Gutachten für die Regierung mitgschnitten ham. Der Sternwald hat a riesiges Honorar kriagt, i habs a bisssl hin und her gschoben, und dann is die Hälfte wieder an die Partei zurückgflossn. Verdeckte Parteispenden.«

»Kann ich mir gut vorstellen. Sie wollten nun die belastenden Papiere mit Thubois gegen das Testament tauschen, nicht wahr? Als ich bei Ihnen am Schwarzenbergplatz auftauchte, war das kein Kalkül, dass sie mich bedrohten.«

»Nein, einfach die Nerven weg gschmissen. Nachher hats ma richtig leid tan, wie ich des Riechsalzflascherl in Ihrem Sakko gfunden hab. Aber da wollt ich dann das Beste draus machen, nix für ungut.«

»Ich denke, wir sind quitt.«

»Ihre zwa Gangster ham mir an Heidenschreck eingjagt.«

»Mir auch, muss ich gestehen.« Wir lächelten beide.

»Ich nehme an, Sie haben Herrn Thubois vorbeigebeten, um die Transaktion in Gang zu bringen, nicht, um sie abzuschließen.« Ich wandte mich an Sternwalds Butler. »Die belastenden Papiere haben Sie nicht dabei, oder?«

»Nein. Keineswegs, Herr Schöller wollte mich bloß sprechen.«

»Sie, Herr Schöller, wollen das heiße Testament loswerden, Sie, Herr Thubois wollen die Sache abschließen, und ich, aus persönlichen Motiven, hätte es gerne, wenn das Testament wieder zurückkäme. Dann würde mich die Polizei nicht mehr für den Mörder von Herrn Sternwald halten.«

»Was!«, rief Schöller aus. »Die haben Sie in Verdacht? Solche Trotteln, Sie warn doch zu der Zeit bei mir!«

»Das wissen Sie und ich, aber die Kieberer wissen das nicht.«

Schöller wurde bleich und schlug sich mit der Hand vor den Mund.

»Ich hab mit meina Falschaussag Ihr Alibi aufn Gwissn«, entfuhr es ihm. Mir war zu dem Zeitpunkt noch nicht ganz klar, wie ich Schöller einschätzen sollte. War er ein eiskalter Geschäftsmann, der den Naiven gab, oder war einfach ein armes Würstel, das die Bank in eine Welt hineingerissen hatte, für die es nicht gemacht war?

In dem Moment wurde geklopft und ein Tablett mit drei Tassen Kaffee, einer schönen silbernen Zuckerdose und drei winzigen Espressolöffeln hereingebracht. Ob Louise oder Amanda, war mir nicht klar.

»Was hattn des so lang dauert, Amanda?«, fragte Schöller.

»Wir sind alle ein wenig aufgeregt«, lautete die Antwort mit niedergeschlagenem Blick.

Schöller klopfte ihr aufmunternd und ziemlich respektlos auf den Popo, während Amanda das Tablett abstellte. Schließlich ging sie hinaus.

Schöller wischte sich wieder den Schweiß von der Stirn und beugte sich nach vorn zu seinem Kaffee. Er nahm die Untertasse nur mit Daumen und Zeigefinger auf und roch genießerisch. Dann schlürfte er langsam und geräuschvoll. Der Kaffee war genauso gut wie in Schöllers Büro. Wenn ich mal Chef einer Privatbank am Schwarzenbergplatz wäre und eine Barockvilla in Klosterneuburg bewohnen würde, dann hätte ich auch so guten Kaffee zu Hause.

»Was sollen wir machen?«, fragte Schöller, nachdem er die Tasse wieder abgestellt hatte.

»Für mich wäre es das Beste, wenn Sie morgen früh die Polizei anrufen würden, ihnen die Dokumente übergeben und die Falschaussage zugeben.«

»Dazu können S' mich nicht zwingen.«

»Nein natürlich nicht. Zwang ist überhaupt was Unschönes.«

»Eben. Außerdem haben Sie überhaupt kein Druckmittel gegen mich in der Hand.«

»Das stimmt allerdings. Gegen Sie habe ich nichts in der Hand.«

Schöller atmete auf.

»Aber in der Hose«, fuhr ich ungerührt fort.

»Wie bitte?«

Ich langte in meine rechte Hosentasche und fischte ein schwarzes Diktafon heraus, dass ich seit dem Tag, als ich Privatsekretär bei Sternwald gewesen war, in der Tasche trug. Ich hielt es in die Höhe, drückte auf ›Zurückspulen‹, das Gerät gab das charakteristische Geräusch von sich, und dann drückte ich auf ›Stopp‹.

»Soll ich abspielen?«

»Das können Sie vor Gericht nicht verwenden!«, rief Schöller entgeistert.

»Brauch ich auch nicht. Wenn ich das der Kripo überlasse, dann finden die genug und brauchen das Tonbanderl nie im Leben.«

Kurze Pause und totale Stille. Schöller floss der Schweiß nun in Strömen die Stirn herab. Immer wieder blinzelte er, wenn ein Tropfen den Weg durch die dünnen Brauen in seine Augen gefunden hatte.

Ich stellte das schwarze Memogerät auf dem Rauchglastisch vor der Couch ab. Es spiegelte sich wunderbar in der dunklen Oberfläche. Auf den Hintern von Marilyn Monroe hätte er auch nicht mehr gestarrt.

»So dann haben wir ja alles geklärt. Sie haben das Testament, Thubois hat die Sicherheit, und Sie beide werden sehr bald einen Weg finden, die beiden Dokumente auszutauschen. Morgen Vormittag würde ich sehr gut finden. Ich hoffe, das passt allen Anwesenden.« Schöller nickte, Thubois ebenfalls, fügte aber noch was hinzu: »Sie sprachen zuvor von zwei Dokumenten in der Aktentasche. Was meinten Sie damit?«

»Ach ja, das zweite Dokument, was kann das wohl gewesen sein?«

Schöller presste die Lippen aufeinander, sodass die Schweißperlen hell im Licht glänzten. Seine Hornbrille wirkte etwas beschlagen, wie in einem Dampfbad.

»Ich würde meinen, dass es sich bei den zweiten Dokumenten um eine Art Zeichen des guten Willens gehandelt haben könnte.«

»Warum sollte Herr Sternwald ein Zeichen des guten Willens gegeben haben?«

»Wahrscheinlich, damit er Herrn Schöller überzeugen

konnte, dass er keine bösen Absichten hegte. Nach all dem, was ich annehme, das zwischen beiden vorgefallen ist ...«

»Es war genauso. I wollt des Testament um nix in der Welt ham. Aber er hat net locker glassen und dann hat er den Vorschlag bracht mit die Blankounterschriften. Da hab i zugestimmt.«

»Dann werden Sie mir die Blankounterschriften und Herrn Thubois das Dokument ausliefern und erhalten im Gegenzug die belastenden Papiere. Wie sollen wir das morgen arrangieren?«

»Wie kumman S' drauf, dass i die Papiere mit de Unterschriften so einfach auslass?«

Ich tippte auf die Taste für die Wiedergabefunktion des Diktafons. Sofort war eine rauschende Stimme zu hören. Schöllers volle Lippen wurden purpurfarben, strichdünn, und Wassertropfen kondensierten innen an der Brille. Ich drückte sofort wieder auf Stopp.

»Gut, kemma mochn. Wo und wann sui ma si treffen?«

»Wenn wir uns treffen, ist das gar nicht gut. Sie kennen sicher gute Anwälte. Dort werden Sie hinterlegen, dann werde ich hinterlegen und die Unterschriften abholen, und dann wird Herr Thubois hinterlegen und abholen, und gegen Abend werden Sie dann Ihre Papiere in Empfang nehmen. So weit, so klar?«

»Gut. Sag ma, Loquaiplatz 13, Sadlatsch & Ranten. Ich wers in da Fruah deponieren.«

»Fein. Ich werde gegen 12 vorbeischauen.«

»Da is Mittagspause!«

»Umso besser.« Meine Finger spielten wieder mit dem Diktafon.

»Ich werde gegen drei dort sein«, meinte Thubois.

»Ausgezeichnet. Dann auf ein gutes Gelingen.« Schöller stand auf, wir reichten uns die Hände und verließen das Arbeitszimmer.

Unter ein paar höflichen Worten wurden wir zur Tür geleitet, ich ging hinter Thubois hinaus, aber drehte mich noch einmal auf der Schwelle um.

»Ich bin sehr froh, dass ich Ihnen nicht drohen musste, Herr Schöller.«

»Ich auch«, entgegnete der dicke Banker und wischte sich den Schweiß von der Stirn.

Dann fiel die schwere Tür ins Schloss.

VI

Kein Auto, keine Zigaretten, kein Oida Vodda und kein Kappl waren draußen zu sehen. Es gab nur Dunkelheit und Kälte, von denen aber massig. Vor allem, da ich komplett durchgeschwitzt war, kam das Kältezittern fast augenblicklich. Das vormals nasse Hemd fühlte sich auf der Haut plötzlich an wie gefriergetrocknet. Ich zog meinen Mantel fester um die Schultern.

»Rufen wir uns ein Taxi«, schlug Thubois vor. Seine Zähne klapperten genau wie meine.

»Können wir gerne machen. Hoffentlich kommt um diese Uhrzeit eines her. Da könnte man als Taxifahrer schon fast an einen Streich von Halbstarken glauben.«

»Ja, hoffentlich kommt eines.«

Wir folgten dem Gässchen in die Richtung, von der

wir vermuteten, dass sie in weitere Folge zur Hauptstraße führen würde. Thubois hatte glücklich die Vermittlung erreicht und ein Taxi bestellt, die Aussicht auf 20 Minuten an der frischen Luft erschien aber überhaupt nicht verlockend, da sprang neben uns im Dunkeln ein Motor an, und der Lichtkegel eines Aufblendlichtes raubte uns die Sicht.

»Steigts ei, bevors eich den Tod huits«, hörte ich den Oiden Vodda.

»Standheizung laft«, keifte das Kappl.

Zwei Zehntel später saßen Thubois und ich auf den Rücksitzen des alten Volvo. Drinnen roch es mittlerweile nach Tannenduftbaum, Zigaretten, Alkohol und abgestellten Koffern. Aber es war warm, und so kuschelten wir uns in die warme Luft wie Katzenbabys ins Fell der Mama.

»An Sliwo irgendwer da hint?«, fragte das Kappl und hielt eine gläserne Literflasche vor unsere Nasen. Thubois war schneller als ich und griff sich die Flasche. Als er sie entkorkte, tränten mir die Augen. Wenn der Liebe Gott gewusst hätte, was man da aus Zwetschgen machen kann, dann hätte er sie nicht erschaffen. Auf jeden Fall kam ich auch an die Reihe, und nach dem zweiten Schluck war mir richtig warm. Ich reichte die Flasche zurück. Wir fuhren mittlerweile auf irgendwelchen Hinterstraßen durch den Wienerwald. Teils steil, teils unbetoniert, teils Kopfsteinpflaster. Dann wusste ich, dass wir uns auf der Höhenstraße befanden. Dort hielten wir dann auch einmal kurz an.

Unter uns lag die große Stadt, der Millenniumstower glänzte, die Lichter der Gasometer blinkten am fernen Horizont, und die A23 zog sich als glühendes Band, einer glänzenden Schlange gleich, durch die Nacht.

»Was is außa kumman?«, fragte das Kappl.

»Wenns ums Testament geht, wuilln ma unseren Anteil!«, meinte der Oide Vodda. Er sprach das Wort ›Anteil‹ so aus, als ob ein Franzose ›Antueil‹ gesagt hätte.

»Von uns hast den Zund, Herr Doktor, vergiss des net.«

»Weil mir werma des net vergessen!«, bestätigte der Oide Vodda.

»Wenn ich euch überhaupt je etwas geschuldet hätte, dann ist das damit aufgehoben, dass ihr noch frei und brav in eurem Auto sitzt. Wenn ich das nicht gedeichselt hätte, dann hätte der Schöller die Polizei gerufen. Ihr hättet dann ganz sicher auch was gekriegt, aber das hätte euch keinen Spaß gemacht.«

»Woher willst denn du des wissen?«, meinte das Kappl. »Das uns des kan Spaß gmacht hätt?«

»Weil er mant, dass ma in Häfn eingfahrn wärn, deswegen. Oida Vodda, bist du waach.«

»He, i bin net waach.«

»Sicher bist waach, wievü vom Pumpzuasaftl hast im Bauch?« Er meinte den Sliwowitzkonsum des Kappls.

»Geh, a bissl Lebensfreude kannst ma scho gönnan.«

»Dann schalt dein Brain ein!«, schimpfte der Oide Vodda. »Wie schauts aus, Dokta, was is für uns drin?«

»Wer so einen Schwachsinn durchzieht wie ihr zwei, mit Knarren einzubrechen, dann auch noch Leute zu bedrohen! Da sind schon Leute für 15 Jahre eingefahren! Außerdem hättet ihr sowieso beinahe alles vermasselt. Ich hatte die Sache voll im Griff. Noch zwei Minuten und alles wäre paletti gewesen, aber so müssen wir mit weniger zufrieden sein.«

»Wie viel weniger?«

»Sehr viel weniger. Ich glaube, ihr zwei habt vorher euren Anteil das Klo hinunter gespült.«

Vorne brach auf diese Worte hin ein Tumult aus. Die beiden brüllten mich an, dann sich gegenseitig, schließlich wieder einander und gebrauchten dabei Ausdrücke, die ich beim besten Willen nicht wiedergeben kann. Nach ein paar Minuten beruhigten sie sich wieder soweit, dass ich weiter sprechen konnte.

»Wir werden morgen eine kleine Transaktion über die Bühne bringen, dabei wird es dann so sein, dass hoffentlich alles gut ausgeht. Wenn dem so sein sollte und mir irgendwas übrig bleibt, dann kriegt ihr auch was. Aber viel wird das nicht sein.«

»Wo geht des über die Bühne, wir wolln dabei sein!«

»Dass ihr wieder Cowboy spielt und alles verpatzt? Sicher nicht.«

»Wehe, du haust mit unserem Anteil ab, Dokta.«

»Wie soll ich denn abhauen, ihr wisst, wo ich wohne. Ich kann ja gar nicht weg.« Das schien die beiden zu beruhigen.

»Wie vül wird's denn werdn, so ungefähr?«, fragte der Oide Vodda.

»Nicht viel.«

»Net vül? Der Sternwald is 400 Mille schwer. Wemma sei Testament ham, is des was wert.«

»Wir haben aber sein Testament nicht, und das werden wir auch nicht kriegen. Wenn ihr nicht so reingestürmt wärt, vielleicht. Aber eure Aktion hat unsere Verhandlungsbasis so geschwächt, dass wir uns mit viel weniger zufriedengeben müssen.«

»Wie kann a Puffn a Verhandlungsbasis schwächen? Oida Vodda, a so a Schaas.«

»Weil das illegal ist. Und wenn man jemanden erpressen will, weil er etwas Illegales getan hat, wie in diesem Fall ein Testament zu unterdrücken, dann darf man selbst unter keinen Umständen etwas Illegales machen. Weil man sonst seine eigenen Druckmittel schwächt, indem man dem anderen selbst ein Druckmittel an die Hand gibt. Und Einbruch mit Faustfeuerwaffen und gefährlicher Drohung, das ist illegal.«

»Eh«, meinte der Oide Vodda so, als hätte er das schon immer gewusst. Ich war mir aber sicher, dass die beiden in derselben Situation wieder genauso handeln würden, wie sie es getan hatten. Reden hatte bei den beiden überhaupt keinen Sinn. Deswegen wandte ich mich an die vierte Person im Wagen.

»Wohin wollen Sie, Herr Thubois?«

»In die Villa bitte, ich habe morgen noch viel zu tun.«

»Gut, ihr kennts die Adresse?«

»Sicher. Aber wir san ka Taxi«, meinte des Kappl.

»Doch heute Nacht schon«, meinte ich, und für einmal gab es keinen Widerspruch und wir fuhren los.

Eine halbe Stunde später stand ich vor der Tür zu Lauras Wohnung am Hamerlingplatz. Ganz sachte und leise führte ich den Schlüssel ins Schloss und versuchte, zu drehen. Wenn abgesperrt war, weil Laura böse auf mich war, dann wollte ich nicht, dass sie hörte, dass ich versuchte, reinzukommen. Wenn aber nicht abgesperrt war, dann wollte ich nicht, dass ich sie aufweckte. Also war ich mucksmäuschenstill. Ich hörte nur mein eigenes Herz schlagen und Stahl auf Stahl kratzen. Die Tür war nicht versperrt, ich öffnete sie vorsichtig. Sanft setzte ich den ersten Fuß in die Wohnung. Es roch noch nach Spaghetti, Parmesan und ragú al pomodoro. Als die ersten Moleküle meine Geruchsrezeptoren reizten, erlitt ich eine Heißhungerattacke wie ein Tyrannosaurus Rex. Allein beim Gedanken an eine Portion der all'amatriciana hätte ich eine quiekende Ratte aus den Slums von Calcutta bei lebendigem Leibe fressen können. Ich bestand nur mehr aus einem riesengroßen Magen, der mit einem noch viel größeren Loch gefüllt war. Der Gedanke an einen krossen Rattenschwanz ließ mich vor lukullischer Lust erzittern.

Das alles spielte sich in den zwei Zehntelsekunden zwischen dem Öffnen der Tür und dem ersten Schritt in die Wohnung ab. Meine Sohlen hatten noch kaum den Boden berührt, als ich vom Wohnzimmer her ein »Arno, bist das du?« hörte, dann schnelle Schritte, ein angenehmer Aufprall, und meine Lieblingsdame lag auf mir und ich auf dem Rücken und mein Rücken auf dem Boden. Gott sei Dank war das jetzt passiert. In zehn Jahren hätte ich einen Bandscheibenvorfall erlitten. Aber der mögliche Bandscheibenvorfall und mein leerer Magen waren sofort vergessen, als ich geküsst wurde. Laura küsst wahnsinnig gut, außerdem riecht sie so schön. Es war einfach wunderbar. Ein paar Minuten später drückte sie mir ihren Kopf in den Hals und hielt mich fest umklammert.

»Sollen wir nicht die Tür zumachen, Süßeste?«, fragte ich. »Stell dir vor, es kommt irgendwer vorbei und sieht uns bei geöffneter Wohnungstür am Boden liegen.«

»Mir wurscht.«

»Und wenn der Betreffende daraufhin die Polizei ruft, was dann?«

»Gut, machen wir zu.« Wir entwirrten unsere Gliedmaßen, und ich schloss die Tür. Laura schmiegte sich von hinten an mich.

»Sind noch Spaghetti da?«

»Ein bisschen was. Nachdem sie dich mitgenommen haben, hatte ich keinen großen Hunger mehr.« Unterdessen waren wir in der Küche angelangt, ich schöpfte mir den kläglichen Rest des Abendessens auf und schaufelte mir die Nudeln in den Mund.

»Ich hätte nicht gedacht, dass sie dich wieder rauslassen«, meinte Laura. »Wie hast du das gedeichselt?«

»Gar nicht. Ich habe einfach meine Aussage gemacht, und dann haben sie mich gehen lassen.« Ich hatte den Mund voller Nudeln, und wahrscheinlich verstand meine Herzdame nur die Hälfte.

»Arno, es ist halb vier in der Früh. Geholt haben sie dich um halb acht. Du wirst nicht sechs Stunden lang deine Aussage gemacht haben. Da war noch was.«

»Na, die Aussage hat auch nur eine Stunde gedauert, dann haben sie mich gehen lassen«, erwiderte ich mampfend.

»Du bist seit fünf Stunden draußen und hast mich nicht angerufen? Weißt du, was ich für Angst hatte, und du, du Arsch, rufst nicht einmal an?« Lauras Augen waren zusammengezogen, mandelartig und wirkten sehr böse. Mitternachtsblau kann ungeheuer Furcht einflößend sein. Ich schob mir den letzten Bissen Nudeln in den Mund und kaute ungeniert. Wenn schon sterben, dann mit vollem Magen.

»Ich bin ja so eine blöde Kuh und sag dir auch noch, was ich mir für Sorgen gemacht habe. Du sitzt nur da und isst!« Sie funkelte mich an, und so gern ich mir noch ein Brot gemacht hätte, es ging nicht. In zehn Sekunden würde es zu spät sein, und ich würde nur mehr hören, wie Laura die Wohnungstür hinter mir ins Schloss werfen würde. Für immer. Ich hatte nicht mehr viel Zeit, die Sekunden tickten schon munter drauf los, es waren vielleicht noch sechs übrig, und ich musste eine Entscheidung treffen. Eine Entscheidung, die schon eine Million Männer vor mir zu treffen gehabt hatten.

Die Sache ist seit jeher ganz einfach: Soll man die Wahrheit sagen oder lügen? Beide Möglichkeiten haben ihre unbestrittenen Vorteile, aber eben auch Nachteile. Der größte Nachteil an der Sache ist der, dass man nie die richtige Entscheidung trifft. Im Nachhinein lässt sich sehr leicht erkennen, warum man die andere Alternative hätte wählen sollen, im Moment aber geht es aus irgendeinem rätselhaften Grund aber nicht. Auch wenn man absichtlich die falsche Entscheidung trifft, geht alles in die Hose.

Manche Leute hätten gerne eine Zeitmaschine, um Julius Cäsar beim Lulumachen zusehen zu können. Andere, weil sie Marilyn Monroe in den Hintern zwicken wollen, andere wiederum möchten wissen, wie die Pyramiden gebaut wurden. Ich hingegen brenne darauf, zu erfahren, ob je in der Geschichte unserer Vorfahren ein Männchen in einer solchen Situation jemals die richtige Entscheidung getroffen hat. Wahrscheinlich würde seine solche Maschine aber nur zu der Erkenntnis führen, dass, egal welche Entscheidung man trifft, sie immer falsch ist. So wie bei dem Spiel Dame oder Tiger, nur dass hinter beiden Türen eine Dame lauert.

Mittlerweile blieben mir vielleicht nur mehr vier Sekunden. Also traf ich meine Wahl. Da ich ein Idiot bin, sagte ich die Wahrheit. Ich war noch nicht mal ganz so weit gekommen, um zu erklären, dass sich mir nach der Aussage bei der Polizei eine Möglichkeit geboten hatte, an Geld zu kommen, als mich Laura unterbrach.

»Du willst da jetzt mitspielen und hoffst auf den Jackpot? Ist dir nicht klar, wie knapp du einer Mordanklage entkommen bist? Und wenn sie dich angeklagt hätten, mein Süßer, dann hätten sie dich auch verknackt, darauf kannst du Gift nehmen!«

»Aber Laura, da geht es um Geld, richtig viel Geld. Stell dir mal vor, was wir damit alles machen könnten! Es wäre völlig egal, dass ich kein Einkommen mehr habe!«

»Deine Partner heißen Kappl und Oida Vodda! Mit denen ist nichts zu gewinnen, außer einer netten kleinen Ferienwohnung in Stein!«

»Dann krieg ich wenigstens ein Taggeld!«

Laura starrte mich entgeistert an.

»Du meinst das ernst! Du bist völlig verrückt.«

»Nein, bin ich nicht. Aber ich muss irgendwie meine Wohnung bezahlen. Was zu essen brauch ich auch. Für das alles braucht man Geld.«

»Lass deine schäbige kleine Wohnung sein und zieh bei mir ein. Ich verdien genug für uns zwei. Du könntest den ganzen Tag in der Bibliothek sitzen und lesen, vielleicht schreibst du alle paar Jahre ein Buch, das in der Fachwelt für Aufregung sorgt, und wir wären glücklich.«

»Du willst mich als Gigolo? Was wäre ich für ein Mann, wenn ich mich von dir einfach aushalten lassen würde!«

»Du weißt genau, dass es nicht so sein würde! Außerdem habe ich mich nicht deines riesigen Einkommens und deiner hohen sozialen Stellung wegen in dich verliebt. Von den Typen kann ich zehn an jedem Finger haben!«

»Nicht nur am Finger!«, entgegnete ich.

»Was?«

»Hast du sie gehabt.«

»Und du? Du bist sicher als Jungfrau in unsere Beziehung gegangen, wie? Sag jetzt ja nicht, das ist was anderes! Das war es vielleicht vor 100 Jahren, jetzt nicht mehr!«

»Vielleicht hat sich die Welt in Bezug auf euch Frauen geändert. Mag sein. Aber bei uns Männern ist das nicht passiert. Bei uns ist es immer noch wie früher: Geld, Macht,

Ansehen. Wer das nicht hat, hat nichts. Du kannst jetzt sagen, was du willst, vielleicht würde es dich zehn Jahre lang nicht stören, dass ich nichts darstelle. Aber irgendwann würde es dich wurmen. Wenn das überhaupt zehn Jahre dauern würde. Außerdem würde es mich stören, immer belächelt zu werden, egal, wo ich hingehe und mit wem ich spreche. Das würde mich auffressen, und das würdest du sicher merken. Dann wären wir zwei auch nicht mehr glücklich.«

»Blödsinn. Wir leben in einer neuen Welt! Die alten Regeln gelten nicht mehr.«

»Blödsinn. Ich lebe in der Altsteinzeit, so wie alle anderen Menschen auch, die ich kenne. Wir leben in der Altsteinzeit mit Computerunterstützung und einem enormen Drogenangebot, aber die Regeln sind dieselben, wie sie es immer waren.«

»Das glaub ich nicht, Arno. Das glaub ich einfach nicht. Du kannst aus diesem Schema ausbrechen.« Im Laufe des Gesprächs waren wir beide aufgestanden, und nun kuschelte sich Laura an mich. Ich nahm sie in den Arm und drückte sie fest gegen meine Brust.

»Heirate mich Arno und brich aus diesem Schema aus. Mach Schluss mit deinen illegalen Geschichten, keine Gangster mehr, keine Polizei, kein Blödsinn mehr. Nur mehr wir zwei.« Das war ein Schlag, wie ich noch nicht viele in meinem Leben hinnehmen hatte müssen. Ich spürte den Boden unter meinen Füßen nicht mehr. Genaugenommen spürte ich nicht mal mehr meine Füße. Alles, was ich spürte, war, wie das Blut durch meine Adern hämmerte.

»Kann ich nicht.«

»Kannst du doch!«, meinte Laura streng.

»Nein, eben nicht.«

»Warum denn?«

»Weil, weil ...«, ich machte eine Pause, bis mir selbst dämmerte, warum.

»Weil was?«, fragte Laura nach.

»Weil ich nicht will! Darum.«

»Warum willst du mich nicht heiraten?«

Warum wollte ich Laura nicht heiraten? Wie sagt man das der Frau, die man liebt? Eines weiß ich, sicher nicht so, wie ich das getan habe. Aber wie immer hatte ich mehr Glück als Verstand.

»Weil ich ein Ei des Vogel Rokh will!«

Laura verstand kein Wort.

»Ich will einen Harem, vollgestopft mit lieblichen Odalisken, nein, den will ich nicht so wie den Staub unter den Rädern meines Streitwagens und den Rost, der niemals meine Klinge verschmutzt. Ich will raues rotes Gold in Nuggets von der Größe einer Faust und den Mann, der mir meinen Claim streitig macht, den will ich den Huskies verfüttern. Ich will das Wasser des Stillen Ozeans an das Freibord meines Schiffes plätschern hören in den langen stillen Stunden vor Sonnenaufgang, und keinen anderen Klang und keine andere Bewegung soll es geben, als den Albatros, der uns die letzten 1000 Meilen folgte.«

»Arno, du bist ein Idiot«, sagte Laura und küsste mich. »Das willst gar nicht du! Das kommt aus ›Glory Road‹ von Robert Heinlein. Ich hab das Buch auch gelesen.«

Wir küssten uns wieder, und das Abenteuer musste warten, was aber auch nicht so schlecht war. Animalische Wärme ist immer eine feine Sache, aber in kalten, dunklen Winternächten ganz besonders. Schenkel sind nie so glatt und Brüste nie so voll wie zu der Zeit, wenn auch noch in der Luft des wärmsten Zimmers ein Hauch von Frost zu spüren ist. Außerdem hatte ich so das Thema Heirat vom Tisch.

VII

Der folgende Morgen, es handelte sich um einen Donnerstag, war wunderbar. Laura hatte erst gegen neun Uhr einen Termin, so konnten wir noch ein wenig schlafen und dann gemütlich frühstücken. Die Themen, die in der letzten Nacht noch so wichtig gewesen waren, hatten sich anscheinend mit dem Sonnenaufgang in Luft aufgelöst. Es war so, als ob es das Wort ›Heirat‹ gar nicht geben würde.

Ein Ei, keine Hektik, die Tageszeitungen und einen schwarzen Kaffee, das ist alles, was ein guter Morgen braucht. Auch wenn es draußen grau und kalt ist und man weiß, dass man sicher wieder raus muss.

Als Laura weg war, setzte ich mir eine Kanne Sencha auf, nahm sie mit ins Wohnzimmer und legte die Füße gemütlich auf den niedrigen Tisch. Mit der Fernbedienung machte ich Musik an. Laura hat weder CDs noch Schallplatten, aber eine ziemlich große Festplatte mit einem Haufen MP3s drauf. Seitdem ich öfter bei ihr bin, findet sich dort auch ein wenig Jazz. Ich ließ die Aladdin Recordings von Lester Young laufen, bis mir der Ton des großen Meisters so viel Frieden geschenkt hatte, wie einem Menschen nur zuträglich sein kann. Es waren noch etwa zweidreiviertel Stunden bis zu meinem Termin am Loquaiplatz. Sehr viel Zeit also.

Laura mag es nicht, wenn ich in ihrer Wohnung kiffe, aber sie war ja nicht da. Außerdem war das heute mein erster freier Tag seit Ewigkeiten, ich hatte alle Schwierigkeiten gemeistert und ein Dokument mit der Blankounterschrift eines Millionärs, der gerade verstorben war, in der Hand. Wenn man zu einer solchen Gelegenheit keine mehr raucht, dann kann man es gleich bleiben lassen. Ich griff unter die Couch und holte eine kleine Schachtel aus Balsaholz hervor, in der sich einmal Zigarren einer mittlerweile untergegangenen Marke befunden hatten. Es könnte gut sein, dass das Kistchen aus der Zeit von vor dem Ersten Weltkrieg stammte. So oder so, ich bewahrte darin die Utensilien meines Lieblingshobbys auf. Ein kleines Döschen mit Gras, eine gerade kleine Schere, Papers, ein bisschen schwachen Wuzeltabak, Streichhölzer und ein wenig dünnen, glatten Karton. Ich schnitt ein zwei Mal sechs Zentimeter großes Stückchen Karton ab und begann es langsam und behutsam einzurollen, dabei summte ich leise bei Lester mit. Der war mehr so der Alkoholfreak gewesen. Jeden Tag eine Flasche Gin, bloß sonntags zwei. Von mir aus darf jeder sein Hobby haben, aber jeden Tag eine Flasche Schnaps – ich kann mir nicht so recht vorstellen, dass das Spaß macht.

Mir hingegen machte es richtig Spaß, den Joint zu drehen. All die kleinen Schritte, die zum Ziel führen, jahrelang eingeübte Routinen, die abzurufen richtiggehend Befriedigung verschafft. Das letzte Mal geraucht hatte ich einen, noch bevor ich bei Sternwald angefangen hatte, was schon eine ganze Weile her war. Kein Wunder, dass ich mich freute wie ein Kind auf Weihnachten. Ich hatte die knisternden Papers aneinandergeklebt, ein wenig Tabak hinaufgestreut, den Filter eingepasst und eine schöne Portion Gras dazugegeben. Das Papier war weiß, der Tabak dunkelbraun und die Doldenstückchen grün, außerdem duftete es würzig nach Tabak und süß nach Dope. Kiffen ist auch ästhetisch ein Genuss. Langsam nahm ich den Rohling auf, drehte ihn behutsam zwischen den Fingern, bis sich der Tabak genau richtig verteilt hatte und das Papier sich leicht und geschmeidig einrollen ließ, fast wie von selbst. Dann befeuchtete ich genüsslich die Gummierung und versiegelte mein Meisterwerk. Dann legte ich es vor mir auf den Tisch, entfernte noch ein paar liegen gebliebene Brösel und griff nach den Streichhölzern.

Dann schaltete ich weg von Lester und seinem harten Schnaps. Stattdessen zog ich mir Sixt Rodriguez rein. Sixt sang gerade: »Silver majik ships, you carry Jumpers, coke, sweet MaryJane ...«, als ich mir den Joint ansteckte, über einem relaxten Gitarrenbeat klang cool der Meister, und die Lady war gut. Nach zwei Zügen begann es mir in den Zehen zu kribbeln, als ob ich in einem Ameisenhaufen stehen würde. Da ließ ich mich langsam zurück in die Polstermöbel fallen und atmete entspannt aus. In etwa zweieinhalb Stunden würde ich Papier mit der Blankounterschrift eines verstorbenen Millionärs in Händen halten. Was man damit wohl alles anstellen konnte. Na gut, dachte ich, werden wir dann schon sehen. Dann war die Lady so gut zu mir, dass Denken für eine ganz Weile viel zu anstrengend war.

Fünf vor zwölf stand ich am Loquaiplatz 13. Ich trug mein tabakbraunes Jackett, ein weißes Hemd mit schwachgrünen Streifen, eine hellbraune Hose und eine schwarze Wollkrawatte. Darüber einen dunklen Mantel, ein letztes

Weihnachtsgeschenk meiner Mutter von vor vielen Jahren. Mittlerweile hatte der Stoff schon ein paar Mottenlöcher aufzuweisen, aber mir war das egal. In der Tasche führte ich das Aufnahmegerät mit mir und im Blutkreislauf eine hübsche Menge TFP. Ich war cool wie Sam Spade und high wie die Raumstation Mir.

Die sowjetische Hymne pfeifend betrat ich das Wohnhaus und fand es passend, dass die Nummer 13 meine Glückszahl war. Von außen wirkte der Bau wie alle anderen auch, die den schönen Park im Sechsten umstanden. Weiß, reich verzierte Fassade, gusseisernes Tor und Marmorschwelle. Drinnen aber änderte sich alles auf einen Schlag. Die bürgerliche Ästhetik der Jahrhundertwende machte dem Inneren eines Asyls für Geisteskranke aus einem Horrorfilm Platz. Ein dunkelgrüner Linoleumboden, Ölfarbe an den grauen Wänden, blinkende Neonröhren an der Decke und Türen mit eingesetztem Glas, blind vor Schmutz und Alter, genau so wie in uralten Krankenhäusern.

Ich erwartete fast, mit Napoleon und seinem behandelnden Arzt zusammenzustoßen. Napoleon wäre in fleckigen Unterhosen und der Arzt mit einem irren Lächeln unterwegs. Aber so weit kam es nicht. Ich fand das Schild der Anwaltskanzlei Sadlatsch & Ranten und begann einen mühsamen Aufstieg in den vierten Stock. Lift gab es keinen. Überhaupt wirkte das ganz Stiegenhaus ziemlich heruntergekommen. Die Wände des Treppenhauses waren einmal weiß gewesen, doch der Staub der Jahrzehnte hatte alles gruselig grau gefärbt. Durch die Milchglasfenster drang so gut wie kein Licht herein, und auf der Treppe lagen ein paar Dinge, die ich mir nicht so genau ansehen wollte.

Schließlich war ich oben, wartete, bis sich mein Puls beruhigt hatte, und klingelte dann. Die Tür war aus massivem Holz, keine 20 Jahre alt, und als ich mir den Rahmen genauer ansah, bemerkte ich, dass da jemand ordentlich Geld in Sicherheit vor Einbrüchen investiert hatte. Schließlich ertönte ein Summer, und ich öffnete die schwere, stahlverstärkte Tür.

In der Kanzlei glänzte der gebohnerte Parkettboden, ein großer Seidenteppich lag vor dem Empfangsschreibtisch, und alles machte einen wohlhabenden und seriösen Eindruck. Ich ging auf den Schreibtisch zu und war nicht wenig erstaunt, nicht die gewöhnliche außerordentlich hübsche Empfangsdame, sondern einen jungen Herrn zu entdecken.

Der Mann war etwa in meinem Alter, trug sein dunkles glattes Haar lang und nach hinten gekämmt. Es glänzte seidig, und Frauen würden sicher viel dafür getan haben, einmal ihre Finger in der seidigen Fülle spielen lassen zu dürfen. Er hatte dunkle große Rehaugen und volle rote Lippen. Die ebenmäßigen Gesichtszüge passten perfekt zu seinem stilvollen grauen Anzug mit der gelben Krawatte. Er musste den Mund noch nicht mal öffnen und mir war klar, dass alle Damen der Welt keine Chance haben würden, mit seinen Haaren zu spielen.

»Was kann ich für Sie tun?«, flötete er. Stoned, wie ich war, hätte ich fast lauthals losgelacht. Der Typ wirkte wie aus einem Bully Herbig Sketch.

»Ich habe einen Termin für zwölf Uhr.«

Er schlug ein ledernes Kalenderbuch auf und fuhr mit einem Mont Blanc Füller über die Zeilen, als er die Einträge prüfte.

»Entschuldigen Sie, aber wie war der Name noch mal?«,

flötete er wieder. Obwohl flöten eigentlich gar nicht der richtige Ausdruck war. Es klang mehr so wie Lester, wenn er eine sanfte Ballade intonierte. Eine schöne Stimme hatte der Kerl, das musste ich ihm lassen.

»Entschuldigung unnötig, ich habe ihn noch gar nicht genannt«, antwortete ich.

»Oh, Sie Schlingel«, meinte er und hielt den Mont Blanc Füller mit abgewinkeltem Handgelenk wie eine Grande Dame der Roaring Twenties ihre Zigarettenspitze.

Ich biss mir im Geist auf die Zunge. Das kommt davon, wenn man vormittags kifft: Man fängt an, mit Schwulen zu flirten.

»Linder, Arno«, stieß ich, um Contenance ringend, hervor.

»Ein schöner Name, ich liebe Linden.«

»Unter der Linde, an der Heide, wo unser beider Bette war ...«, dachte ich mir, war aber noch geistesgegenwärtig genug, um es nicht auszusprechen. Das war jedoch sinnlos, denn offensichtlich waren meine Gedanken ein aufgeschlagenes Buch für ihn. Der schöne Empfangsmann erwiderte nur:

»Tandaradei«, das aber so leise flötend, dass ich mir, stoned wie ich war, nicht ganz sicher sein konnte, ob das nicht nur Einbildung gewesen war.

So oder so, ich war ein wenig aus der Fassung gebracht und wusste nicht, was sagen. Er lächelte mich schelmisch an, wartete ein bisschen und fragte dann mit ausgesuchter Höflichkeit:

»Was kann ich für Sie tun?«

»Ich habe einen Termin für 12 Uhr.«

»Freitagnachmittags ist der Herr Doktor niemals im Büro. Es tut mir schrecklich leid.« Diensteifrig beugte er sich über den Kalender. »Montag ist Golf, Dienstag das Mittagessen mit dem Herrn Minister, mittwochs ist er nie im Haus, Donnerstag ist die Tagung …« Er überflog die Seiten.

»Wenn Sie in einem Monat vielleicht noch einmal anrufen wollen?« Mittlerweile war ich mir sicher, seine Stimme hatte genau den Ton von Lester. Ich war drauf und dran ihn zu fragen, ob er mir nicht ›I cover the waterfront‹ vorsingen möchte, biss mir aber noch rechtzeitig auf die Lippen.

»Herr Schöller hat heute Morgen etwas hinterlegt, das für mich bestimmt ist.«

»Ah soo«, flötete er mit kaum wahrnehmbarem Vibrato und strich sich eine Strähne seines glänzenden schwarzen Haares aus der Stirn. »Sagen S' das doch gleich.« Er stand hinter dem massiven Empfangstisch auf und kam auf mich zu. »Wir haben Kameras, unnötig darauf hinzuweisen, dass eine direkte Schaltung zur Gebäude-Security besteht und diese den Finger ständig auf dem ›Polizei‹-Knopf hat«, lächelte er mich an. In den vier Ecken des Raumes, zwischen Wand und Decke, sah ich sofort die kleinen schwarzen Augen.

»Unnötig.«

»Das ist aber schön«, meinte er und ich folgte ihm zu einer der Türen. Er öffnete, wir kamen in einen Gang, von dem noch ein paar Türen wegführten, wir aber folgten ihm bis zu seinem Ende. Dort befand sich eine Eisentür mit allem Drum und Dran. Faustgroße Stahlnieten, eine schlüsselgesicherte Code-Eingabe sowie ein riesiges Rad zum Öffnen der Tür. Ich fragte mich ernsthaft, warum der ganze Aufwand, wenn ich direkt und unbewacht hinter dem Mann stehen konnte, der den Code kannte, den Schlüssel um den Hals baumeln hatte und höchstwahrscheinlich unbewaffnet war. Ich tröstete mich mit dem

Gedanken, dass in den meisten Sicherheitssystemen der schwächste Punkt der Mensch ist. Außer dann, wenn die Elektronik spinnt, natürlich.

Ich wartete also geduldig, bis die Tür geöffnet war und wir in ein Zimmer traten, das aussah wie der Nummernschließfachraum einer Schweizer Bank, nur in klein. Er hantierte ein wenig mit einem weiteren Schlüssel, dann hielt er mir eine Box unter die Nase.

»Für Sie.«

Ich nahm die Stahlkassette, schob den Deckel zurück und fischte ein blaues Dokument heraus. Anschließend legte ich die Tonbandaufnahme von Schöller hinein und gab das Ding zurück.

»Danke.«

»Gern geschehen.«

Er drehte sich wieder um und hantierte an dem Schloss herum.

»Hätte Herr Schöller nicht auch noch ein anderes Dokument hinterlegen sollen?«, fragte ich nach.

Der schöne Mann war inzwischen mit dem Schließfach fertig geworden und drehte sich zu mir um.

»Da bin ich aber nicht befugt, darauf zu antworten.« Der Augenaufschlag zu den Worten war ganz großes Kino.

»Ach, nur einen kleinen Tipp?«, hakte ich nach.

»Na gut. Herr Schöller hat noch eine zweite Kassette gemietet. Dort sind die anderen Papiere drin. Er wollte auf Nummer sicher gehen. Er meinte, dass Sie ein ziemlicher Schlingel sind und vielleicht beide Dokumente an sich nehmen würden. Das wollte er verhindern.«

»Schöller kennt mich ziemlich gut, das muss ich ihm lassen.« Wir waren unterdessen schon wieder in das Empfangszimmer gekommen.

»Ist das eigentlich nicht ungewöhnlich für eine Anwaltskanzlei, solch einen Tresorraum zu haben?« Der schöne Mann winkte ab. Wieder mit dieser Handbewegung, die aus einem Bully Herbig Sketch stammen könnte.

»Ach wo. Davon lebt die Kanzlei. Leute kommen und bringen uns was, andere holen etwas ab, manche deponieren etwas und kommen nie wieder. Russen, Serben, Deutsche, aber auch Amerikaner und Chinesen. Unter uns: Der Herr Doktor ist hier nie anzutreffen, Klienten in dem Sinn, dass wir wen vor Gericht vertreten, haben wir nie.« Sprachs und wischte mir mit einer sanften Handbewegung ein Staubkorn von der rechten Schulter. Dabei kam er mir so nahe, dass ich sein Parfüm in die Nase bekam. Ich hätte eigentlich etwas dominant Männliches erwartet, aber er roch tatsächlich nach Veilchen.

»Es ist so langweilig hier. Bis zur Mittagspause sind es noch gut zehn Minuten. Wollen Sie nicht warten, und wir essen gemeinsam eine Kleinigkeit?«, fragte er mich, wobei die Distanz zwischen meinem Ohr und seinen Lippen keine fünf Zentimeter betragen haben konnte. Die Aussicht auf ein Mittagessen lockte mich überhaupt nicht, auch nicht unter der Voraussetzung, dass er die Schlüssel für all die Stahlkassetten im Tresorraum um den Hals baumeln hatte.

»Ehrlich, ich mach mir nichts aus Männern«, antwortete ich, ihm direkt in die Augen blickend.

»Vielleicht nur deshalb, weil du's noch nie probiert hast?«, fragte er zurück, nicht gewillt, so leicht aufzugeben. »Woher willst du's wissen?«

»Ich hab' auch noch nie meinen Kopf in der Guillotine gehabt und weiß es doch.«

»Was ist denn das für ein Vergleich? Ich will dir doch nicht den Kopf abbeißen.«

»Mich freuen aber beide Aussichten gleich.«
»Wirklich?«
»Wirklich.«
»Schade. Alleine macht das Mittagessen nur halb so viel Spaß.«
»Da kann ich dir nicht helfen«, meinte ich noch und war unterwegs zur Tür.
»Wenn du dir's anders überlegst, lass es mich wissen. Du weißt, wo du mich finden kannst.« Er lächelte mich ruhig und ernsthaft an.
»Sicher«, meinte ich.

Damit schloss ich die Tür, und ein schräger Vormittag lag hinter mir. Irgendwie sollte ich wohl mehr kiffen in der Früh. Stoned haben die Tage so einen Swing, und alles läuft wie geschmiert. Flirten macht auch riesig Spaß. Mit den Blankounterschriften unterm Arm machte ich mich auf zum Maschu, Ecke Neubaugasse-Lindengasse. Best Falafel in Town, ungelogen.

VIII

Falafel ist eine feine Sache. Guter Falafel ist feiner. Am feinsten aber ist guter Falafel, wenn man vorher gekifft hat. So gut, dass man fast versucht ist, nur deswegen eine zu heizen, damit man nachher Falafel essen kann. Wenn man dann gesättigt und zufrieden durch die graue Stadt stapft, das Ziel der Begierde in Form einer Blankounterschrift unter dem Arm und einem die Winterkälte klar und klirrend in die Wangen beißt, weiß man, besser wirds nimmer.

Wenns nimmer besser werden kann, warum überhaupt noch weitermachen, ist eine Frage, die sicher ihre Berechtigung hat. Selbstmord aus Zufriedenheit sozusagen wäre mir fast passiert, denn ich trat auf die Straße, ohne nach links und rechts zu schauen. Irgendein Auto nahm das zum Anlass, volles Rohr auf mich zu zufahren. Das war ein recht unwirklicher Augenblick. Die Burggasse lag mit ihrem leichten Gefälle vor mir. Der SUV raste schwarz und glänzend auf mich zu. Der Winterwind trieb ein paar seit Urzeiten tote Blätter über die Straße. Ich hörte Reifen quietschen, ein Teil von mir wartete auf den Aufprall, aber ein anderer Teil meines Selbst trat gelassen einen Schritt zurück, und der riesige Audi rutschte mit quietschenden Reifen zehn Zentimeter an mir vorbei. Ein kleines Mädchen mit blonden Zöpfen saß auf dem Beifahrersitz und schaute mich groß an. Ich schaute wohl groß zurück. Todesangst hatte ich keine. Wahrscheinlich war nicht mal mein Puls erhöht. Dann ging plötzlich alles sehr schnell. Der SUV kam zum Stehen, der Fahrer riss die Tür auf, es handelte sich um eine Frau. Blond und sehr hübsch. Im Aussteigen brüllte sie mich an: »... ins Hirn gschissn, Oida? Waßt, was des für an Zervel gäm hätt, wann i di umgfahrn hätt, du Arschloch?« Den ersten Teil des Satzes hatte noch der Wageninnenraum verschluckt.

»Äh, sorry«, war alles, was ich sagen konnte.

»Die Versicherung hätt Mandeln gmacht, mei Klane hätt an Schock ghabt ... die Kieberer, a Verhandlung ... und du stehst nur da und schaust bled?«

»Sorry, war keine Absicht.« Das kleine Mädchen im Wageninneren drückte seine Nase an die Scheibe und grinste mich an. Ich grinste zurück. Darauf winkte es, und ich winkte zurück. Der Mama der Kleinen gefiel das gar nicht. Sie zeterte, als ob ich Hagen wäre und sie Krimhild. Bevor sie mir den Kopf abreißen konnte, ließ ich sie stehen und ging weiter. Hinter mir tobte die Frau ungerührt weiter. Mittlerweile waren ein paar Passanten beiderlei Geschlechts hinzugestoßen. Alle in gedeckten Farben gekleidet, standen sie auf der grauen Straße und schimpften. Die meisten hatten von dem Vorfall überhaupt nichts mitbekommen. Aber um über andere zu schimpfen, braucht ein echter Wiener keinen Anlass.

Ich folgte der Burggasse bis zur Stiftsgasse, folgte der zur Piaristengasse solange, bis ich zur Josefstädterstraße kam. Die ganze Zeit über war ich in Gedanken versunken. Um genauer zu sein, grübelte ich, was das Hirn hergab. Aber mir wollte keine Antwort einfallen. Es war zum aus der Haut fahren. Die Problematik bestand aus zwei Fragen. Die erste war simpel und lautete: Was soll ich mit der Blankounterschrift eines soeben verstorbenen Millionärs anfangen? Die zweite war wesentlich schwieriger zu beantworten: Wo soll ich darüber nachdenken? Da gab es mehrere Möglichkeiten. Meine alte Wohnung im Fünfzehnten etwa. Die war aber kalt und verlassen. Ich war mir nicht mal sicher, ob ich dort überhaupt Tee hätte. Oder aber in ein Kaffeehaus. Bloß welches? Qual der Wahl. In der Nähe gab es keines, das ich mochte, und weit fahren wollte ich nicht. Die dritte Möglichkeit wäre, zu Laura nach Hause zu gehen. Das war nicht mehr weit. Dort gab es Tee. Es war warm, Musik ließe sich machen und ich könnte noch einen Joint rauchen. Außerdem kostete es mich nichts. Die Entscheidung war gefallen, ich ging zu Laura nach Hause.

Nachdem ich dieses schwere Problem gelöst hatte,

war ich mir sicher, dass ich das Problem mit der Unterschrift auch noch lösen würde. Dem war aber nicht so. Eine Stunde später fand ich mich auf Lauras Couch wieder, die Teekanne war schon halb ausgetrunken, und ich grübelte noch immer. Weder die wohlige Wärme noch gute Musik, von einer weiteren Aromatherapie ganz zu schweigen, hatten mir weitergeholfen. Wehe dem, der am Ziel seiner Wünsche angelangt ist, genau das galt für mich.

Ich könnte einen Text aufsetzen, der klar machte, dass mir Herr Sternwald einen Gutteil seines Vermögens noch zu Lebzeiten verschrieben hatte. Dazu müsste ich wahrscheinlich weder einen Notar mit Glückspielproblemen noch mit Kokainnase finden, das würde auch so funktionieren. Aber ein Notar wäre auch nicht schlecht, um die Sache wasserdicht zu machen. So weit, so gut. Aber irgendwie taugte mir der Plan nicht. Das wäre wie in einem Ferrari zu sitzen und dann nur das Autoradio zu benutzen.

Cooler wäre es sicherlich, die Unterschrift jemandem zu verkaufen, der auch etwas Vernünftiges damit anstellen konnte. Etwa einem der Erben aufzulauern und ihm das Papier zu verkaufen. Werner hatte sich ohnedies schon angeboten. Das würde sicher ordentlich Verwicklungen geben. Ich wäre nahezu eine Art Jago und könnte darüber lachen, wie sich die Tragödie entfalten würde. Aber irgendwie standen mir die Erben Sternwalds nicht nahe genug, um diesen Plan attraktiv finden zu können.

Ebenso stand es mit der Möglichkeit, irgendeiner illustren Person die Unterschriften zu verkaufen. Davon gab es eine Menge, und aus der Menge ein paar, die ich kannte. Ich könnte Unrath fragen, was er sich denn so vorstellen könnte. Vielleicht wäre er selber daran interessiert. Aber auch das reizte mich nicht.

Ich grübelte und fand dann auch heraus, warum mich das alles nicht reizte: Weil es nur um Geld ging. Das war mir einfach zu wenig. Eine seltsame Einsicht, aber so war es. Geld war mir zu wenig. Bizarr für jemanden, der immer nur hinter der Marie her gewesen war und die verrücktesten Dinge angestellt hatte, sobald sich ihm die Aussicht auf ein oder zwei Jahreseinkommen bot. Jetzt ging es um viel mehr, und es reizte mich nicht. War ich alt geworden? Nein, keineswegs. Obwohl, eigentlich schon. Ich konnte nicht mehr bis um fünf Uhr aufbleiben, durch die Lokale ziehen, bis der letzte Nachtschwärmer schlafen ging, und dann um neun Uhr in der Nationalbibliothek sitzen und arbeiten bis um halb fünf. Ich konnte nicht mehr acht Espressi in zwei Stunden trinken, ohne schweißnasse Hände zu bekommen und in der Nacht nicht mehr schlafen zu können. Außerdem wurde ich weich und bequem. Zwei Tage nichts essen, einfach weil dafür keine Zeit war, ging nicht mehr. Also war ich alt geworden, das schon. Allein, das hatte nichts mit meinem Problem zu tun. Langsam kam ich der Sache näher. Unaufhaltsam. Endlich hatte ich des Pudels Kern im Blick. Ich hatte früher dem lieben Geld nachgejagt, weil ich keines hatte, und von dem auch noch so wenig, dass es mich fast gezwungen hätte, an der Uni aufzuhören. Ich wollte nicht reich werden, um in den Ruhestand des Privatgelehrten treten zu können, sondern um es mir leisten zu können, weiter an der Uni zu arbeiten. Jetzt aber, auch wenn ich Geld wie Heu hätte, würde mir das nichts nützen. Die Uni war Geschichte. Das war das Problem. Ich wollte zurück in mein Büro. Na gut, eigentlich ein Kammerl, das ich mir mit zwei anderen teilte, aber für mich war es meins. Ich wollte gähnenden Studenten die Abenteuer der Philologie näherbringen und sie mit dem Virus infizieren, das mir im Blut umhertobte. Ich wollte Glanicic-Werffel auf die Nerven gehen und die Atmosphäre von Staub, Papier und Geistigkeit genießen. Wenn ich das nicht haben konnte, war mir das ganze Geld der Welt wurscht. So, das hatte ich also geklärt. Ich wollte zurück auf die Uni. Doch wie das anstellen? Mit dieser Frage wich die Spannung, die mich den ganzen Vormittag getrieben hatte, von mir. Wenn man die richtige Frage stellen kann, ist das mit der Antwort gar nicht mehr so schwer. Erleichtert ließ ich mich zurückfallen und entspannte mich. Alles, was mir noch zu tun übrig blieb, war, herauszufinden, welcher Weg der beste wäre, um dem Institut im Auftrag Sternwalds so viel Geld zukommen zu lassen, dass ich für den Rest meines Lebens eine Fixanstellung haben könnte. In Amerika hinterlassen ständig Leute ihrer Uni Geld, warum nicht auch bei uns. Damit war alles klar. Ich stellte den Sound lauter, zündete die Bombe an, die vor mir auf dem Tisch lag, und schoss mich ins Nirvana.

3. KAPITEL

I

Als ich meine Augen wieder lange genug offen halten konnte, um mit den Öffis zu fahren, gings los. Das Institut für Tibetologie an der Uni Wien befindet sich im Alten AKH. Das ist ein im 9. Gemeindebezirk gelegenes Grundstück riesigen Ausmaßes, das zwischen der Alserstraße und der Spitalgasse liegt und sich bis zur Sensengasse hinaufzieht. Zur Zeit der zweiten Türkenbelagerung entstand dort auf den Grundstücken des Herrn Dr. Franck ein Verbandsplatz für Invaliden. Daraus wurde dann später eine kleine Stadt, die sogar eine eigene Währung hatte. 1783 ließ Kaiser Joseph II. auf dem Grundstück einen riesigen Krankenhauskomplex anlegen, der dem Hotel de Dieu in Paris nachempfunden war. Irgendwann in den Siebzigern, als das neue AKH gebaut wurde, schenkte dann die Stadt Wien das Grundstück der Uni. Heute sind auf dem neuen Campus Teile der Medizin, geisteswissenschaftliche Fächer und jede Menge kleiner Lokale zu finden.

Ich hatte keine Ahnung, was genau ich dort finden wollte, aber irgendwo musste ich anfangen, wenn ich herausfinden wollte, wo die Buddhismuskundler ihre Drittmittel herhatten. Schließlich wollte ich es ihnen gleichtun. Man muss ja wissen, was man vor seine Blankounterschrift so alles hinschreiben sollte, damit man damit durchkommt. Geisteswissenschaftliche Routine sozusagen. Erst mal schauen, was die anderen machen, und dann kopieren.

Ich ging durch die verschiedenen Höfe, versuchte, mich auf Plänen zu orientieren und brauchte eine hübsche Zeit, bis ich endlich im Hof VIII vor der Tür des

Instituts für Tibetologie stand. Der Kunststofffußboden kontrastierte mit der schönen Barockarchitektur nicht gerade vorteilhaft. Ich stieg die Treppen hinauf und hielt die Augen offen, schlenderte oben den Gang entlang. Tibetische Landschaftsaufnahmen zierten die weiß getünchten Wände, ansonsten war es still. An einer Tür hing ein Aushang für zwei Rigorosen, die Titel der Dissertationen waren völlig unverständlich, denn bis auf ein paar Bindeworte und Artikel kamen nur mehrsilbige Worte einer unbekannten Sprache vor. Ich schätzte, dass es sich dabei um Sanskrit handeln mochte. Aber da ich Sanskrit so wenig von Tibetisch unterscheiden kann wie eine Kuh Java von Flash, wollte ich mich da nicht festlegen. Ernüchternd war nur, dass ich Java von Flash genauso wenig unterscheiden konnte wie die Kuh. So viel zur Stellung des Menschen als Ebenbild Gottes.

Ich kam an einem leeren Hörsaal und einer kleinen, ebenso leeren Teeküche vorbei, als ich Stimmen hörte. Eine geduldige Frauenstimme, die mit erkennbarem Wiener Einschlag sprach und eine helle, erregte männliche Stimme entschieden deutscher Herkunft. Ich ging näher und versuchte, ein wenig zu lauschen. Um mich zu tarnen, stand ich ganz nah vor einer Pinnwand und tat so, als studierte ich die Aushänge.

»Das issja eine Unverschämtheit!«, ließ sich die männliche Stimme keifend vernehmen. »Da komme ich extra hierher und dann so was.«

»Aber wenn ich Ihna doch sag', dass der Herr Professor nicht im Haus ist.« Die weibliche Stimme klang geduldig und beruhigend. Damit war ausgeschlossen, dass der Deutsche ein Student war. Meiner Erfahrung nach ernähren sich Institutssekretärinnen, ähnlich wie Bibliothekare, ausschließlich von Studierenden. Vorzugsweise Erstsemestern, des zarten Fleisches wegen, nehme ich an.

»Wie gibt's denn so was? Sind wir hier in der Dritten Welt? Das sage ich Ihnen, das issein Skandal! In Deutschland würden dafür Köpfe rollen!« Der Mann steigerte sich zusehends in Rage.

»Wir können gerne einen Termin für morgen vereinbaren. Der Herr Professor hat um 13.30 ct eine Vorlesung, davor oder danach hat er sicher Zeit für Sie.«

»Morgen? Sagen Sie, machen Sie das zum Spaß?« Er sprach ›Spaß‹ mit so einer Betonung aus, wie man ›fass‹ zu einem Hund sagt. Irgendwie lässt das tief in die deutsche Seele blicken, sagte ich mir.

»Was denn? Ich verstehe Sie nicht?«

»Nich nur unfähig, sondern auch noch blöd, das issja die Höhe!«

Die Sekretärin blieb ruhig und versuchte, zu deeskalieren.

»Was passt Ihnen denn nicht an 13.30 ct?«

Hier überschlug sich die Stimme des Cholerikers, und ich verstand kein Wort, bis er am Ende seiner Tirade gelangt war: »… ct, was heißt das eigentlich?«

»Cum tempore, mit Zeit, also einer viertelstündigen Verspätung.«

»Ihr seid ja alle wahnsinnig in diesem Land! Sogar eingeplante Verspätungen habt ihr. Euch sollte man aus der EU rauswerfen, das ist ja nicht mehr Europa, das ist der Balkan! Sie werden von meinem Anwalt hören.« Ich konnte förmlich hören, wie sich seine Absätze auf dem Boden um 180 Grad drehten, und dann stürmte er an mir vorbei, einen Hauch Kölnisch Wasser hinterlassend. Ich drückte meine Nase interessiert in die Ausschreibungen für irgendwelche Seminare im Waldviertel und wartete ab, bis er vorüber war. Dann riss ich einen der Zettel ab und ging zur Tür ins Sekretariat. Ich klopfte höflich und wartete ab, bis die Sekretärin mich anschaute. Sie dürfte Mitte 40 gewesen sein, die hochgesteckten blonden Haare waren sicherlich schon leicht gefärbt, und in den Augenwinkeln ließen sich die Krähenfüße nicht verleugnen. Ihre blauen Augen blitzten aber wie die einer 18-Jährigen, ihr Mund schien gern zu lachen und ihre Stupsnase war süß. Unter ihrem Kinn saß ein kleines Doppelkinn, so wie man es von den Herrscherbildern auf den Münzen des Hellenismus finden kann. Kurz dachte ich an Cleopatra, dann fragte ich: »Darf man eintreten oder ist es besser, ich komme morgen wieder?«

Sie schaute auf die Uhr.

»Na, in fünf Minuten hab ich Feierabend. Wenn S' Ihna beeilen?« Ich hatte schon draußen festgestellt, dass mir ihre Sprache außerordentlich gut gefiel. Aber das ›beeilen‹ machte alles klar. Im Hochdeutsch heißt es ›be-eilen‹, im Wienerischen, das eine Vorliebe fürs Zusammenziehen von Lauten hat, heißt es ›böölen‹, wobei das zweite ö ein Eizerl von einem ›ei‹ hat. Bei der adretten Sekretärin hatte das erste ›e‹ einen Oberton von ›ö‹, im ›ei‹ schwang ein leichtes ›ai‹ mit. Ich musste aufpassen, dass ich mich nicht verliebte.

»Ich dachte eigentlich wegen dem?« Ich warf den Kopf über die Schulter beim Versuch, nach hinten zu deuten.

»Ah, der Piefke. In dem Job muss ma des aushalten, bleibt nix übrig.«

»Sie haben Nerven wie Drahtseile«, meinte ich bewundernd.

»Des war ja gar nix, Sie sollten einmal sehen, was los

is, wemma an Kongress da haben. Zehn Tibetologen mit Doppel-Doktor, von denen keiner seine Brille auf der eigenen Nase findet. Dagegen war des harmlos.« Ich konnte spüren, wie die Anspannung und der Frust, die sich während des vorigen Gesprächs angesammelt hatten, verflogen. Noch ein bisschen, und ich hatte sie dort, wo ich wollte.

»Zwei Fragen meinerseits, wenns gestattet ist?«

»Sicher, aber in«, sie blickte auf die kleine goldene Uhr am Handgelenk, »zwei Minuten ist Feierabend.«

»Gut. Wo kann man sich für so was einschreiben?« Ich hielt den Wisch mit dem Seminar im Waldviertel in die Luft.

»Eigentlich bei mir, aber der nächste Kurs ist schon voll. Sie werden zwei Monate warten müssen, es herrscht ein riesiger Andrang. Zweite Frage? Noch 75 Sekunden.«

»Darf ich Sie auf ein Getränk Ihrer Wahl einladen, wenn Sie doch Feierabend haben?«

»Ich weiß nicht so recht.«

»Oh. Komme ich mit meiner Frage jemandem ins Gehege?«

»Nein, keineswegs«, sie lachte hell, während sie das sagte.

»Dann ist ja alles klar. Wo ist Ihr Mantel, mir scheint, die zwei Minuten sind vorüber.«

Ich half ihr in den hellbraunen Kamelhaarmantel, sie sperrte die Bürotür ab, und dann machten wir uns auf den Weg zur ›Puerta del Sol‹ in der Langegasse. Das ist eine kleine Tapasbar, in der man gut essen kann und die einen freundlichen, hellen Eindruck macht. Vis-à-vis befindet sich ein wunderschönes Barockpalais, in dem irgendeine soziale Einrichtung untergebracht ist, und ein wenig weiter die Langegasse hinunter gibt es das ›Miles Smiles‹, ein Jazzlokal, in dem ich früher ein paar Mal gesessen bin. Aber das ist lange her.

Amanda, so hieß die Sekretärin, war eine angenehme Gesprächspartnerin, und so war es leicht, eine fließende Unterhaltung in Gang zu halten, bis wir das erste Viertel Wein intus hatten. Nach dem ersten Viertel ist das mit der Konversation überhaupt kein Problem mehr. Meistens muss man eher aufpassen, dass man nicht zu viel erzählt bekommt.

Sie war alleinstehend, aber mit Katze, zufrieden mit dem Beruf, aber ein wenig unterfordert, lebte in einer Eigentumswohnung hier in der Gegend und hätte gern mehr Geld gehabt. Außerdem spielte sie Klavier.

»Wenn ich ein wenig ehrgeiziger gewesen wäre, dann hätte ich vielleicht Konzertmusikerin werden können«, meinte sie mit einer netten Mischung aus Selbstbewusstsein und Zurückhaltung.

»Sie wohnen in der Maria Treu Gasse?«, fragte ich neugierig.

»Woher wissen Sie das?«, fragte sie verdutzt.

»Letzten Sommer hab ich dort gefrühstückt, und jemand hat sehr schön Klavier gespielt. Ich glaube, es war Liszt, wenn ich mich nicht täusche.«

»Das war ich. Im Sommer bin ich immer nur am Nachmittag am Institut. Das haben Sie sich gemerkt?«

»Ich steh auf Musik, auch wenn ich Liszt nicht so mag.«

»Aber wirklich, wie kann man Liszt nicht mögen!«, rief sie aus. Ich bestellte noch ein bisschen Wein, und wir verloren uns in eine lebhafte Diskussion um Musik. Sie mochte nur Klassik und vielleicht ein wenig Celine Dion. Aber sie gab mir recht, dass Keith Jarretts Mozartaufnahmen mit

Horowitz nicht mithalten konnten, weder vom Klang her noch von der Sensibilität, und dass die Goldbergvariationen von Bach nur von Gould richtig zu genießen wären. Egal welche der beiden Aufnahmen, und wenn der Stuhl quietschte und Gould mitsummte, immer noch besser als der Quatsch von Pierre Hantai. Da half ihm auch nichts, dass er ein Cembalo gespielt hatte und Gould einen Flügel.

Sie mochte allerdings auch Beethoven, Wagner, Liszt und solche Sachen. Damit war ich nicht einverstanden, und wir stritten uns herzhaft und ausdauernd. Ihr machte es ebenso viel Spaß wie mir. Schließlich kamen wir von meiner Abneigung der Romantik zu mir selbst, und nachdem ich ein bisschen was von mir erzählt hatte, immer strikt die Wahrheit, denn ich lüge nicht, wenn man mich nicht dabei erwischt. Ganz eigentlich sagte ich nicht einmal die Unwahrheit, ich ließ nur einiges aus. Allerdings gibt es auch so was wie das Vergehen einer unterlassenen Hilfeleistung, analog dazu könnte man auch bei verschwiegenen Wahrheiten von Lüge sprechen. Aber wenn ich mit einer Frau flirte, dann lasse ich die Haarspaltereien sein.

Schließlich schloss sich der Kreis, und wir waren wieder dort, als ich im Institut aufgetaucht war.

»Ich wollte mich für so einen Kurs anmelden, hat mich immer schon interessiert. So lange wird das noch nicht angeboten?«, meinte ich, froh endlich dorthin gekommen zu sein, wohin ich den ganzen Abend schon wollte.

»Nein, nein. Das war erst vorletztes Semester, es kam zu einer Mittelkürzung, Stipendien wurden gestrichen, und so musste sich das Institut etwas einfallen lassen.«

»Klingt interessant, ich höre.«

Sie drehte das Weinglas in ihren Händen. Am kleinen

Finger der linken Hand trug sie einen Ring, Weißgold mit einem Stein.

»Ich weiß nicht so recht, eigentlich hat das niemand so gern, wenn man davon spricht, schon gar nicht Institutsfremden gegenüber.«

»Gut, ich wollte Ihnen keinesfalls zu nahe treten. Tut mir leid, wenn ich so ein Rüpel war wie der Deutsche im Institut.« So schnell wollte ich nicht aufgeben und warf ihr einen weiteren Köder hin. Ich hatte so den Verdacht, dass der mit der Sache was zu tun haben könnte. Er hatte nichts mit dem akademischen Leben zu tun, denn er wusste nicht, dass c.t. in Deutschland ebenso gebräuchlich war wie in Österreich. Wenn er nur einmal im Leben eine Uni von innen gesehen hätte, müsste er das wissen. Also stellte sich die Frage, was er dort gewollt haben konnte. Die Chancen standen gut, dass er wegen dieser Waldviertelseminarsache vorbeigeschaut hatte.

»Ja, der war schlimm. Ich bin keineswegs ausländerfeindlich: Die Türken haben wenigstens gutes Essen mitgebracht, und es gibt frisches Gemüse am Sonntag. Aber die Piefke?« Sie schüttelte den Kopf und trank einen Schluck Wein. »Currywurst?« Ein Schauer durchfuhr sie. Da es herinnen warm war und sie ihr Jackett ausgezogen hatte, war der optische Eindruck durchaus angenehm, denn bei ihr war es durchaus möglich, auf den ersten Blick festzustellen, dass sie dem weiblichen Geschlecht angehörte. »Seitdem die Merkel Bundeskanzlerin ist, kann ich nicht einmal mehr ›Angie‹ hören, wenn ich ein Glas Wein zu viel getrunken habe und ein wenig sentimental werde.«

»Hat er sich so aufgeregt, weil kein Platz mehr frei war?«

»Nein, das ist komplizierter. Sehen Sie …«, sie schwieg kurz, »ach, ist doch eh egal. Als die Mittel knapp wurden, gabs eine Institutskonferenz. Ein Studentenvertreter meinte, dass man doch Drittmittel anzapfen könnte. Das war ein Gelächter.«

»Kann ich mir vorstellen. Sanskrit ist noch länger ausgestorben als Altgriechisch.« Amanda wusste, dass ich am Institut für Klassische Philologie ›arbeitete‹. »Bei uns hätten sich ein paar …« ich machte ein leises Geräusch wie von rinnendem Wasser.

»Bei uns auch,« gluckste Amanda. »Bei uns auch. Ich war Schriftführerin, darum weiß ich es.« Nachdem wir noch ein wenig geschmunzelt hatten, fuhr sie fort.

»Jedenfalls, nachdem alle fertig gelacht hatten, stellte einer die Frage: ›Mit was?‹, und der Student antwortete: ›Mit Esoterik-Seminaren. Wir haben das Know-how, die Kapazitäten, und der Markt boomt.‹ Da war es einen Moment still, und dann ist die Hölle losgebrochen.«

»Kann ich mir denken.«

»Das Ganze hat funktioniert. So gut, dass wir gar uns selbst relativ gut ausfinanzieren.«

»Nur mit den Seminaren? Das glaub ich nicht ganz. Es gibt viele frustrierte Hausfrauen und Manager, denen eine Schraube locker sitzt, aber ausfinanziert? So ein Institut ist nicht umsonst.«

»Eh nicht, aber das ist ja das Beste!«, gluckste Amanda. Sie schaute links und rechts, so als ob sie mir die Pläne für die sowjetischen Atomraketen verkaufen wollte: »Da geht's um mehr.«

»So?«

»Ja, meinen S', der Piefke war wegen an Seminar da? Geh!« Sie machte eine wegwerfende Handbewegung. Ich musste mich zusammenreißen, um sie nicht ungeduldig aufzufordern, weiterzusprechen. Alles musste ganz natürlich kommen, sonst funktioniert so was nicht. Außerdem besteht immer die Möglichkeit, dass ein Feuer ausbricht, die Bedienung kommt und fragt, ob man noch etwas wünscht, oder es landen Aliens. Alles schon gehabt. Obwohl die Geschichte mit den Aliens an einem Faschingsdienstag passiert ist, und eigentlich waren es Sturmtruppen. Dafür aber war Prinzessin Lea auch dabei. So oder so, damals ging die Sache in die Hose. Heute nicht.

»Der war da«, Amanda beugte sich vor, sodass ihre Bluse sich ein wenig öffnete, »weil sein Bruder gestorben ist.«

»Bei so einem Seminar?«, entfuhr es mir.

»Ah geh. Da geht's ums Erben.«

»Erben?«

»Sein Bruder, der tote mein ich, hat dem Institut sein Vermögen hinterlassen. Das war einer der Manager bei Siemens!«

»Der Bruder ist gekommen, weil er das anfechten will?«

»Genau. Aber des wird nix. Ich hab das Testament gseng. Wass-er-dicht.« Sie grinste und trank ihr Glas aus.

So etwa eine Stunde später hatte ich sie galant durch die dunklen Gassen nach Hause geleitet, und wir standen vor ihrer Haustür. Dank meiner männlichen Erscheinung hatten sich keine Strauchdiebe, Vergewaltiger oder sonst welche Unholde an uns herangewagt. Die Josefstadt wimmelt sonst nur so von solchen Gefahren, die Bronx von Wien sozusagen.

Amanda suchte nach ihrem Schlüssel, und als sie ihn gefunden hatte, fragte sie: »Sehen wir uns wieder?«

»Sicher.« Es bestand überhaupt keine Notwendigkeit, nicht zu lügen, und vielleicht gerade deswegen sagte ich es mit so einem überzeugenden Ton, dass sie mir glaubte.

Ich konnte in ihren Augen lesen, wie sich hinter ihrer Stirn die Frage formulierte, auf die man in solchen Momenten aus ist. Es gibt da die unterschiedlichsten Formulierungen, deren Ziel immer dasselbe ist. Doch wie es immer so ist im menschlichen Leben, alles zum falschen Zeitpunkt. »Gute Nacht«, meinte ich und hauchte ihr einen Kuss auf die rechte Wange, dann war ich auch schon verschwunden. Man könnte jetzt fast versucht sein, mir eine Medaille für Treue in einer ernsten Beziehung über das Pflichtmaß hinaus anzuheften, und ich würde sie auch annehmen. Aber es wäre geschwindelt. Mehr als die Rücksicht auf Laura trieb mich die Aufregung fort von Amanda. Es gab da noch jemanden, dessen Nachtruhe ich unbedingt stören musste.

II

Der Mondschein ließ den winterlich toten Rasen silbern glänzen, während ich mich auf einem kleinen Weg, der von unregelmäßigen Natursteinen gebildet wurde, auf eine Haustür zubewegte. Die Tür war einen Spalt offen, und helles, warmes Licht fiel auf die letzten Meter vor mir. Dunkle Büsche standen herum, wie tote Zeugen einer prähistorischen Schlacht zwischen längstvergessenen Göttergeschlechtern. Die Kälte biss mir in Zehen und Nase, die Spitzen meiner Ohrmuscheln waren schon taub. Endlich stand ich in der Tür. Ich läutete Sturm. Es dauerte etwa 60 Sekunden, bis sich die Tür ganz öffnete.

»Linder, sind Sie wahnsinnig, um diese Zeit zu läuten? Haben Sie überhaupt keinen Anstand?«

»Das müssen Sie selbst am besten wissen.«

Sie überhörte meine Spitze und fuhr fort.

»Wenn Sie noch am Institut arbeiten würden, jetzt hätte ich Sie endgültig gefeuert.«

»Ja, nur sind Sie mich leider los.«

»Die beste Entscheidung meines Lebens. Seitdem Sie weg sind, ist es eine Freude, morgens ans Institut zu kommen. Mein Magengeschwür hat sich auf Erbsengröße zurückgebildet.«

»Daran gebe ich aber eher der erfolgreichen Scheidung als meiner Abwesenheit die Schuld«, erwiderte ich. Die schimpfende Dame mit der elitär-schneidenden Stimme war meine Chefin, Frau Professor Dr. Glanicic-Werffel, die Vorständin des Instituts für Klassische Philologie an der Uni Wien. Seit einem dreiviertel Jahr war sie von ihrem Ehemann geschieden. Das Schwein hatte sie betrogen, dafür hatte sie ihm die Hosen ausgezogen. Es hieß, dass der Industriemagnat wieder zu Hause bei Mutti wohnen musste, während Frau Professor die Villa in Grinzing bewohnte, wenn sie nicht gerade in der bescheidenen Ferienwohnung in der Toskana an ihrem in Bälde erscheinenden Hauptwerk arbeitete. Ich war ihr behilflich gewesen und hatte Laura vermittelt. Die beiden Damen hatten das arme Schwein und seine mickrigen Anwälte gekreuzigt.

Glanicic-Werffel trug einen seidenen Hausmantel, unter dem schwarze Spitze hervorlugte, die eisgrauen Haare waren streng nach hinten genommen, und sie war abgeschminkt. Es gibt Dinge, die kann man sich nicht vorstellen, wenn man sie nicht gesehen hat. Niki Lauda ohne Kappl, Häupl ohne Viertel weißen Spritzer, den Teamchef, wie er über einen Sieg jubelt. Ähnlich war das mit meiner Chefin und ihrem Make-up. Glanicic-Werffel ohne Schminke, mir war beinahe ein wenig schwindlig. Was mich beruhigte, waren ihre Hausschuhe. Weiches Leder, elegant und doch schienen sie bequem zu sein. Sie trägt nur Rene Caovilla, also mussten auch die vom Maestro aus der Via Paradiso stammen.

»Also, was ist Linder, warum stören Sie meine Ruhe.«

»Ich hab eine Bombenidee.«

»Sind Sie betrunken, das hätte doch bis morgen Vormittag warten können.«

»Nein, hätte es nicht. Schnelligkeit ist alles.«

»Das klingt illegal, und davon will ich nichts wissen.« Sie machte Anstalten, mich hinauswerfen zu wollen.

»Als ich bei der Scheidung rausgefunden hatte, dass Ihr Ex die Konten von der Meinl-Bank in Liechtenstein verwaltet und Sie das gegen ihn verwenden konnten, da hat Sie das aber nicht gestört.«

»Schon, aber das war was anderes«, beharrte sie.

»Weil das damals Ihrem Vorteil diente und nicht meinem?«

»Ex-akt.«

»Was aber, wenn dem diesmal wieder so wäre?«

»Ich habe keine ungelösten Probleme mehr.«

»Sicher nicht?«

»Nein, sicher nicht.«

»Das Institut steht so glänzend da? Wirklich?«

»Nein, das nicht, aber da kann man nichts machen.«

»Was, wenn schon?«

Auf einmal spitzte sie die Ohren. Ich musste lächeln.

»Sparen Sie sich den schmutzigen Grinser, Linder. Setzen Sie sich, wolln Sie was trinken, und sagen Sie jetzt ja nicht Tee.«

Das letzte Mal, als ich mit meiner Chefin Alkohol konsumiert hatte, ging die Sache fürchterlich schief. Ich hatte eine Alkoholvergiftung und keine Erinnerung mehr an die vergangene Nacht. Ein kleines Blackout ist an und für sich nichts Schlimmes, aber wenn man im Bett der Chefin aufwacht und keine Erinnerung mehr besitzt, dann stimmt das überhaupt nicht glücklich.

»Äh, vielleicht nur ein Glas Wasser und ein Taschentuch?«, fragte ich daher schüchtern.

Mein Wunsch wurde gewährt. Etwas später fand ich mich auf einem Sofa wieder, von dem ich gerne gesagt hätte, dass es ein Louis Quinze gewesen wäre. Allein, ich erkenne so was nicht. Jedenfalls war es wunderschön, uralt, mit dünnen goldenen Beinchen, die zierlich geschwungen den Eindruck erweckten, nicht einmal eine Lercherlfeder tragen zu können. Aber es saß sich recht bequem darauf. Vor mir stand ein Glas Wasser, ich hatte mich soeben geschnäuzt, und Glanicic-Werffel saß mit einem großen Schwenker in der Hand auf der anderen Seite eines Tischchens, das zu den Stühlen passte.

»Also worum geht es.«

»Angenommen den Fall, reine Spekulation, jemand vererbt dem Institut eine beträchtliche Summe Geld. Würde ich eine Fixanstellung bekommen?«

»Dazu will ich nichts sagen, denn realiter kommt so was nicht vor. Niemand vererbt dem Institut für Klassische Philologie auch nur einen Cent.«

»In Amerika schon.«

»Ja, in Amerika. Da werden die Tellerwäscher auch Millionäre. Wir sind in Wien, da werden die Tellerwäscher höchstens entlassen.«

»Aber die Buddhisten haben jede Menge Geld.«

»Sicher, wie die das machen, ist mir auch ein Rätsel.«
»Für Sie vielleicht, für mich nicht mehr.«
»Wie meinen Sie das?«
»So, wie ich es gesagt habe: Ich weiß, wie die Buddhisten zu ihrem Geld kommen. Sind sie interessiert?«
»Deswegen kommen Sie mitten in der Nacht vorbei? Sie sind ein Spinner.«
»Also interessiert es Sie nicht?«
»Doch schon, aber was sollen das nützen, wenn ich weiß, wie die zu ihrem Geld kommen, wahrscheinlich werde ich das nicht nachmachen können. Sie sind also vollkommen umsonst vorbeigekommen.«
»Was ist, wenn ich Ihnen sage, dass wir das genauso machen können wie die?«
»Dann schießen Sie los.«
»Unter einer Bedingung. Wenn wir die Methode anwenden, die ich vorschlage, will ich zurück ans Institut.«
»Gut, jetzt spannen Sie mich nicht länger auf die Folter.«
Ich legte eine kleine Pause ein, um die Spannung zu erhöhen. Als Glanicic-Werffel ein Damenhaar davon entfernt war, loszuschreien, machte ich den Mund auf.
»Die lassen sich das vererben. Das ist das Geheimnis, wie die Buddhisten zu ihrem Geld kommen.«
»Wirklich? Faszinierend.« Glanicic-Werffel blieb gelassen, um nicht zu sagen eiskalt.
»Haut Sie nicht vom Hocker, was?«
»Nicht unbedingt.«
»Gut, dann hole ich ein wenig weiter aus.«
Ich erzählte ihr, was ich von Amanda erfahren hatte, und schmückte es ein wenig aus. Glanicic-Werffel war begeistert. Als ich meinen kleinen Vortrag beendet hatte, war sie

so nah dran, vor Freude in die Hände zu klatschen, wie seit 40 Jahren nicht mehr.

»Aber wie sollen wir solche Seminare veranstalten? Wir haben keine Religion anzubieten, die voll im Zeitgeist liegt«, meinte sie abschließend ein wenig ernüchtert. »Für eine Unterweisung in altgriechische Flexionsformen zahlt niemand Geld.«

»Dafür haben wir was Besseres. Die Wohlfühl-Seminare können wir uns schenken.«

»Wieso?«

»Das ist sowieso nur Aufwand, das brauchen wir nicht.«

»Aber wie sollen wir die zukünftigen Spender dann der nötigen, äh … Gehirnwäsche unterziehen? Freiwillig vererbt doch niemand was.«

»Von freiwillig hab ich auch nichts gesagt.«

»Bei Erpressung bin ich aber nicht gewillt, mitzumachen.«

»Es wird niemand erpresst, weil ich eine Blankounterschrift eines soeben verstorbenen Millionärs zur Verfügung habe.«

»Sie haben eine Blankounterschrift von Sternwald?«

»Woher wissen Sie?«

»Die Welt ist ein Dorf, schließlich sind wir beinah Nachbarn.«

»Na dann: Wenn ich die Erbschaft unter Dach und Fach bringe, kriege ich dann eine Fixanstellung?«

Glanicic-Werffel drehte den Schwenker in den Händen und dachte kurz nach. Dann traf sie eine Entscheidung und besiegelte sie mit einem Schluck von der bernsteinfarbenen Flüssigkeit.

»Gut. Wenn alles glattgeht, sollen Sie Ihre Fixanstellung haben. Aber wenn …« Sie ließ den restlichen Satz in der

Luft hängen, schüttelte langsam den Kopf und fuhr sich mit dem Zeigefinger langsam quer über den Hals.

»Da Sie ja praktisch Nachbarn waren, ist das Ganze nicht einmal illegal.«

»Testamentsfälschung ist sehr wohl strafbar. Wenn mich nicht alles täuscht, ist so was gerade am Bezirksgericht Dornbirn aufgeflogen. Die involvierte Richterin hat eine ordentliche Haftstrafe ausgefasst, die anderen Beteiligten auch.«

»Ja, aber zum einen haben die das über Jahre hinweg durchgezogen, in Dutzenden von Fällen. Es ist immer dasselbe: Solange man nicht gierig wird, fällt das niemals auf. Vor allem aber haben wir einen Vorteil, der uns rechtlich unangreifbar macht.«

»So, welchen denn? Dass das Institut pleite ist und von einem schmierigen Charakter mit dubioser Halbbildung gerettet werden soll? Das glauben Sie wohl selber nicht.«

Ich überhörte den Seitenhieb auf mich generös und fuhr fort:

»Ach wo, unser Vorteil besteht darin, dass wir eine Blankounterschrift haben. Die Unterschrift ist echt, alles andere auch, und niemand wird uns Fälschung vorwerfen können, weil wir überhaupt nichts verändert haben.«

»Illegal ist es trotzdem.«

»Solange man nicht verurteilt wird, ist es auch nicht illegal.«

Glanicic-Werffel nahm einen Schluck aus ihrem bauchigen Glas und atmete tief durch. Ich hatte sie genau dort, wo ich sie haben wollte.

»Soll ich Ihnen erklären, was ich vorhabe?«

»Keineswegs. Je weniger ich weiß, umso besser.«

»Gut, aber die Vereinbarung steht?«

»Wenn Sie mir das Geld bringen, dann kriegen Sie Ihre Fixanstellung.«

Ich hielt ihr die Hand hin. Glanicic-Werffel zögerte kurz, doch dann besiegelten wir das Ganze mit einem Handschlag.

Bevor eine unangenehme Pause entstehen konnte, trank ich mein Wasser aus und machte mich auf den Weg. Vor mir lag noch eine lange Nacht. Glanicic-Werffel begleitete mich zur Tür und komplimentierte mich mit einem Gruß an Laura hinaus. Da fuhr es mir siedend heiß durchs Hirn. Es war schon nach zehn Uhr, und ich hatte meiner Süßen noch kein Wort gesagt, wann ich kommen würde. Laura ist eine ziemlich fordernde Partnerin, die sehr konkrete Vorstellungen davon hat, wie sich ein Mann, der ihr Partner ist, zu benehmen hat. Ich hoffte inständig, dass es noch nicht zu spät sein möge, und fischte mein Handy raus. Das Display leuchtete auf, ich öffnete den SMS-Dienst und wollte gerade loslegen, als mich eine Stimme unterbrach.

»Geh, Dokta, was issn los? Is da a Oide net gnua? Brauchst zwa?«

»Was sull er zwa brauchn, wann er e nua a Zumpferl hat!« Der Oide Vodda und das Kappl lachten ihr meckerndes Lachen. Ich steckte das Handy weg.

»Ihr zwei kommt mir wie gerufen.«

»Eh! Mia passn auf auf di!«

»Walst a so a klassa Buasch bist.«

»Und net weng da Marie!« Wieder meckerndes Lachen der beiden.

»Kann ich mir denken. Wenn ihr mir gesagt hättet, dass ihr mich beschattet, dann hätte ich mir das Taxi da herauf sparen können. Aber egal, fahrn wir los.«

»Geh hearst, i muass no fertig tschikkn.«

»Eh, mei Oide wüll net, dass ma in Auto raucht.«

»Weiß ich. Lasst mich drin warten, ist wärmer.«

»Sicher«, meinte der Oide Vodda und stieg mit mir ein. Das Kappl blieb draußen stehen und rauchte einsam weiter. Eine schwarze Gestalt, die sich gegen einen dunklen Himmel abhob, über deren Kopf der weiße Vollmond leuchtete. Im unsichtbaren Gesicht leuchtete von Zeit zu Zeit ein roter Schein auf. Schlussendlich flog ein roter Punkt in die Luft und verschwand hinter Glanicic-Werffels makellos geschnittener immergrüner Hecke. Das Kappl stieg ein, schnappte sich die Flasche aus dem Handschuhfach und tat einen tiefen Zug. Der Flasche entstieg ein Geruch, der mir die Nasenhaare wegätzte.

»Ah«, machte das Kappl, als er die Flasche zurückstellte.

»Geh, muasst immer so vü saufn?«

»A Atomreaktor rennt a net mit Buttermülch«, lautete die Erklärung, worauf dem Oiden Vodda nichts anderes übrig blieb als zu nicken und den Motor anzuwerfen.

»Wohin geht's eigentlich?«, wurde ich gefragt.

»Felberstraße im Fünfzehnten.«

»Was machma dort?«

»Werdets schon sehen.«

Draußen zog die Stadt an uns vorbei, tiefe Schatten, helle Lichter.

»Besser, du gwöhnst di dran, bis dass ma die Marie vom Sternwald ham, werma die nimma aus die Augen lassn. Kennt scho sein, dass du di anfach absetzt und uns sitzen lasst.«

»Genau. Oder irgendwer schnappt die uns weg, des kemma a net brauchn. Du bist jetzt unser mobiles Bankkonto.«

»Die Unterschriften hast net dabei, oder?«

»Nein, habe ich nicht.« Das war gelogen. Ich trug sie unter dem Hemd in einem Beutel aus Klarsichtfolie auf die Haut geklebt. Mir war schon einmal ein wertvolles Schriftstück abhandengekommen, weil ich zu nachlässig gewesen war. Das sollte mir diesmal nicht wieder passieren.
»Wo sind sie?«
»Das werd ich euch gerade sagen.«
»Geh, stell dir vor, dir passiert was, wie soll ma sie dann finden?«
»Gar nicht.«
»Was sui des haßen?«
»Dass ihr aufpassen müsst, dass mir nichts passiert. Weder durch Dritte noch durch euch.«
»Eh«, meinte der Oide Vodda und tauschte einen vielsagenden Blick mit dem Kappl aus. Darum also waren sie mir nachgefahren. Mit aufpassen hatte das nichts zu tun gehabt. Noch nie war ich so knapp einem Überfall entronnen und hatte so wenig dazu beigetragen, ihn zu vermeiden.

III

In der Pouthongasse gibt es drei coole Dinge. Zum Ersten das Café Mostar, das zwischen behördlich angeordneter Schließung und 24/7 Megaparty oszilliert. Wenn es geöffnet hat, erkennt man das ganz leicht an den im ganzen Grätzel verteilten Kotzflecken. Die zweite Sehenswürdigkeit gibt es direkt über dem Café in Gestalt eines nistenden Turmfalkenpärchens. Wenn einem einmal so ein kleiner Raubvogel mit Tempo 300 um die Ohren geflogen ist, wirken Düsenjets dagegen behäbig. Zum Dritten ist da noch die Bar Scandaleux an der Ecke zur Felberstraße hinunter. In den großen Fenstern stehen Magnum Champagnerflaschen, Johnny Walker Glasballons von der Größe eines Elefantenschädels, und die Tür ist immer geöffnet. Es scheint allerdings nur so, denn weiter drinnen gibt es eine zweite, und da wird das Gesicht kontrolliert. Ich starre freundlich in den Schlitz in der mit Stahlnägeln verzierten Eisentür und wartete auf den Einlass.

»Die da hinten, gehören die zur dir?«, fragte mich die raue Stimme des Türstehers mit dickem serbischen Akzent.

»Schon.«

»Zeigs her.«

Ich trat zur Seite. Der Oide Vodda und das Kappl grinsten wie auf einem Klassenfoto.

»Okay. Kennts einakumman«, meinte die Stimme, und die Stahltür schwang auf. Ich zuerst, die beiden zwei Schritte hinter mir. Ich kam mir vor wie Robert de Niro in ›Untouchables‹. Den Kasten mit dem serbischen Akzent, dem hautengen Muskelshirt in Glanzschwarz und der Haltung eines Thaiboxers schenkte ich überhaupt keine Beachtung. Jedenfalls tat ich so.

Die Bar Scandaleux ist indirekt beleuchtet, es gibt eine Bar, ein halbes Dutzend Tische, im hinteren Teil eine Stange, und dort tanzt immer irgendwer. Es war nicht sehr viel los heute Abend. Ein einsamer Herr saß an einem Tisch mit drei Mädchen. Die Mädchen tranken Sekt aus hohen Gläsern, vor ihnen auf dem Tisch standen ein paar der kleinen Flaschen. Der Mann trank Bier. Ich fragte mich, ob er wusste, dass der Sekt für die Mädchen Apfelsaft war, der zum Preis von neun Euro verkauft wurde. Ich bezweifelte das, niemand schaut in der schummrigen Atmosphäre auf ein Etikett, auf dem Chateau de la irgendwas steht. Und ganz klein auf der Rückseite: »Jus de Pomme.«

Im vorderen Teil, direkt bei der Eingangstür, befindet sich die Bar. Schwarzes Holz, dunkle Glasplatten und silberne Spiegel hinter den Flaschen. In der Bar stand die Chefin. Frau Dite Vernusch. 155 cm hoch, 120 Kilo schwer und mit der Persönlichkeit eines Panzerkampfwagens VI, Ausführung J ›Tiger‹ auf die Welt gekommen. Von ihr wird gemunkelt, dass sie damals in den späten Siebzigern Big Otto Wanz himself auf die Bretter geschickt hat. Ich bezweifle das. Big Otto lebt noch immer. Wer mit Frau Vernusch zusammenstößt, der hat alle Sorgen hinter sich.

Ich und meine beiden Bodyguards waren noch nicht an der Theke angelangt, als schon ein paar Mädchen auf uns zukamen. Bevor man nicht einmal in der Bar Scandaleux war, kann man gar nicht wissen, wie viele unterschiedliche Arten von schönen Frauen es gibt. Hell, dunkel, klein, groß, schlank, üppig, klassisch oder exotisch, reif oder jung – in der Bar Scandaleux gibt es nichts, was es nicht gibt. Ich lehnte höflich ab und trat zur Bar. Der Oide Vodda und das Kappl waren in einem Gewühl aus nackten Armen, glänzenden Augen und verführerischen Kurven verschwunden. Untergegangen in einem holden Meer der Weiblichkeit, es schien sie überhaupt nicht zu stören. Frau Vernusch schaute mir neugierig entgegen. Sie hielt eine Sektflöte in der Hand und lächelte.

»Servus, Arno, ist scho a Zeit her, dass'd da warst.«

»Bin immer so im Stress.«

»Ach was, du vergisst einfach alte Freind.«

»Niemals«, entgegnete ich energisch.

»Kumm her, gimma an Schmatz.« Sie beugte sich vor, hielt mir die Wange hin, und ihr Busen wölbte sich wie die Flutwelle, die Platons Atlantis verschlang. Ich küsste sie auf die Wange und tauchte in die Aura des Geruchs von Frau Vernusch ein. Puder, Schminke, Theaterfett und irgendwo hinter viel Parfum ein wenig Schweiß und Liebe. Der Kuss zerrte mich zurück in eine Vergangenheit, die ich schon als lange vergangen abgelegt hatte. Es gibt Momente, da wird man mit einem Geruch konfrontiert, der tief im Stammhirn sitzt, den man aber schon ewig nicht mehr gerochen hat. Der olfaktorische Reiz beschwört eine Erinnerung sicherer und schneller herauf als alles andere. Die Unmittelbarkeit einer solchen Erinnerung besitzt eine solche Kraft, dass ich mir für einen Moment unsicher war, ob ich der 33-jährige Doktor Arno war oder der 20-jährige Student vom Land, der im zweiten Bezirk in der Nähe des Pratersterns seinen ersten lukrativen Studentenjob gefunden hatte. Obwohl, eigentlich stimmt das so gar nicht. Bei Vernusch heuerte ich an, als ich nach der Sache zwischen Bender und Korinek ein bisschen Abstand gewinnen musste. Es war also vielmehr mein zweiter lukrativer Studentenjob gewesen. Irgendwie hatte ich es damals geschafft, dass beide schlecht auf mich zu sprechen waren. Korinek, weil ich ihn reingelegt hatte, was ihn eine hübsche Stange Geld gekostet hatte. Bender war sauer, weil ich überhaupt etwas mit Straight, so wurde Korinek genannt, zu tun gehabt hatte. Wenn man für den Chef des größten illegalen Kasinos in Wien arbeitet, dann sollte man nicht auch noch mit einem der zwei besten Spieler befreundet sein. Das Ganze verhält sich in etwa so, wie wenn man Jungwildhüter ist und Vegetarier gleichzeitig. Der Chefförster wird da keinen Spaß haben. So oder so, jedenfalls gab's ordentlich Wickel, und ich musste mich nach einer neuen Einkommensquelle umsehen. Die Geschichte, wie ich A. Dite Vernusch kennengelernt habe, wäre es auch wert, erzählt zu werden. Vielleicht mal später. Jedenfalls kam es so, dass ich ein halbes Jahr Dreck, Körperflüssigkeiten und Kotze wegwischte, Drinks servierte, dabei half, Zimmer wieder herzurichten und Bettbezüge in die Reinigung zu bringen. Immer umgeben dabei von dem Geruch, der eine einzigartige Mischung aus Fleischlichkeit, Theater, Hoffnungen und Täuschungen repräsentierte. Jahre hatte ich mich davon ferngehalten, jetzt war ich wieder eingetaucht, und es packte mich im Genick, ich war der Atmosphäre schutzlos ausgeliefert. Wie ein Kätzchen, das von seiner Mutter hochgenommen wird.

»I hab net denkt, dass i di no amol seh, Arno. Was ist los? Bist in Schwierigkeiten?«

»Nein, überhaupt nicht.«

»Einfach so kommst aber nicht vorbei bei mir. Du bist nicht der Typ, der alte Freundschaften pflegt.«

Ich hatte mich seit damals bewusst von ihr ferngehalten. Seit etwa zehn Jahren hatten wir uns nicht mehr gesehen. Als sie aus dem zweiten Bezirk umzog, um direkt neben meiner Wohnung ihr neues Lokal zu eröffnen, hielt ich das für einen Wink des Schicksals und hielt mich noch strenger von ihr fern als früher. Warum genau ich peinlich genau Abstand hielt, war mir immer egal gewesen. Ich hielt Abstand zu der Frau, ihrem Gewerbe und blieb glücklich. Leichten Herzens war ich nicht zurückgekehrt.

Frau Vernusch bemerkte, dass ich nichts sagte, und lächelte wieder.

»Brauchst nicht verlegen sein, ich hab dich nicht vergessen und bös bin ich auch nicht auf dich. Warum also bist da?«

»Vielleicht hat mir wer gesagt, dass mein Stock nie mehr grünen wird«, antwortete ich enigmatisch.

»Immer noch der Alte. Du und deine Anspielungen, die kein Mensch versteht. Sicher wieder irgendein Buch von den alten Griechen.«

»Nein. Eher eine Oper.«

»Soso. Ernsthaft jetzt, warum bist da?«

»Ich suche wen, den du kennen könntest.«

»Wie heißt er?«

»Keine Ahnung.«

Frau Vernusch lachte, ihre drei Doppelkinne tanzten Tango, und es dauerte ein Weilchen, bis sie sich beruhigt hatte. Dann zündete sie sich eine Zigarettenspitze an und schenkte aus ihrer eigenen Flasche nach. Frau Vernusch trinkt gute drei Flaschen Sekt im Laufe einer Nacht. Richtigen Sekt wohlgemerkt, nicht den gespritzten Apfelsaft, den ihre Mädchen trinken. Aber ich habe sie noch nie betrunken erlebt, nicht mal beschwipst.

»Keine Ahnung«, sagt sie ungerührt. »Du bist ma aner. Wie soll'n man finden, wenn du kan Namen net waßt?«

»Ich hab ein sehr genaues Anforderungsprofil.«

»Du klingst beinah wie ein Headhunter.«

»Etwa so, das kommt hin.«

»Also, wen suchst du?«

In dem Moment klingelte das Telefon in meiner Innentasche. Siedend heiß fiel mir ein, dass das Laura sein könnte. Ich holte das alte, zerkratzte Teil heraus, und siehe da, es handelte sich tatsächlich um meine Liebste. Mitten im Puff, umgeben von reizenden Mädchen, mit relaxtem Beat unterlegtem Sound in schummriger Atmosphäre, das ist genau der Moment, in dem man so einen Anruf erhalten will. Ich bedeutete Frau Vernusch, still zu sein, und nahm ab.

»Ja.«

»Hi, Arno.«

»Hi, Süße.«

»Kommst du noch?«

»Hm, wie spät ist es denn?«

»So etwa halb zwölf.«

»Eher nicht.«

»Und wann hättest du dich dazu herabgelassen, mich davon in Kenntnis zu setzen, dass der Herr Prinzgemahl heute auswärts schläft?«

»Äh, wollte eh anrufen, aber irgendwie ist es sich nicht ausgegangen.«

»Du hattest keine zehn Sekunden für ein schnelles SMS?«, fragte sie mich mit der Art von messerscharfer Logik, die nur denen mit Gebärmutter zur Verfügung steht, und die einem keine Antwort offen lässt.

»Schon, aber …«, suchte ich verzweifelt nach Ausreden. Es muss sich bei so einer Ausrede um ein ungeheuer wichtiges, nahezu epochales Ereignis handeln, wie etwa ein Atomkrieg oder die Landung von Außerirdischen, es muss aber auch glaubhaft sein. Eine unmögliche Kombination.

»Du wolltest einfach nicht. Du warst zu faul.« Ich merkte schnell, wo das hinführte.

»Nein, überhaupt nicht …« Aber sie ließ mich nicht ausreden.

»Unsere Beziehung ist dir einfach nicht wichtig genug«, stellte sie nüchtern fest.

»Blödsinn, ich bin nur gerade so kurz davor, dass die

Sache klappen könnte! Wenn alles gut läuft, dann schwöre ich, werde ich nie vergessen …«

»Schwör du nicht, du Filou. Was ist denn das im Hintergrund?« Laura hat einen sechsten Sinn, wenn es darum geht, mich bei Verfehlungen zu erwischen.

»Äh, was denn?«

»Die schwülstige Musik und das Mädchenlachen?«, erwiderte sie mit der Stimme, mit der Gottvater die Sünder am Jüngsten Tag verdammt.

»Ich bin im Puff«, entfuhr es mir.

»Na dann ist ja alles okay«, erwiderte Laura knapp.

Es herrschte einen Moment Schweigen.

»Na gut, wenn du noch Interesse hast, dann ruf mich morgen an«, meinte sie und legte, einen total verwirrten Arno zurücklassend, auf.

»Beziehung?«

»Ja, Frau Vernusch.«

»Kompliziert?«

»Ja.«

»Überhaupt nicht. Alle Beziehungen sind einfach. Lass dir einen guten Rat geben: Steck deinen Schwanz nicht in falsche Löcher und vergiss nie, dass, egal was passiert, der Mann immer schuld ist.«

»Werd's mir merken.«

»Braver Arno.«

Der Oide Vodda und das Kappl feierten die Party ihres Lebens, Zeit für mich, ein paar Fragen zu stellen.

»Mit den beiden ist alles in Ordnung, die können keinen Blödsinn anstellen? Weil Geld haben sie nicht viel.« Ich deutete mit dem Kopf über meinen Rücken nach hinten, dort, wo der Oide Vodda und das Kappl Hahn im Korb spielten.

»Ach wo! Meine Mädels riechen die Marie auf drei Kilometer, ka Angst deswegen, es wird scho niemand verletzt.«

»Gut.«

»Also schieß los.« Sie stellte mir eine Coke mit Eis auf den Tresen. Wie damals war sie so schnell, dass ich gar nicht bemerkt hatte, dass sie mir etwas herrichtete. Sogar eine Limonenhälfte schwamm in der kalten Flüssigkeit. Damals hatte ich immer Cola getrunken, Tee hatte ich erst später kennengelernt. Zusammen mit einer wunderbaren Frau. Ein Sommer voller Liebe war es gewesen, von dem nur der Tee und dann Jahre voller Herzschmerz geblieben waren.

»Ich suche einen guten Kunden von dir. Da gibt's doch einige, oder?«

»Sicher.« Sie grinste, ihr machte die Sache offensichtlich Freude.

»Gut, der, den ich meine, ist ein zu guter Kunde.«

»Du meinst, er lasst anschreiben.«

»Bei dir darf niemand anschreiben.«

»Genau. Aber die Leut kommen trotzdem zu mir, weil ich die besten Mädels hab.«

»Er schreibt bei anderen an, und du weißt das.«

»Solche gibt's.«

»Er hat ein großes Einkommen und doch gibt er mehr aus, als er hat.«

»Was für einen Beruf hat er?«

Ich hatte das lange hinausgezögert, um Frau Vernusch neugierig zu machen. Die Halbwelt ist nie scharf darauf, Juristen hineinzulegen.

»Er ist Notar«, antwortete ich gelassen. Aber sehr leise.

»Ein Notar?«, fragte Frau Vernusch entgeistert nach. Unter dem Make-up war sie bleich geworden. Das konnte ich sogar im schummrigen Licht der Bar erkennen. Außer mir hatte aber niemand was gehört, denn sie flüsterte das Wort nahezu. Etwa so, wie eine Nonne im Mittelalter »der Gottseibeiuns?« geflüstert hätte.

»Notar«, bestätigte ich im Flüsterton nochmals.

Frau Vernusch bedeckte den Mund mit einer ihrer gut gepolsterten Hände, an denen weißes Gold und Diamanten blitzten.

»Wir sind hier vollkommen neutral. Jeder wird bedient. Ich weiß von keinem Kunden die Profession. Und ich will sie auch gar nicht wissen.«

»Soso. Jeder, der öfter als zweimal da war, den kennst du bis zur letzten Stelle in seinem Konto genau. Vergiss nicht, früher einmal hab ich da mitgeholfen, deine Karteien anzulegen. Heute hast du sicher einen Computer und keinen Zettelkatalog mehr.«

»Das ist schon lang vorbei.«

»Ach geh, Frau Vernusch. Seit Eva den Apfel gepflückt hat, ist das Spiel dasselbe geblieben. Keiner wagt es, nicht zu zahlen, keiner wagt es, dir zu drohen, keiner kommt dir mit dem Gesetz, weil jeder weiß, dass du eine Kartei hast. So dient sie deinem Schutz, sowohl, weil du deine Kunden im Griff hast, als auch deshalb, weil du die Leute aussondern kannst, die dir zu gefährlich werden könnten, weil sie pleite sind. Jemand, der nichts zu verlieren hat, den kann man auch nicht kontrollieren.«

»Das soll ich gesagt haben?«

»Ja, in genau den Worten, damals, als ich noch grün hinter den Ohren war. Was ist nun mit dem Katalog.«

»Vielleicht.«

»Also gib dir einen Ruck und hilf mir.«

»Mit was?«, fragte sie, wieder die Ahnungslose spielend. Ich weiß nicht, ob sie je verheiratet gewesen war, aber wenn ja, dann waren ihre Ehemänner in mancher Hinsicht nicht zu beineiden gewesen. In anderer jedoch sehr wohl.

»Jetzt tu nicht so. Ich weiß, dass du die Kartei hast. Heute sicher elektronisch geführt. Gib mir eine Auskunft.«

Frau Vernusch schnaufte tief durch, blickte mich mit ihren hellen Augen durchdringend an und schenkte sich dann Sekt nach.

»Hm. Gut.«

»Nur eine Adresse von einem Notar, der so knapp vor dem Bankrott steht. So einer, bei dem du eigentlich gar kein gutes Gefühl mehr hast, weil er noch deine Kundschaft ist.«

»So einen habe ich momentan nicht, Arno.« Ihr Tonfall ließ keinen Zweifel aufkommen. So jemanden hatte sie nicht. Ich war tief enttäuscht. Dass zum Schluss hin alles schiefläuft und mir die fette Kohle auf den letzten Metern noch unerwartet aus der Hand rutscht, das bin ich gewohnt. Aber dass jetzt das Pech schon am Anfang der Unternehmungen an meinen Händen klebte, verunsicherte mich. Na gut, wenn Frau Vernusch keinen Notar hatte, dann vielleicht irgendeinen Anwalt mit Zugang zum Testamentsregister oder irgendjemanden aus einem der dafür zuständigen Büros. Allerdings wäre das nicht halb so gut wie ein echter Notar. Ich fiel in mich zusammen und schrumpfte in der halben Sekunde, die meine Überlegung angedauert hatte, um mindestens einen Zentimeter. Mir ging die Luft aus, meine Schultern krümmten sich unter der Last der Jahre, und mein Kopf begann, auf meine Brust herab zu sinken. Ich fühlte mich wie 104 und inkontinent. Keine schöne Sache das.

Da lachte Frau Vernusch auf und zwinkerte mir zu.

»Geh Arno, lass di doch net so einfach verscheißern.

Bist ja immer noch wie ein kleiner Bub. Sicher hab ich so wen. Allerdings steht er scho so a Zumpferl davor, dass er ausse fliegt …«

Ich schnaufte tief durch und drehte mein Colaglas nervös zwischen den Fingern, sodass die Eiswürfel diesen einzigartigen, bezaubernden Klang erzeugten, den Trinker so schätzen. Ich habe ganz gute Ohren und kann viele meiner Lieblingsaufnahmen schon anhand des Studiorauschens im Hintergrund erkennen, aber ob in einem Drink Cola oder harter Schnaps drin ist, das kann ich am Klang der Eiswürfel nicht erkennen.

»Gut, es gibt also so jemanden, wie ich ihn suche. Wo wohnt er denn?«

»Das werde ich dir nicht sagen.«

»Warum?«

»So halt. Wart einen Augenblick.«

Frau Vernusch holte ein iPhone raus und fuhr mit den Fingern über das Touchpad. Dann hielt sie sich das Ding ans Ohr. Sie murmelte ein bisschen was und wartete. Dann murmelte sie wieder was und steckte das Telefon weg.

»Eine von meinen Mädels geht heute noch zu ihm. Du kannst sie chauffieren. Mit deinen zwei Helden da drüben.« Der Oide Vodda und das Kappl waren immer noch schwer damit beschäftigt, sich in der Aufmerksamkeit eines Dutzends schöner Mädchen zu suhlen wie zwei Eber in einer Drecklacke.

»Du kannst das Mädchen hinführen, dann lasst sie aussteigen, und zwei Stunden später stehst bei ihm auf der Matratze und du wirst das kriegn, was du willst.«

»Du bist die Beste, Frau Vernusch.«

»Sicher immer scho gwesen. Jetzt gib ma no a Busserl.«

»Ich weiß gar nicht, wie ich das gutmachen soll.« Ich drückte ihr einen Schmatz auf die Schminke.

»Ich schon«, meinte sie kühl.

»Ja?«, mir schwante Schlimmes.

»Ich hab da einen Kühlschrank, du und deine zwei Helden, ihr kennts mir den rauftragen, in die Wohnung.«

»Gibt's da keine Zustellung, wo du das Ding gekauft hast?«

»Nein. Irgendwo im Kleingedruckten steht: Bordsteinzustellung.«

»Du hast auch sonst niemanden, der das für dich rauftragen könnte? Der Muskelprotz dort?« Ich deutete auf den Türsteher, der mich bitter anlächelte.

»Nein, Arno, das werdet ihr machen. Dafür denk ich dann auch immer an dich, wenn ich mir was aus meinem Kühlschrank hole, den du hinaufgetragen hast. Nicht jede hat an Kühlschrank, den was a Doktor auffetragen hat.«

»Scheiße«, fluchte ich.

»Net fluchen, Arno. Das tut man nicht. Aber von mir aus kannst du dritter Stock, sehr schwer und es gibt keinen Lift, sagen.« Sie lächelte wieder, schob mir ihren Wohnungsschlüssel über die Bar und schenkte sich nach. Der Sekt perlte in der Flöte, und in den Blasen spielte das tausendfach gebrochene Licht Regenbogen.

IV

Manchmal erzählt man Geschichten, in denen Menschen vorkommen, die nicht wollen, dass sie erwähnt werden. Wenn es sich um moralisch zweifelhafte Notare mit einem Hang zu leichten Mädchen und schnellem Geld handelt, dann ist das durchaus verständlich. In meinem Fall verbieten es mir der Anstand und die Rücksicht auf die Ehre eines ganzen Berufsstandes, meiner sonstigen Gewohnheit zu folgen und die Lokalität, in der sich der erste Teil der folgenden Szene zugetragen hat, genauer zu beschreiben.

Lassen wir es dabei bewenden, dass wir sagen, dass es sich um eine dunkle Gasse in einem der parkähnlichen Wohnbezirke außerhalb des Gürtels handelte. Ein uralter Volvo stand vor einem Haus, das in den späten Achtzigern einen Architekturpreis gewonnen haben konnte und einfach nur potthässlich war. Vorne saßen der Oide Vodda und das Kappl, und hinten saß ich. Wir drei hatten so Einiges gemeinsam. Da waren die angequetschten Finger und dislozierten Lendenwirbel vom Kühlschrankheben, die Kieferschmerzen von wegen Zähnezusammenbeißen und der verletzte Mannesstolz, weil bei der unglücklichen Operation so viele hübsche Frauen zugesehen hatten. Der einzige Fahrgast, dem es gut ging und der auch fein gelaunt schien, war das Mädchen neben mir. Sie hieß Yvonne, war etwa knapp über 18 und zeichnete sich durch freche Locken und eine süße Stupsnase aus. Sie rauchte gerade eine Zigarette an.

»Du solltest besser nicht rauchen«, meinte ich.

»Geh, chill amal Arno«, meinte sie. »Ich bin schon 18.«

»Kann sein, aber die Freundin von ihm«, dabei deutete

ich mit dem Kopf unbestimmt nach vorne, »mag es nicht, wenn man im Auto tschickt.«

»Geh, die Oide is ma wurscht. Vor an Job rauch i gern ane.«

»Prä- oder postkoital spielt dabei keine Rolle, weil ...« Weiter kam ich nicht. Das Mädchen schaute mich auf eine so unbestimmt humorige Art und Weise an, dass ich sicher war, dass sie mich auslachte.

»Blah, blah, blah ...«, ließ sie sich vernehmen und blies mir den Rauch ins Gesicht. Wenn ich morgen Laura anrufen würde, um wieder alles einzurenken, dann könnte am Ende des Einrenkprozesses durchaus so ein Mädchen stehen. Ich war mir nicht ganz sicher, ob ich das auch wirklich wollte. Laura war fein, aber Kinder? Andererseits wäre ich dann schon über 50, vielleicht bekommt man dann schon mehr Autorität.

»Na wurscht«, meinte ich zu ihr. »Jedenfalls, in einem stillen Moment schleichst du dich zur Tür, öffnest sie, sodass wir Zutritt haben und er nichts merkt. Am besten, du ...« Weiter kam ich wieder nicht.

»Geh chill amal. Ich weiß schon, wie das geht. In zwa Stund seids wieder da, und die Tür is offen. Over und out.« Sie stieg aus und knallte mir die Autotür ins fragende Gesicht.

»Jetzt Dokta? Wohin zahts uns?«

»In die Zentagasse.«

»Die is in Fünften?«, fragte das Kappl.

»Na im Vierten«, meinte der Oide Vodda.

»Geh herst, du zuagraster Wappler, was waßt du von de Wiena Hieb?«

»Mehr als du, i sauf mi a net jeden Tag waach«, war die Antwort.

»Geh scheißn, du Trottl«, antwortete das Kappl, wie immer um eine gute Arbeitsatmosphäre bemüht.

»Ist doch egal, in welchem Bezirk das liegt. Fahren wir einfach hin.«

»Wenns das sagst, Dokta.« Und der Volvo sprang krächzend an.

An einer der Ecken der Kleinen Neugasse, dort, wo eine kleine Temposchwelle und sehr schlechter Asphalt die Geschwindigkeit der Autofahrer drücken und eine kleine Grünfläche vis-à-vis für nette Atmosphäre sorgt, liegt ein Büro.

DDr. Stix, Arsimedes, behördlich konzessionierter Übersetzer. Gerichtsdolmetsch für Arabisch, Griechisch, Syrisch, Koptisch, Armenisch, Kirchenslawisch, Hebräisch u.v.m. stand in Lettern auf der gläsernen Eingangstür. Ich frage mich immer wieder, welches Gericht einen Fall bearbeiten kann, in dem Kirchenslawisch eine Rolle spielen könnte. Fast interessanter jedoch finde ich die Angabe *u.v.m.* Das klingt beinahe so, als ob der Mann Krypto Elamitisch simultan in Bantu übersetzen könnte. Das hört sich jetzt vielleicht unwahrscheinlich an, aber wenn man ihn einmal kennengelernt hat, dann glaubt man fast an so was.

Die Tür war in altes braunes Holz eingefasst, dessen Lackierung schon vor vielen Jahren unter dem Ansturm der Elemente zerbröselt war. Unter der Tür schimmerte ein heller Lichtschein durch. Ich trat die Waschbetonstufe hinauf und klopfte an. Der Oide Vodda und das Kappl warteten im geparkten Auto. Von dort her hörte ich eine der Stimmen rufen: »Um die Zeit, der wird sie gfreun!«

»Wenn er überhaupt da is!« Und beide meckerten wieder ihr bekanntes Lachen.

Ich machte mir überhaupt keine Sorgen. Dr. Stix war

so sicher zu Hause, wie der Acheron die Welt der Lebenden von der der Toten trennt.

Etwa eine Minute nach meinem Klopfen vernahm ich schlurfende Schritte hinter der Tür, ein kratzendes Geräusch, und die Tür öffnete sich einen Spalt. Ein tief gefurchtes Gesicht mit grauen Haaren, grauem ungepflegtem Bart und einer runden Brille blickte mir von unten entgegen. Die dicken Lippen klebten aneinander, weswegen eine Aussprache entstand, ähnlich der von Reich-Ranicki, nur ohne Lispeln.

»Ja, bitte, wer stert um tise Zeit?«, antwortete er mit schwerem, osteuropäischem Akzent, wie ihn vor 150 Jahren vielleicht die Juden aus Galizien gesprochen haben mögen. Ich weiß, dass der aufgesetzt ist wie eine Perücke.

»Meine Name ist Linder, ich brauche eine Übersetzung. Es ist dringend«, hielt ich mich genau an den vorgeschriebenen Wortlaut.

»So so, was wollen Sie tenn ibersetzt chaben?«

»Ein Testament.«

»Das is abber nicht leicht. Chaben Sie d'n Text bei sich?«

Sicherlich, lautete meine Antwort, und ich holte zwei 200-Euro-Scheine aus meiner Jackettinnentasche. Für die nächste Zeit brauchte ich mir wegen Kleingeld keine grauen Haare wachsen zu lassen, Sternwald hatte gut bezahlt.

»Gutte Text. Komman Sie rein.« Er trat aus der Tür, und ich folgte ihm in sein Büro. Es gab dort einen braunen Schreibtisch, mit einer Schreibmaschine drauf, einem riesigen Aschenbecher, der mit Stumpen vollgefüllt war, einen dunklen Teppich und eine Couch. Auf der Ledercouch lagen eine Decke und zwei Polster mit Silberquasten dran. Auf dem Tisch vor der Couch stand ebenfalls ein Aschenbecher, obwohl nicht mit denselben biblischen

Ausmaßen des Monumentalgegenstands auf dem Schreibtisch. Außerdem standen und lagen überall Bücher rum. Es waren mehr Alphabete vertreten, als ich erkennen konnte. Sachen wie Amharisch und Armenisch kannte ich wenigstens noch vom Sehen her, aber da waren Schriftzeichen dabei, die man für eine Mischung aus Arabisch und Chinesisch hätte halten können, und wenn jemand gemeint hätte, dass die Hälfte davon nicht-irdischen Ursprungs gewesen wäre, dann hätte ich das auch geglaubt.

Dr. Stix hatte die Hände tief in den Taschen seines grauen Wolljankers vergraben, machte einen Katzenbuckel und rauchte seine gelbe Zigarette nur mit den Lippen. Die 400 Euro waren schon verschwunden.

»Um was geht's?«, fragte er, einen völlig neuen Tonfall verwendend.

»Wirklich ein Testament.«

»Und za wos brauchts mi?«

»Ich habe nur eine Blankounterschrift auf einem Blatt Papier. Ich brauche das Testament dazu.«

»Kemma mochn. Hast den Schrieb da?«

»Sicher.« Ich öffnete den Mantel, das Hemd und schließlich zog ich mir die Tixostreifen von der Haut. Als ich mit der Prozedur fertig war, reichte ich ihm die Klarsichtfolie, in der sich der peinlich genau gefaltete Zettel befand.

Dr. Stix ließ die Zigarette im Aschenbecher sterben und hielt den Zettel in der Klarsichtfolie 20 Zentimeter vor seine Nase. Die Augen hinter den dicken Brillengläsern leuchteten erregt. Er ging zum Schreibtisch und schaltete eine Lampe an. Dann drehte er am Schirm, und ich erkannte, dass er mindestens zwischen drei Birnen wählen konnte. Wahrscheinlich war eine Kunstlicht, die andere Naturlicht, was die dritte war, davon hatte ich keine Ahnung. Er hielt die Folie gegen das Licht und grunzte. Dann streifte er sich dünne Lederhandschuhe über und zog das Schriftstück aus der Folie heraus. Langsam und vorsichtig. Im hellen Licht der Lampe untersuchte er jeden Buchstaben der Unterschrift und die Textur des Papiers. Anschließend ließ er sich geräuschvoll in den tiefen Chefsessel hinter dem Schreibtisch fallen. Er betätigte einen Schalter, klappte einen Teil der Tischoberfläche weg und legte das Papier auf eine leuchtende Glasplatte von der Art, die früher benutzt wurden, um die Layouts von Zeitungen zu erstellen. Er schob das Papier eine Zeit lang hin und her, grunzte ein wenig und blickte anschließend zu mir.

»Ka Problem. Was soll ich schreibn?«

»Den Standardtext, sodass es nicht auffällt …«

»Eh kloar, aber sunst, was solln drinstehn, wegen da Marie?«

»Eine Spende an das Institut für Klassische Philologie der Universität Wien.« Ich erklärte ihm lang und umständlich die ganze Situation. Nach ein paar Fragen und etlichen guten Vorschlägen seinerseits kamen wir einer definitiven Formulierung sehr nah.

»Ah, a Hinterlassenschaft. Wär aber guat, wenn ma no an Kraxl von dem Leiter von dem Institut hätten. Authentizitätshalber, verstehn S'?«

»Kein Problem.«

»Du bist aber leicht net der Typ.«

»Nein, aber ich beherrsche ihre Unterschrift aus dem FF.« Seitdem ich zwölf war, hatte ich die Unterschriften meiner Mutter gefälscht, und als ich dann auch an der Uni arbeitete, wo die österreichische Liebe zu formalisierten Regularien sinnlosester Art sich ungehindert austoben kann, war die von Glanicic-Werffel sehr schnell erlernt gewesen. Außerdem war ich der Meinung, dass, wenn ich schon ihre Aufsätze schreiben konnte, ich auch ihre Unterschrift verwenden durfte. Ob diese moralische Rechtfertigung allerdings auch vor Gericht halten würde, war ich mir nicht so sicher. Aber wenn man nicht erwischt wird, ist es auch nicht ungesetzlich.

»Guat. Hamma glei.«

Dr. Stix watschelte zu einem Bücherregal, zog an einem Stück Faden, der aus einem Buch heraushing, und das Regal schwang zur Seite. Dahinter kam eine unübersichtliche Menge an kleinen Fächern zum Vorschein. Die Fächer hingen an einem unsichtbaren Mechanismus, sodass sie alle sowohl in der Höhe und Breite, als auch in der Tiefe der Anordnung vollständig beweglich waren. Der Mechanismus summte ganz leise, als Dr. Stix herumsuchte.

In der rechten Hand hielt er das Original ganz nah ans Ohr und rieb mit Daumen und Zeigefinger, die immer noch im Lederhandschuh steckten, darüber.

»Können Sie überhaupt was durch den Handschuh fühlen?«, fragte ich neugierig.

»Kusch jetzt. Da geht's ums Hören, net ums Fühlen.«

Ich schwieg, während Stix Blatt um Blatt aus den verschiedensten Fächern verglich. Schließlich seufzte er auf und wählte eines. Ich hatte, so genau ich auch aufpasste, keinen Unterschied zwischen den Dutzend verschiedenen Sorten bemerkt. Alles, was mir aufgefallen war, bestand in der Tatsache, dass Stix methodisch genau eine immer kleinere Anzahl von Papiersorten herausgefiltert hatte, bis er zwischen drei Fächern schwankte. Was schlussendlich den Ausschlag für eine Papiersorte und gegen die anderen gegeben hatte, konnte ich nicht ausmachen.

»Des is hundsordinäres Büropapier, a so a Schaß.«

»Warum?«

»Weils am schwersten is. Je ausgefallener a Papier, um so höher die Wahrscheinlichkeit, dass i des dahab. So müss ma uns mit ana Approximation behelfen. Je gewöhnlicher des Papier, umso schwerer für uns.«

»Wo liegt das Problem?«

»Des gwähnliche Büropapier is immer das Gleiche, aber nie dasselbe. De Unterschiede san wunzig. Kaum zum derkennen. Aber sie san da und kennan da alles verhunzen.«

»Ist das so tragisch?«, wollte ich wissen. Schließlich lernt man nie aus.

»Tragisch? Was kummst überhaupt zu mir und gehst net zu irgendan Depperl? Die klan Unterschiede san entscheidend. Jetzt lachst mi aus, aber wennst in Häfn gehst, wegn an winzigen Unterschied, den a Gutachter gfunden hat, dann lachst nimma!«

»Ich lache überhaupt nicht, ich wollte nur etwas lernen.«

»Von mir lernst nix.« Damit wandte er sich ab und setzte sich an den Schreibtisch. Er hatte drei Blatt Papier vor sich liegen und meines. Wieder untersuchte er alles penibel.

»Herst, ham S' des Blattl unbedingt falten miassn? A so a Schaß, jetzt wern die Winkel net richtig passen.«

»Hä?«

»Da, wo der Falz verlauft, da wird der Drucker net richtig hinkemman. Mit a bissl Pech fallt des sogar an Blinden auf, dass des Blattl zerst gfaltet war und dann erst beschrieben wurn is.«

»Dann falten wir halt die andern auch und sagen, dass das Papier zuerst gefaltet war, bevor der Text aufgesetzt wurde.«

»Ah so a Schwachsinn! Sagen kemma viel, aber glaubn tuts uns niemand. Wenn irgendwer des Schriftstück anzweifelt, dann wird der Sachverständige uns den Falz um die Ohren haun, drauf kannst Gift nehmen. Den miassma ausbügeln, da hilft nix. Nur darf des Papier darunter net leidn, des wird dauern!« Er ging zu einer Tür, die ich vorhin übersehen hatte, und werkelte in einer Art Abstellraum herum. Dann brachte er ein Bügeleisen und ein Brett zum Vorschein. Er stellte alles auf, füllte Wasser aus einem Hahn im Abstellraum in das Bügeleisen und zog ein paar Laufmeter dünnster Seide aus einem Korb. Dann schlug er das Papier in die Seide ein und bügelte es mit viel Druck, aber behutsam und gleichmäßig. Als er fertig war, besah er sich seine Arbeit. Ich konnte aus zwei Metern Distanz keinen Falz mehr erkennen. Die Kanten waren verschwunden.

»Ah, das hat net gut funktioniert. Hoffentlich reicht des für den Drucker«, meinte Stix kopfschüttelnd. Ich hatte da keine Zweifel, aber er war der Experte. Stix setzte sich an den Schreibtisch und zog eine Schublade auf. Darin lagen eine kabellose Tastatur und ein hauchdünner Bildschirm. Er stellte das Zeug auf und begann zu arbeiten. Ich stand daneben und wartete, bis Stix mich anschnauzte, ich solle gefälligst draußen warten, er könne so nicht arbeiten. Also ging ich raus. Der Oide Vodda und das Kappl waren in eine schwierige Auseinandersetzung vertieft. Ich hörte sie durch die geschlossenen Wagentüren Argumente austauschen. Es drehte sich um das Schaffen eines Pornoregisseurs, und so weit ich hören konnte, neigte das Kappl mehr den frühen Filmen zu, der Oide Vodda hingegen mehr dem Spätwerk. Nach so einem Thema stand mir der Sinn nun überhaupt nicht, und so blieb ich in der Kälte. Ich ging die Straße auf und ab, meine Sohlen klapperten über den kalten Asphalt, ich hörte die Stimmen der beiden im Auto, und der Nachtwind rauschte durch die kahlen Bäume in dem kleinen Park an der Ecke. Endlich, als ich schon gar nicht mehr dran glauben wollte, öffnete sich die Tür, und Stix winkte mich rein.

»Schaun S' as Ihna an.« Er wirkte stolz. Ich kam rein und trat zum Schreibtisch. Der linke Fuß desselben war nichts anderes als ein mit Holz verkleideter Drucker, eine Schublade stellte die Öffnung zum Nachlegen des Papiers dar, eine andere den Auslass für die bedruckten Schriftstücke. Die Maschine schnatterte, und ein Blatt lag schon drinnen. Ich wollte es schon herausnehmen, aber Stix hielt mich zurück: »Ohne Handschuh besser net.« Er bückte sich und holte das Blatt heraus. Ich begann zu lesen. Stix hatte einen Text aufgesetzt, der mir als juristischem Laien wie eine Mischung aus einem Testament und einem Vertrag aussah. Es ging um die Errichtung eines Fonds, der so lange dem Institut für Klassische Philologie der Uni Wien zur Verfügung stehen sollte, als damit die Stelle eines fix angestellten ordentlichen Professors bezahlt werden würde. Alles, was der Fonds als Ertrag erwirtschaften würde, das über das Gehalt dieser Professur hinausgehen würde, bliebe dem Institut zur freien Verfügung überlassen. Des Weiteren stand noch jede Menge juristisch verklausuliertes Zusatzmaterial drinnen, alle Feinheiten des Fondsmanagements betreffend. Für mich wirkte das Ganze enorm seriös. Irgendwie hallte sogar Sternwalds Stimme durch meinen Verstand, als ich mir den Text durchlas, er hätte wirklich von ihm sein können.

»Jetzt kopier mas no, dann samma fertig«, meinte Stix und klappte wieder eine Schublade seines Überraschungsschreibtisches auf. Er legte die Blätter ein, und kurz darauf erschienen in einer anderen Schublade zwei Kopien.

»Schaut komisch aus, wenn das Institut ka eigene Kopie hat.« Er sprach das Wort nicht mit langem ›i‹, sondern mit Betonung auf dem ›e‹ aus. »Und ana is für Sie, waß ma nie, wamma's brauchen kann.« Er steckte alles in drei Klarsichtfolien und drückte sie mir in die Hand. Ich steckte das Zeug in den Mantel.

»Wenn alles paletti durchgangan is, dann kumman S' mit zwa Tausender vorbei, wenn's Ihna recht is.«

»Sicher, werde ich machen.« Falls nicht, würde er schon dafür sorgen, dass mein Testament auffliegen würde, da war ich mir sicher.

»Glickliches Widdersähen«, meinte er, wieder in seinen jiddischen Akzent verfallend und schob mich bei der Tür raus. Ich hatte noch den Geruch von Tabak und Putzmittelalkohol in der Nase, als ich draußen in der Kälte stand und mein Glück kaum fassen konnte. Bis jetzt lief alles reibungslos. Ich wartete schon gespannt darauf, hinter welcher Biegung der Ereignisse das Schicksal mit der Mörderkeule wartete. Irgendwie konnte ich es schon voll hämischer Vorfreude kichern hören.

V

Vor mir befand sich eine massive Haustür, hinter mir zwei unzuverlässige Helfer. Gefälschte Dokumente hatte ich im Mantel und schweißnasse Hände in der Hosentasche. Genauer Plan stand mir keiner zur Verfügung, außer der

Gewissheit, dass es illegal zugehen würde, hatte ich keine Ahnung. Moltke meinte, dass sich im Pulverdampf alle Pläne ohnedies zerschlagen würden. Klar, das alte Genie hatte leicht reden, bei ihm ging's nur um ein Kaiserreich. Bei mir ging's um die Wurst.

Ich nahm meine rechte Hand aus der Hosentasche und stupste die Gartentür an. Nichts rührte sich. Noch einmal versuchte ich es, aber die Tür bewegte sich keinen Millimeter.

»Scheiße, de Trutschn hat net aufgmocht«, hörte ich hinter mir eine leise Stimme.

»Oida Vodda! Jetzt samma aufgschmissn. Scheiß Gartentürl«, antwortete eine andere.

»Da kumm i nie eine. De Klane, wenn i die in die Finger kriag!«

Zäune kann man zur Not überklettern, dachte ich mir, sagte aber nichts. Stattdessen fuhr ich mit der Hand zwischen dem Scharnier der Tür und dem Türpfosten aus Beton hindurch. Die meisten Gartentüren dieser Art haben auf der Innenseite einen Türöffner. Einbruchsicher ist das nicht. Ich spürte ein wenig herum, dann fand ich den Schalter und drückte. Ein Summen ertönte und ich öffnete vorsichtig, schließlich wollte ich mir nicht die Hand einklemmen.

»Ordentlich gmacht. Dokta. Wer hat da des zeigt?«

»Jahrelange Erfahrung.«

»Dass i net lach!«, war die Antwort.

»Still jetzt.«

Wir gingen auf einem Gartenweg zu dem Haus, das sich als dunkles Ungetüm gegen den Himmel abhob. Ohne lange zu suchen, gelangten wir an eine kleine Treppe, an deren Ende eine angelehnte Tür auf uns wartete.

Das Holz der Tür fühlte sich kalt und glatt an, als ich sie anstieß. Lautlos und weich schwang sie auf. Die erste Hürde war genommen. Wir waren drin.

»Gnä Frau, mir kennan du sagn, drin samma«, meinte der Oide Vodda. Das Kappl antwortete im Flüsterton: »De Klane hats doch packt. Patent is sie, des muass i ea lassn.«

Wir betraten das Haus. Jedes Haus hat einen bestimmten Geruch, den man nur solange wahrnimmt, als man es die ersten paar Male betritt. Dafür bleibt dieser Geruch dann aber im Gedächtnis gespeichert, und man erkennt ihn auch noch Jahre später. Dieses Haus war anders. Es roch überhaupt nicht. Als Kind war ich einmal in einem Musterhaus gewesen, als meine Eltern darüber nachdachten, selbst in baulicher Hinsicht tätig zu werden. Dieses Musterhaus hatte genauso gerochen wie das des Notars. Nämlich überhaupt nicht.

Wir schlichen uns durch einen Gang, in dem Schuhe fein säuberlich in Regalen standen und ein riesiger Spiegel von Mänteln verdeckt war. Der Mann besaß mehr Schuhe als Imelda Markos. Am Ende des Gangs standen wir in einem riesigen Wohnzimmer, das in eine offene Küche überging. Ein Teil des Wohnzimmers war so abgesenkt, dass man drei breite Stufen hinuntergehen musste, um zur Sitzgruppe vor dem riesigen offenen Kamin zu gelangen. Im Kamin prasselte ein schönes Feuer, das einen angenehmen rötlichen Lichtschein erzeugte. Ansonsten gab es keine Lichtquelle.

In der Sitzgruppe saßen zwei Figuren, eine auf der anderen. Die oben hatte Locken und war nackt, die unten trug einen Hausmantel, und als ich näherkam, sah ich Lederschlüpfer. Auf der Glasplatte des Couchtisches standen eine Flasche Champagner und zwei Sektflöten. Daneben lag eine Alufolie mit Rasierklinge und Koks im Wert von einem Jahreseinkommen eines Bankdirektors.

Das Pärchen war sehr mit sich selbst beschäftigt und bemerkte uns überhaupt nicht. Der Oide Vodda und das Kappl kicherten wie Schuljungen. Ich zeigte ihnen mit den Fingern an, wohin sie sich zu stellen hätten. Als die Positionen bezogen waren, trat ich von hinten an den Notar heran und riss ihm den Kopf an den Haaren nach hinten. Weg von den strammen Brüsten, in die er sich soeben vertieft hatte. Ich schaute ihm von oben in das verdutzte Gesicht. Da es halb dunkel war, er mich verkehrt herum wahrnahm und außerdem sicher mit allem gerechnet hatte, nur nicht mit mir, hatte ich keine Angst, dass er sich irgendwas von mir merken würde, außer dass ihm die Haare furchtbar wehtaten.

»Schönen Abend«, meinte ich. Yvonne sprang kreischend ab und rannte nackt durchs Zimmer. Der Oide Vodda und das Kappl standen zu den Füßen des Notars. Der Oide Vodda hielt eine Kanone in der Hand und entsicherte sie lautstark.

»Sie können alles haben. Alles. Nur schießen Sie nicht. Bitte, bitte tun Sie mir nichts.«

»Keine Sorge, wenn Sie brav sind, passiert nichts.«

»Ja, ja, sagen Sie nur, was Sie wollen.« Da ich ihm den Hals noch immer streng nach hinten gezogen hatte, klang seine Stimme enorm gepresst.

»Ich habe ein Dokument bei mir. Das muss bis morgen Mittag im Testamentsverzeichnis liegen, und zwar so datiert, als ob es schon ein halbes Jahr dort wäre.«

»Das geht nicht. So was kann ich nicht machen ...« Ich nickte dem Oiden Vodda zu, und der trat einen Schritt auf den Notar zu, sodass der die Knarre sehen konnte.

»Hast dein Feitel dabei?«, fragte er das Kappl.

»Sicher. Bin nie ohne«, meinte das Kappl und ließ ein Schnappmesser aufklappen. »Der Wappler hat an Ständer wie a Elefantenbulle. Der hat sicher mehr Viagra als Schnee im Bluat. Sull i ma a Souvenir oschneidn?«

»A so Lackerl Blut is schnell verpritschelt«, meinte der Oide Vodda zustimmend. Da sprang Yvonne aus dem Hintergrund hinzu und schmiegte sich an den Oberkörper des Notars.

»Net, net. Lassts ihn doch in Frieden. Er hat euch nix tan! Ihr seids urgemein!«

»Wissma, Pupperl. I schnei eam aber die Eier trotzdem o«, kicherte das Kappl.

»Net, net. Tuats des net. Anton«, flehte sie nun den Notar an,« gib eahna, was wuilln. De bringan die um, bitte, Anton, sei gscheit.« Keine Hollywooddiva hätte überzeugender sein können. Schade, dass wir keine Kamera dabei hatten, die Kleine hätte sich einen Oskar verdient.

Der Notar starrte, ohne ein Wort zu sagen, vor sich hin, alle Muskeln waren angespannt, und ich war mir nicht ganz sicher, ob er überhaupt ganz realisierte, was um ihn herum geschah.

»Also, kooperieren oder operieren?«, fragte ich ihn.

»Kooperieren.«

»Operieren? Also gut.« Ich nickte dem Kappl zu.

»Na, net, ich tu eh alles, was Sie wolln. Morgen ist das Schriftstück im Verzeichnis. Überhaupt kein Problem.«

Wir hatten ihn noch keine fünf Minuten in der Mangel, und der Kerl war schon in Schweiß gebadet, dass ihm der Saft die Stirn hinunter rann. Seine dunkelblonden Haare färbten sich am Ansatz schon schwarz vor Feuchtigkeit. Ich betrachtete mir sein angstverzerrtes Gesicht und dachte ein wenig nach. Eigentlich hatte ich vorgehabt, den Notar ein wenig einzuschüchtern, dass er eher auf meinen Vorschlag eingehen würde. Ihn zu bezahlen, hatte ich ursprünglich ebenfalls vorgehabt. Das schien mir jetzt unnötig zu sein. Wenn der Fisch dermaßen am Haken sitzt, muss man ihn nicht mehr mit Geld zuschütten.

»Was is?«, fragte der Oide Vodda. »Lass man bluatn?«

»Nein, ich denke, das ist unnötig. Wenn das Dokument morgen im Register aufscheint, dann hören und sehen Sie nie mehr was von uns. Wenn ich morgen allerdings draufkomme, dass dem so nicht ist, oder dass Sie auf irgendeine andere blöde Idee gekommen sind, dann werden wir Sie finden. Darauf können Sie Gift nehmen.«

»Ehrlich, keine Sorge, ich werde alles tun, wie Sie es verlangen«, stammelte der Notar.

»Gut, dann verschwinden wir, viel Spaß noch bei der privaten Party.« Ich ließ seine Haare los und machte mich auf den Weg zur Tür. Yvonne hatte ich diskret zugenickt. Der Oide Vodda und das Kappl blieben stehen.

»Was ist?«, fragte ich ungeduldig.

»Soll ma net no was mitnehman? So vü kann der doch nie derschnupfen, und mei Oide is ganz haß auf des Zeug«, meinte das Kappl.

»Wir haben, was wir wollen. Kein Grund, irgendwem etwas wegzunehmen«, meinte ich streng. Das akzeptierten die beiden, und wir machten uns auf den Weg zum Auto. Kaum saßen wir im Volvo, als mein Handy läutete. Madame Vernusch war am Telefon.

»Ja?«

»Mein Mädel hat grad angerufen. Sie bleibt bis in die Früh und tröstet den Armen.«

»Fein.«

»Sie wird wissen, wenn er an Blödsinn anstellen will. Du bist der Erste, ders dann erfährt.«

»Super, danke.«

»Bedank dich nicht bei mir.«

»Gut. Servus dann.« Ich wollte schon auflegen, doch Madame Vernusch unterbrach mich.

»Nein, abholen sollst sie, so gegen sieben. Das ist gemeint.«

»Gegen sieben? In der Früh?« Ich bin nicht so der Tiger im Morgengrauen. Alles vor elf Uhr erscheint mir immer als Aspekt eines Arbeitslagers.

»Du hast's gehört.«

»Wir werden dort sein. Sie soll mich anrufen, wenns soweit ist.«

»Wird sie machen.«

»Danke noch mal.« Ich legte auf.

»Geh, Dokta, sag net, dass ma die Klane wieder huin miassn.«

»Doch, werden wir müssen.«

»Geh scheißn«, brachte das Kappl die Stimmung im Volvo auf den Punkt.

»Entweder wir fahren heim und treffen uns in der Früh wieder, oder wir schlagen«, ich blickte auf meine Uhr, »die drei Stunden auch noch irgendwie tot.«

»Fahr ma zu mia ham. Mei Oide mags net, wemma in der Wohnung rauchen, aber sunst is wenigstens warm und umasunst. In die Beisln brennans die aus heitzutag.«

Gesagt getan. Wir überquerten den Wienfluss, folgten dann der Ameisgasse solange, bis aus ihr die Maroltinger wurde, und als diese dann in Sandleiten mündete, bogen wir kurz darauf rechts ab in die Ottakringer Straße. In dem Gewirr schmutziger kleiner Gassen zwischen der

Neulerchenfelder und der Thaliastraße kurvten wir noch ein wenig herum, bis sich ein Parkplatz fand. In dem Viertel waren die Straßen schlecht, die Häuser grau, und der Verputz bröckelte ab. Gassenlokale waren keine zu sehen, alle ebenerdigen Scheiben waren verklebt, und die Autos ähnelten dem alten Volvo. Das einzige Licht waren kleine rote Lampen, die verstohlen über verschlossenen Stahltüren leuchteten. Es war so still, dass man die einzelnen Autos vom Gürtel her hören konnte, die Sirene eines Rettungsautos erzählte davon, dass ein Notfall ins AKH gebracht wurde.

Eine der hässlichen Türen einer heruntergekommenen Straße wurde aufgesperrt, und wir steigen eine Treppe hinauf, bei der die Kanten der Stufen ausgebrochen waren und die Elektrokabel der Installationen über dem Verputz verliefen. Dort jedenfalls, wo sich noch Verputz befand. Schließlich waren wir im Dachgeschoss angekommen, und alle schnauften schon schwer.

»Do samma. Des is mei Penthouse. Seids stad und schauts freundlich drein«, meinte das Kappl, dann klopft er sacht. Man hörte Schritte auf die Tür zukommen und es wurde einen Spaltweit geöffnet. Warme Luft drang in das kalte Treppenhaus.

»So spät kommst du!«, sagte eine helle Stimme mit fremdländischer Intonation.

»Ja, es hot länger dauert. Tuat ma lad.«

»Hättest ruhig sagen können, dass du deine Freunde mitbringst.«

»Hab ich vergessen. Is da scho recht?«

»Kommt rein.« Sie nickte dem Oiden Vodda zu und zu mir sagte sie: »Ich bin Mei. Komm rein.« Sie war etwa 1,50 klein, sehr schlank und trug eine Art Kimono. Persönlich hätte ich sie auf Mitte 15 geschätzt, aber bei Ostasiatinnen ist das ungeheuer schwierig, sie konnte genauso gut auch 40 sein. Jedenfalls hatte sie hohe Wangenknochen, eine süße Nase und große Mandelaugen. Drinnen war es richtig schön warm, ordentlich aufgeräumt und in einem Stil eingerichtet, der mich an die Ausstattung eines Films aus den Sechzigern erinnerte. Eine bizarre Mischung aus billigem Fernostramsch und ultrabiederem österreichischen Geschmack. Es gab nickende Buddhas und eine mitternachtsblaue Tapete mit Paradiesvögeln. Dazu passte ein Wandverbau aus hellem Holz, in dem der Fernseher und zwei Bücher standen. Hinter einer Glastür sah man ein paar gute Gläser. Wir setzen uns auf eine Couch. Der Oide Vodda bekam ein Coke Zero, das Kappl ein Bussi und ein Bier, und ich wurde gefragt.

»Darf ich auch einen Tee haben?«, meinte ich und zeigte auf eine Kanne, die vor mir stand.

»Sicher.« Von irgendwoher erschien eine Schale aus hauchdünnem Porzellan in Rosa mit Goldrand. Vor Angst, plötzlich zu erblinden, besah ich mir das Ding nicht genauer, aber ich könnte schwören, es wären kleine Vögel drauf zu sehen gewesen.

Wir saßen auf der Couch, Mei auf dem Boden, die Knie untergeschlagen. Als es hieß, dass die Freundin vom Kappl das Rauchen im Auto verboten hatte, war mir ein völlig anderes Frauenbild ins Hirn gestiegen.

»Musst du noch mal weg, Andreas?«, fragte sie das Kappl. Er nickte nur. »Wann kommst du dann wieder?«

»Waß net.«

Mei nickte und schenkte mir Tee nach. Es war Jasmin, so einer aus der fünf Kilo Packung vom Naschmarkt. Das Kappl stand auf, ging zur Balkontür hinaus und rauchte sich eine an. Nikotin muss eine bösartige Sucht sein, wenn sie einen aus der eigenen Wohnung in die Kälte der Nacht treibt. Mei sah dem Kappl nach, und als er die Tür hinter sich geschlossen hatte, begann sie leise und eindringlich zu fragen.

»Ist es gefährlich?«

Der Oide Vodda schüttelte den Kopf.

»Ich habe immer so eine Angst, wenn er ist so lange weg und er sagt nix!«

»Wird scho nix passieren«, war die Antwort, der eine lange Pause folgte. Mei trank einen Schluck Tee und schenkte mir nach.

»Die Polizei?«, fragte sie schließlich.

»Wird schon nix sein«, meinte der Oide Vodda.

»Als der Andreas das letzte Mal im Häfn war, das hab ich nicht ausgehalten. Bitte sagt, dass das nicht wieder passiert.«

»Sicher nicht«, antwortete der Oide Vodda, aber ohne ihr in die Augen zu schauen, und die ganze Zeit über spielte er mit seiner Zigarettenschachtel.

»Mia wern scho aufpassn«, war sein letzter Kommentar. Dann kam das Kappl wieder herein, und es wurde über andere Themen gesprochen. Zu essen gab es auch was, Duftreis mit Gemüse und ein paar Fleischstreifen süßsauer, und als endlich das Telefon läutete, atmete ich erleichtert auf. Das Ganze hatte für mich einen gruseligen Touch bekommen. Zu tief in die privaten Angelegenheiten anderer zu blicken, ist nichts für mich. Ich nahm das Telefon ab.

»Ja.«

»Bin fertig.«

»Hat er was mitgekriegt?«

»Chill amal, Arno. Der Notar schlaft wie a Baby.«

»Gut, in einer Viertelstunde, dort wo du ausgestiegen bist.«

»Oksi doksi.«

Ich legte auf und wandte mich an meine beiden Kumpane.

»Gemma.«

»Guat.« Beide standen auf, und wir gingen zur Tür. Ich bedankte mich und war froh, endlich draußen zu sein. Der Oide Vodda stieg mit mir die Stiegen hinunter, das Kappl folgte später nach, schließlich musste es sich auch noch von Mei verabschieden.

Der Oide Vodda und ich saßen im Auto und warteten.

»Waßt, wie's Kappl die Mei kennenglernt hat, da war sie mit an anderen zsamm. Der hat sie aus Laos importiert. So mit Büldl im Katalog. Aber der war a Oarschloch. 's Kappl hat eahm des Gsicht brochn und is dafür in Häfn, die Mei hat sie scheiden lassen und hat 's Kappl gheiratet. Des war vor sechs Jahr.«

»Dann sollten wir schauen, dass die Sache gut ausgeht, nicht dass die Mei den Andreas wieder im Gefängnis besuchen muss.«

Der Oide Vodda kam nicht dazu, mir zu antworten, da in dem Moment das Kappl einstieg.

»Was tratschts ihr a so?«

»Andreas«, meinte ich und wir lachten herzlich.

VI

Die Schatten unter den kahlen Bäumen waren noch pechschwarz, aber über dem Küniglberg hellte der Himmel merklich auf. Auf der Lainzer Straße bimmelte eine frühe Straßenbahn, und um die Straßenecke hörte man das charakteristische Klacken von hohen Stöckeln auf Asphalt.

»Brr, kalt!«, meinte Yvonne, als sie einstieg. Wir fuhren sofort los. »Zur Scandaleux«, ordnete sie an.

»Gut hast du mitgespielt«, meinte ich.

»Ah geh. Des war nix. Hättest mi sehen miassn, wia i bein Hofrat Beinschädl die Putzfrau gspielt hab, wia sei Oide zu früh vom Bridge hamkemman is. Des war guat.«

»Sie hat dich nicht erkannt?«

»I glaub, die schaut sich ihre Putzfrauen net richtig an. Ist unter ihrer Würde.«

»Jedenfalls danke.«

»Passt scho. I hab ghert, du hast a Marie für mi?«

Ich zog zwei Hunderter aus meiner Innentasche und gab sie Yvonne.

»Fein. Jetzt, wos Geld nix mehr wert is, braucht ma mehr davon!« Sie ließ die Scheine irgendwo zwischen Brust und Bauch verschwinden, obwohl dort nicht genug Stoff vorhanden war, um einen Stecknadelkopf zu verstecken.

»Morgn bin i wieder bei ihm. Er kann die Finger nimmer von mir lassn. Wenn i irgendwas hör, meld ich mich.«

»Sicher. Jederzeit.«

Yvonne rauchte sich eine Zigarette an, und als sie dabei in der Handtasche wühlte, sah ich eine größere Menge Stanniolpapier.

»Yvonne, lass die Finger von dem Zeug«, ermahnte ich sie.

»Bist net mei Papa. Chill amal, Arno, baba!«, hörte ich noch, und sie war schon aus dem kaum geparkten Auto gesprungen und im Haus verschwunden.

»Des is ane, pfoaah!«

»Oida Vodda, wenn die de bein Beitl hat, bist gliefert.«

»Obwohl, des is sicher ane von de Emanzipierten.«

Der Oide Vodda und das Kappl lachten Tränen. Ich fragte nach.

»Na de is emanzipiert, weil sie da an blost, während sie mitn Auto fahrt, deswegen!«, war die Antwort. Laura versteht sich auch als emanzipierte Frau, ich war mir aber nicht ganz sicher, ob ich sie einmal auf das Thema ansprechen sollte.

»Hörts auf zum Witzeln, fahrts mich heim.«

»Sicher, Dokta.«

15 Minuten später ging ich von der Bäckerei an der Josefstädterstraße zu Lauras Wohnung. Im Papiersackerl führte ich warme Croissants, zwei mit, zwei ohne Schoko, ein paar Semmeln und zwei Kornspitze mit mir. Mit Laura verhandelt es sich wesentlich leichter, wenn sie was Gutes im Magen hat. Ich hoffte darauf, dass es auch diesmal funktionieren würde, drehte den Schlüssel im Schloss und öffnete die Tür.

Erstens war das gut, denn ich hätte meiner Süßen durchaus zugetraut, dass sie in der Nacht das Schloss austauschen hatte lassen. Zweitens war das aufregend, denn Laura in Hausschlapfen und sonst nichts außer einer Zahnbürste gefällt mir irrsinnig gut. Drittens war das Furcht einflößend, denn ich hatte ihren Blick bemerkt.

»Guten Morgen, Schönste. Ich hab Frühstück mitgebracht«, strahlte ich sie an. Laura verschwand im Badezimmer, ich hörte sie ausspucken und Wasser ins Waschbecken laufen. Ich blieb wie angewurzelt im Gang stehen und wartete. Ich hatte noch nicht zweimal Atem geholt, da tauchte Laura wieder auf. Immer noch nackt, immer noch nur mit Hausschlapfen, aber diesmal ohne Zahnbürste.

»Ich hab dir doch gestern gesagt, du sollst mich heute anrufen? Oder?«

»Sicher, kein Problem.« Ich fischte mein Handy raus.

»So hab ich das nicht gemeint!«, fauchte sie.

»Was dann?«

»Ich sagte, wenn du dich erinnern kannst: Ruf an, wenn dir unsere Beziehung am Herzen liegt.«

»Ja.«

»Na also, von Vorbeikommen war da nicht die Rede.« Laura war wirklich böse.

»Gut, dann gehe ich. Darf ich dir das Frühstück dalassen?«

»Arno! Verstehst du mich nicht oder verarschst du mich? Mir ist das bitterernst. Wenn du so weiter machst, dann brauchst du überhaupt nicht mehr anzurufen.«

Laura klang jetzt überhaupt nicht mehr böse, sondern eher traurig und still. Solange sie keift, weiß ich immer, dass noch nicht alles verloren ist. So aber war ich mir da nicht mehr so sicher.

»Gut. Es tut mir leid. Ich habe dich einfach falsch verstanden. Ich dachte, dass ich mich heute bei dir melden soll, und war der Meinung, vorbeischauen ist besser als anrufen. Mir war nicht klar, dass ich überhaupt erst anrufen hätte sollen, um vorzufühlen, ob du überhaupt noch willst, dass ich noch einmal vorbeikomme. Ich habs jetzt kapiert.«

»Fein.«

»Obwohl, wenn ich schon da bin, können wir nicht einfach drüber reden, jeder isst sein Schokocroissant für sich, wir brauchen uns nicht mal anzusehen und wir tun so, als würden wir telefonieren?« Es ist unglaublich, was man so für einen Schwachsinn verzapft, wenn die Lage brenzlig wird. Akademiker hin oder her. Intelligenz hilft da auch nicht viel. Muss irgendwie mit den Hormonen zusammenhängen. Mir fiel auf, dass Laura gar nicht zugehört hatte.

»Schokocroissants?«

»Ja, du kannst sie in der Küche essen, und ich bleibe hier im Gang stehen. Vielleicht gibst du mir einen Kaffee heraus, wenn du so gütig bist.« Laura hatte zu der Zeit eine neue Espressomaschine. So eine mit Hebel, viel Chrom, und das Ganze war auf einer robusten Platte montiert. Die Espressi schmeckten traumhaft. Was sicher auch daran lag, dass Laura eine sehr gute Kaffeemühle hatte. Sie sagte immer, dass das der wichtigste Bestandteil wäre. Um die Zubereitung habe ich mich nie so gekümmert, ich kann mir nicht mal merken, ob ein perfekter Espresso 20 oder 30 Sekunden Durchlaufzeit hat. Aber trinken tu ich ihn für mein Leben gerne.

»Blödsinn, das ist doch kindisch. Wir setzen uns beide hin und reden. Kaffee kannst du auch einen haben.«

»Gut, aber eine Bedingung bitte ich mir aus!«

»Du stellst Bedingungen?« Laura klang schon wieder angriffslustig.

»Naja. Kannst du ein Nachthemd oder so was anziehen?«

Sie sah an sich herunter, dann zu mir herüber.

»Stört dich, was du siehst?«, fragte sie argwöhnisch.

»Ach wo. Du bist wunderschön. Aber ich werde einfach keine ganzen Sätze rausbringen, solange du vor mir stehst wie Eva. Mein Großhirn arbeitet da irgendwie nicht richtig.«

»Gut. Setz dich hin, bin in einer Sekunde wieder da.«

Ich legte das Gebäck auf einen weißen Steingutteller und wartete. Als Laura erschien, war das auch nicht besser als zuvor. Sie hatte irgendwas aus naturweißer Seide an, das relativ kurz war, recht eng und ziemlich durchsichtig. Sagen wir so: Es bedeckte einen halben Zentimeter ihrer Oberschenkel, klebte an den Kurven, als ob sie darunter nass gewesen wäre, und das, was man nur halb durchschimmern sah, war noch verführerischer als zuvor.

Laura ging zur Espressomaschine und begann mit der Prozedur. Vorgewärmt hatte sie das Gerät schon vor dem Zähneputzen.

»Doppio?«, fragte sie mich über die Schulter und ich meinte: »Ja.« Irgendwie klang meine Stimme trocken und belegt. Das lag vermutlich daran, dass durch die großzügige Rundung, die Laura am unteren Ende der Wirbelsäule mit sich rumschleppt, der Stoff noch ein wenig kürzer wirkte als an der Vorderseite. Der unterste Schwung ihrer stolzen Backen war nackt, und ich war drauf und dran, dass mir die letzten Sicherungen durchbrannten.

Laura drehte sich um und stellte den Kaffee vor mich auf den Tisch.

»Und gefällt's dir?« Sie drehte sich im Kreis wie eine Tänzerin. Ich musste mich am Tisch festhalten.

»Atemberaubend.«

»Ich habs gekauft für die Nacht, in der du meinen Heiratsantrag annehmen würdest.«

»So?«

»Ja, weil da nichts draus geworden ist, hab ich's halt jetzt so an.«

»He! Das ist ungerecht. Ich habe nicht gesagt, dass ich dich nicht heiraten will. Nichts sehnlicher als das. Aber ich bin ein Mann. Ich kann nicht heiraten und arbeitslos sein. Das geht nicht. Aber das haben wir jetzt alles geregelt, das passt und ich ...« Weiter kam ich nicht.

»Soso, gestern im Puff, da hast du das geregelt?«

»Puff?«

»Als ich angerufen habe, warst du im Puff.«

»Wie kommst du darauf?«

»Arno, ich bin vielleicht schön, aber ich bin ganz sicher nicht blöd. Ich war schon mal in solchen Etablissements, und es gab auch schon Männer, mit denen ich zusammen war, die so was besucht haben.«

»Und?«

»Arno, wenn im Hintergrund Pornosound läuft, Mädchen kichern und der Mann, mit dem man telefoniert, gepresst und verschämt spricht, dann ist er im Puff. Die gute Hausfrau, Kapitel 2. Vor ›Wie mache ich Knödel‹ und nach ›Was ist ein Blowjob‹.«

»Da gibt's ein Buch?«

»Arno, hör auf zu blödeln. Außerdem riechst du nach Rauch und billigem Parfüm und noch was Grauslichem.« Das Dritte war das Benzin aus dem Volvo, bei dem die Benzinpumpe wahrscheinlich nicht mehr ganz dicht war. Ich kam nicht dazu, das zu erwähnen, weil Laura fortfuhr.

Sie setzte sich gegenüber von mir an den Küchentisch, sodass zuerst sehr viel Bein und dann viel Brust zu sehen war.

»Ich mache dir einen Heiratsantrag, und du gehst ins Puff. Das sagt mir, dass du noch nicht ganz reif für die

Ehe bist. Wahrscheinlich, Arno, wirst du das überhaupt nie sein. Nach der Katastrophe im Weinviertel hatte ich zwei Möglichkeiten: entweder mit dir Schluss machen oder deine Eskapaden tolerieren. Ich dachte mir, dass Zweiteres sicher möglich sei, und dass du vielleicht auch ein wenig ruhiger werden würdest. Hab ich mich getäuscht!«

»Überhaupt nicht Laura. Es ist schon vorbei.«

»Sicher, solange, bis das nächste Mal anfängt.«

»Es wird kein nächstes Mal mehr geben. Alles ist vorbei, es gibt nur mehr uns zwei.« Laura blickte von mir zu ihrem Schokocroissant, brach kleine Stücke davon ab und tauchte sie in ihren Espresso. Ich hatte meinen noch gar nicht wahrgenommen. Das änderte sich, indem ich ihn in einem Schluck hinunterstürzte. Die vorangegangene Nacht saß mir tief in den Knochen.

»Ich habe alles geregelt, es wird alles gut.«

»Soso.«

»Du brauchst gar nicht skeptisch zu klingen. Wirklich. Es ist vorbei.«

»Hast du dir Millionen ergaunert? Du hast doch niemanden umgebracht?«

»I wo. Ich glaube, es ist nicht mal wirklich illegal. Naja, illegal schon, aber nicht mal moralisch falsch.«

»Das sagst gerade du!«

»Na ja, anrüchig ist es sicher ein wenig.«

»Hast du die Mille jetzt auf dem Bankkonto?«

»Ach wo, das will ich überhaupt nicht. Aber mit nächstem Semester, da bin ich mir sicher, habe ich eine Fixanstellung auf der Uni an der Hand.«

»Hast du Glanicic-Werffel erpresst? Was hast du gegen sie in der Hand? Vergiss nicht, sie ist noch immer meine Mandantin.«

»Nein, überhaupt nichts. Glanicic-Werffel steckt mit mir unter einer Decke.«

»Was habt ihr gemacht?«

»Besser, ich sag's dir nicht. Jedenfalls ist es so, dass jetzt das Gaunern hinter mir liegt, vor mir aber nur mehr eine Zukunft, die mit dir. Was ist, Süße, willst du mich noch?«

Die Sekunden, die bis zur Antwort vergingen, waren die längsten der Menschheitsgeschichte. Schließlich bekam ich doch noch eine Antwort.

»Sicher.«

Dann küssten wir uns. Weiter ist noch zu sagen, dass sich der Body von Laura dadurch auszeichnete, dass er sich nicht nur himmlisch glatt anfühlte, sondern auch, dass er nicht im Weg war. Außerdem weiß ich jetzt, dass Küchentische nicht der geeignete Ort sind, um auf ihnen tiefen Gefühlen romantischen Ausdruck zu geben. Aber für heißen Sex taugen sie nicht schlecht.

4. KAPITEL

I

Das Schönste am Sex ist eigentlich das entspannte Kuscheln danach. Viel Körperkontakt, ein schöner Kopf, der sich einem an die Brust schmiegt, und dann langsames Hinübergleiten in den Schlaf. So sollte es sein. Wie immer war bei mir alles anders. Laura und ich hatten Stress. Das deswegen, weil wir beide vergessen hatten, dass heute Freitag war. Laura hatte eine Verhandlung und war ganz knapp dran, zu spät zu kommen. Sie rannte halb angekleidet durch die Wohnung, auf der hektischen Suche nach diversen Kleidungsstücken, Accessoires, Unterlagen für den Fall und dergleichen, während ich hinter ihr her sauste, halb Kleiderständer, halb Aktenschlepper.

»Arno, ich komm zu spät!«

»Ach wo, du kommst immer rechtzeitig.«

»Ich rede von der Verhandlung, nicht von Sex!«

»Ich doch auch.«

»Blödsinn. Du mit deinen schlechten Wortspielen. Keine Zeit dafür. Da halt mal.« Zu den drei Blusen, den Strümpfen um den Hals, einem Paar Highheels und vier Kilo Papier gesellte sich auch noch eine Paar Ohrclips.

»Ja, die sind besser!«, meinte Laura, als sie in den Spiegel blickte.

»Sicher.«

»Das sagst du immer.«

»Du gefällst mir halt, egal was du trägst.«

»Danke. Keine Zeit.« Sie stand vor dem Spiegel, strich das Kostüm glatt, drehte sich um die eigene Achse, besah sich und blickte zu mir.

»Geht so. Wenn bloß mein Hintern nicht so fett wäre.«

»Dein Arsch ist perfekt, und hör jetzt auf, nach Komplimenten zu fischen. Du musst los.« Laura wollte mich zum Abschied küssen, da fiepte mein Handy, blöderweise lag es direkt unter Lauras hübscher Nase auf dem Spiegelbord.

»Da!«, meinte sie und hielt es mir hin. Ich war vollgepackt.

»Was soll ich machen, keine Hand frei.«

»Gut.« Sie nahm ab.

»Bei Linder, Lignamente am Apparat.«

Dann hörte sie konzentriert zu, etwa für 30 Sekunden, schließlich sagte sie: »Keine Sorge, er wird sie in zehn Minuten zurückrufen.« Dann legte sie auf.

»Wer war's?« Ich hatte ziemliche Panik, dass es Yvonne gewesen sein könnte. Aus unerfindlichen Gründen steht Laura überhaupt nicht drauf, wenn mich junge Mädels anrufen. Aber alles war ganz anders.

»Die Polizei.«

»Warum?«

»Is mir wurscht, Arno.« Grabeskälte in Lauras Stimme. »Ich geh zu Gericht, wenn ich heute Abend heimkomme, dann bist du weg. Alles von dir ist weg. Deine CDs, deine Bücher, dein Gewand, dein Tee und dein Dope. Sei so gut und lüfte ordentlich. Ich will dich nicht mehr riechen. Den Schlüssel kannst du mir per Post zuschicken.«

»Aber Laura, nur mehr dieses eine Mal, dann ist Schluss.«

»Blödsinn. Du kennst doch den Song von Lizzy?«

»Welchen?«

»Der mit dem Satz: And they spent their life in search for fool's gold. Arno, du bist einer von denen. Du wirst dein Leben lang einem Haufen nachlaufen, den du nie erreichen wirst. Nicht, weil du Pech hast oder zu ungeschickt bist. Nein, du wirst den Goldtopf nie erreichen, weil er gar kein echter ist. Er ist nur eingebildet. Fool's gold.«

Sie riss mir die Akten aus der Hand, sodass der ganze Rest an Zeug, das darauf gestapelt war, zu Boden fiel. Anschließend drehte sie sich um und ging zur Tür. Beim Öffnen wandte sie sich noch einmal zu mir um.

»Wenn du mich in irgendeiner Weise belästigen solltest, entweder durch Anrufe, Mails, Besuche, oder ich dich auch nur irgendwo von der Ferne sehen sollte, dann, und das schwöre ich dir, werde ich alles auffahren, was der Stalking-Paragraf zu bieten hat und deinem beschissenen Leben endgültig den Rest geben. Hast du verstanden?«

»Ja.«

Sie drehte sich einfach um und knallte die Tür hinter sich zu. So viel zum entspannten Kuscheln nach dem Sex. Arno Linder hat so was nicht nötig. Der Typ ist so hart, der steht drauf, wenn ihn die Frau seines Lebens rauswirft. Nicht nur rauswirft. Für immer rauswirft. Gegen Lauras Verdikt schien die Bibel einen Ewigkeitswert wie die Titelseite der Kronenzeitung zu haben. Wenn etwas endgültig war, dann diese Szene.

Mein Handy lag am Boden, ich nahm es auf und rief zurück.

»Moratti.«

»Linder.«

»Fein. Sind Sie zu Hause?«

»Noch nicht, aber in einer Stunde bin ich in der Wohnung in der Felberstraße.«

»Vergessen Sie's, ich mein am Hamerlingpark.«

»Schon, aber …«

»Wir haben gerade Frau Lignamente rauskommen sehen. Wir kommen auffe.«

»Aber das geht nicht, ich ...«

»Da scheiß ich drauf, Linder. Wir sind die Kripo! Wenn Sie die Wohnung verlassen, dann betrachten wir das als Fluchtversuch. Glauben Sie mir, wenn Sie den überleben, ohne von mir erschossen zu werden, dann verhaften wir sie.«

»Cool.«

Er hatte aufgelegt. Ich klaubte das Klumpert am Boden zusammen, räumte sonst noch ein paar Sachen weg, die die Kieberer nichts angingen, und wartete, als es auch schon klopfte. Ich ließ die beiden rein.

»Mein Partner hat am Telefon vergessen, etwas zu sagen.«

»Was denn?«

»Ich glaube, er würde Sie auch erschießen, nachdem wir Sie verhaftet haben.«

»So einer sind Sie, Moratti? Ich hätte Sie eher für einen echten Mann gehalten. Stolz und Ehre, keiner, der Unbewaffnete einfach umlegt. Sie scheinen mir ja eine ziemliche Memme zu sein.«

Moratti antwortete nicht, sondern schlug mir einfach mit der Faust in den Magen. Irgendwie sah ich die Sache kommen und konnte noch meine Bauchmuskeln anspannen, aber der Mann hatte einen Punch, dass es eine Freude war. Natürlich nur für den, der zusah, nicht für den, der ihn zu spüren kriegte. Ich kniete schwer atmend am Boden.

»Das war dafür, dass Sie uns das Leben immer so schwer machen, Sie Arsch«, meinte Moratti.

»Was hab ich denn schon wieder verbrochen?«, meinte ich vom Boden her. Ich hätte zwar schon wieder aufstehen können, aber es schien mir sicherer, noch ein wenig den sterbenden Schwan zu markieren. Keine Ahnung, ob Moratti nicht noch mal zuschlagen würde.

»Sie haben uns schon wieder belogen, getrickst und benützt und irgendwann werden Sie dafür büßen müssen«, meinte Molnar.

»Nicht irgendwann, jetzt.« Moratti zog mich an den Haaren hoch, sodass ich vor ihm zu stehen kam, und sah mir hart in die Augen.

»Legen Sie die Marke ab und schicken Sie Molnar raus. So ist es feig, ich darf nicht zurückschlagen.«

»Ist mir wurscht«, meinte Moratti, und wieder sauste seine Faust in meinen Magen. Diesmal etwas tiefer als zuvor, aber genauso fest. Als ich wieder klar denken konnte, lag ich zusammengerollt auf dem Boden.

»Was ist Moratti, wollen Sie mich nicht noch ein wenig treten? Jetzt, wo ich schon am Boden liege. Dann können Sie heimgehen und kleine Mädchen fic…« Moratti war sehr unhöflich und unterbrach mich mitten im Satz mit seinem rechten Fuß, wieder in den Magen. Der Tritt hob mich sicher fünf Zentimeter hoch. Danach brauchte es eine Zeit, bis ich wieder klar sehen konnte. Ich lag mit dem Gesicht auf dem Parkettboden und musste mich festhalten, um flachliegend nicht umzufallen.

»Also, was gibt's? Warum der nette Besuch?«

»Weil Thubois tot ist.«

Mir krampfte sich alles zusammen, aber diesmal nicht wegen des physischen Schmerzes.

»Das Testament?«

»Ist auch weg.«

»Was haben Sie gemacht, Linder, letzte Nacht so zwischen zwölf und zwei?«

»Gar nichts. Geschlafen.«

»Dafür haben Sie Zeugen?«

»Sicher.«

»Wen denn?«

»Frau Dr. Lignamente.«

»Die wird das bestätigen?«

»Sicher.«

»Dann rufen wir sie mal an.«

»Geht nicht, sie ist jetzt in einer Verhandlung.«

»Blödsinn. Ich hab sie gerade vor fünf Minuten aus dem Haus kommen sehen.« Moratti bückte sich und hob mein Handy auf.

»Schaun wir mal nach«, er blätterte, »ah, da haben wirs schon.«

»Nicht mit meinem Handy«, rief ich, und die Todesangst in meiner Stimme war diesmal nicht simuliert.

»Was is denn?«

»Nehmen Sie Ihres bitte. Wir haben Streit, wenn sie meine Nummer sieht, dann wird sie nicht abnehmen, sie wird mich als Stalker verklagen und ...«

»Als Stalker? Ha! Super. Des mach ma!«, meinte Moratti, er hatte die Freude eines Tiroler Skilehrers in der Stimme, der einen deutschen Touristen, der zum ersten Mal in seinem Leben auf Skiern steht, in eine schwarze Piste hineinhetzt.

»Lass bleibn«, meinte Molnar. Ihr weicher Tonfall und die Geschmeidigkeit ihrer Aussprache bildeten einen reizvollen Gegensatz zu Morattis knackenden Verschlusslauten.

»Herr Doktor Linder: Sagen Sie uns alles, was Sie wissen, und dann werden wir nicht anrufen.«

»Gut.« Da gab es kein Verhandeln, wenn ich noch jemals

bei Laura einen Fuß in die Tür kriegen wollte, dann musste ich einwilligen.

»Alsdann. Der Butler von Sternwald ist tot, keine zehn Stunden, nachdem er das Testament gefunden und in den Safe gesperrt hat. Kopfschuss, Linder. Wenn es bei Konstantin Sternwald noch immer nicht klar ist, ob natürlicher Tod oder nicht, bei Thubois ist es völlig klar.«

»Warum?«

»Hirn über die ganze Wand verteilt.«

»Magnum-Patrone.«

»Scheiße.«

»Sie sagen es, Linder. Scheiße für Sie. Wissen Sie auch, wieso?«

»Weil ich das Testament jetzt habe?«

»Genau und außerdem, weil es keine Anzeichen von gewaltsamem Eindringen gibt.«

»Und natürlich hat Thubois jeden gut gekannt, der ein Interesse am Testament haben könnte.«

»Schwachsinn, Linder.«

»Warum?«

»Sie haben einen Schlüssel.«

»Wir haben nachgezählt.«

»Also, was haben Sie letzte Nacht gemacht?«

»Ich war letzte Nacht unterwegs. Bei Frau Vernusch.«

»Soso, im Puff warma. Sind sie krank, Linder? So eine Frau und ins Puff.«

»Der war net wegen die Muscherln dort«, meinte Moratti zu Molnar.

»Warum dann?«

»Ich ...«

»Ja, wir sind ganz Ohr«, meinte Molnar.

»Es ist so ...«, begann ich, um Zeit zu gewinnen. Die

Wahrheit konnte ich unmöglich erzählen, dann wäre ich erledigt gewesen. Beruflich, juridisch und beziehungstechnisch. »Ich kenne Frau Vernusch schon lange, und in so einer Zeit sammeln sich nun mal jede Menge Gefallen an, die man einander schuldet.«

»Soso. Was haben Sie denn für sie erledigt? Raubmord? Mädchenhandel, Koks gedealt?«

»Blödsinn, nichts Illegales.«

»Dann können Sie es ja sagen.«

»Mir wäre lieber, wenn nicht.«

»Warum?«

»Ich schäme mich.«

»Sie schämen sich? Linder, ich habe eine ungefähre Ahnung davon, was Sie in den letzten zehn Jahren so alles gemacht haben. Scham kennen Sie keine.«

»Bitte!«

»Nein, raus damit. Wir rufen Ihre Süße an.«

»Gut. Ich kapituliere.«

»Na sehn S'. Geht doch.«

»Frau Vernusch hat einen neuen Kühlschrank bestellt.«

»So. Und?«

»Scheiß Firma. Bloß Gehsteigzustellung.«

»Und? Jetzt haben Sie den Lkw-Fahrer gekillt?«

»Nein, nein. Ich habe geholfen, den Kühlschrank raufzutragen.«

»Und dann?«

»Was dann?«

»Sie meinen, das wars.«

»Genau, das wars.«

»Sie scheißen sich in die Hosen wegen an Kühlschrank?«

»Körperliche Arbeit ist was für Frauen und Sklaven. Nichts für einen gebildeten Mann.«

Die beiden stierten mich ungläubig an. Ich hätte genauso gut ein grüner Außerirdischer sein können, was das betraf.

»Gut, es ging um den Kühlschrank. Was haben sie dann gemacht?«

»Ich bin noch ein bisschen geblieben und dann hab ich mich auf den Heimweg gemacht.«

»Frau Vernusch wird das bezeugen können.«

»Sicher.« Momentan blieb mir nichts anderes übrig, als die Daumen zu halten, dass alles glattgehen würde. Ich konnte nur darauf vertrauen, dass Frau Vernusch durch jahrelange Übung sofort erkennen würde, was ich als Alibi gewählt hatte.

»Wenn Sie schon so früh zu Hause waren, warum dann der Streit zwischen Ihnen und Frau Lignamente?«

»Weil Sie angerufen haben.«

»Wie soll ich das verstehen.«

»Laura hat endgültig die Nase voll von einem Mann, der alle halbe Jahre von der Polizei gesucht wird.«

»Aha. Das sollen wir Ihnen glauben.«

»Sicher, kontaktieren Sie sie, kein Problem.« Da kam mir eine Idee.

»Wir können sofort in die Pouthongasse fahren, wenn Sie wollen.« Irgendwie musste ich ja heimkommen. »Ich zieh mich nur schnell an.«

Molnar nickte mir zu, und ich machte mich reisefertig. Aus dem Hintergrund hörte ich noch Moratti zu Molnar sagen: »Wenn der so sicher ist, dann hat der das getrickst. Kannst schaun.« Ich konnte Molnar förmlich zustimmend nicken hören. Aber mir war das egal, ich hatte mein Taxi in den Fünfzehnten, so musste ich meine Habseligkeiten nicht mit der U-Bahn schleppen. Frech war allerdings, dass ich meine Zigarrenschachtel mit dem angenehmen Inhalt mitnahm. Irgendwie cool, sein Dope mit der Kripo zu transportieren, aber vielleicht auch ein klein wenig dämlich. Allerdings, wer will das schon so genau wissen.

II

Dadurch, dass ungefähr ein Dreivierteljahr niemand mehr als eine Viertelstunde in meiner Wohnung verbracht hatte, wirkte alles staubig, dumpf und unfreundlich. Ich will nicht sagen, dass mein Domizil ansonsten einer Sheng-Fui Oase geglichen hätte, aber ganz so schlimm war es früher nicht gewesen. Vielleicht hatte ich mich aber auch nur an Lauras Wohnung gewöhnt. Die war groß, hell und ruhig gewesen. Meine war klein, dunkel und lag an einer der Durchzugsstraßen. Leise war es nur, wenn man bewusstlos war.

Apropos bewusstlos. Genau das hatte ich vor. Zuerst nur schnell ein kleiner Nachtrag: Mit Frau Vernusch war alles perfekt gelaufen. Ich hatte ein Alibi, bloß das glaubte mir niemand. Aber solange ich es hatte, war schon mal viel in Ordnung. Nun galt es einfach, den Mörder und das Testament zu finden, bevor Molnar und Moratti mir mein Alibi um die Ohren hauten. Schwierig, aber möglich.

Auf meinem kleinen Beistelltisch neben dem uralten Ohrensessel mit dem verblichenen grünen Bezug lagen meine Paraphernalien: eine Kanne voll mit fruchtig leichtem Kuchita aus Japan, eine Schale und meine Zigarrenschachtel. Auf der lag ein weißer Joint in der Form eines Torpedos. So weit war alles gut. Fehlte bloß noch der Sound, was mir allerdings ziemliches Kopfzerbrechen bereitete. Mein Plattenspieler war defekt, die meisten meiner Platten kaputt. Das hatte damit zu tun, dass mir ein paar Typen mal auf die Zehen zu steigen versucht hatten. War ihnen nicht geglückt, aber meine Babys hatten leiden müssen. Ich war wohl oder übel gezwungen, auf Musik in Bits und Bites zurückzugreifen. Gar nicht cool so was. Aber immerhin würde ich keine Platten wechseln müssen, wenn ich stoned war. Mit der linken Hand konnte ich bequem meine Mouse erreichen. So ist das auf der Welt: Convenience geht vor Qualität. Nun war das auch mir passiert. Scheiße.

Ich drückte auf Play, woraufhin Charlie und die Jungs loslegten. Ich mag Jazz, ich liebe Be-Pop und ich verehre Charlie Parker. Der Mann ist das größte musikalische Genie nach Bach. In meinen Ohren jedenfalls. Knapp 400 Megabite warteten darauf, von mir gehört zu werden. Das war allerdings nicht machbar, denn in der Zeit, die das brauchen würde, um gehört zu werden, hätte ich mir einen Gehirnschaden gekifft und das konnte ich nicht brauchen. Laura steht sicher nicht auf sabbernde Idioten.

Charlie war mittlerweile über das Gitarrenintro von ›A Night in Tunisia‹ hinausgekommen, hatte das erste, treibende, heavymetalartige Bläserriff hinter sich gebracht und stieg mit der ersten Melodielinie ein. Wunderbar. Ich griff nach dem Joint, entzündete ein Streichholz und atmete tief ein. Der Torpedo war scharf, mein Verstand ein schwerfälliger Frachter, und ich konnte förmlich spüren, wie das Surren des kleinen Elektromotors, der den Sprengsatz vorwärtstrieb, durch meinen Körper lief. Innerlich lief ein Countdown. Dann die Explosion. Direkt mittschiffs, voll erwischt. Ich schlug leck, mein Verstand füllte sich mit kaltem grünem Nordatlantikwasser, und ich begann abzusacken. Langsam, ganz langsam, immer tiefer hinunter, dorthin, wo kein Licht mehr scheint, kein Seegang zu spüren ist und das Wasser immer die gleiche Temperatur hat. Ich blickte nach oben und sah die Strahlen der Sonne wie lange Finger im Wasser immer dünner werden. Nach einer Ewigkeit bohrte ich mich in den sandigen Grund des Meeres. Fein.

Es gibt jetzt sicher eine Menge Leute, die der Meinung sind, wenn man in einem Mordfall der Hauptverdächtige ist, nur ein erschwindeltes Alibi hat und außerdem die Beziehung zur Frau seines Lebens wieder einrenken will, dann sollte man nicht Charlie hören, Tee trinken und kiffen. Solche Leute haben natürlich unbestritten recht. Andererseits habe ich aber auch noch nie einen größeren Blödsinn gehört. In so einer Klemme, da muss man andere Wege einschlagen. Ungewöhnliche Probleme verlangen nach ungewöhnlichen Maßnahmen.

Normalerweise bin ich der apollinische Typ der modernen Rationalität. Aber damit war der momentanen Bredouille nicht beizukommen. Aristoteles, Kant und Descartes in Ehren, aber ich brauchte tieferen Rat. Jetzt waren die dionysischen Mysterien gefragt. Die dunkle, trübe Tiefe, von der Hegel spricht. Im Urschlamm graben, weit weg vom Licht des Apoll. Urschlamm. Dort war ich jetzt. Bloß schmeckte meiner nach erstklassigem japanischem Grüntee, aber man gönnt sich ja sonst nichts. Ich siebte den Schlamm, suchte Steinchen mit aller Konzentration. Und wenn die Welt untergegangen wäre, ich hätte es nicht bemerkt.

Später, als ich wieder einigermaßen bei mir war, hätte ich nicht mehr genau zu sagen vermocht, was ich denn so alles gedacht hatte in den Stunden zuvor. Wahrscheinlich hatte ich auch überhaupt nichts gedacht. Soll bei mir öfters vorkommen. Ein paar Sachen waren mir aber klar geworden. Ich bemühte mich, die Steinchen, die ich auf dem Meeresgrund gefunden hatte, in eine Ordnung zu bringen. In ein Mosaik.

Thubois war tot. Die Türen nicht aufgebrochen. Das Testament weg. Das waren meine Steinchen. Nicht viel, aber mal schauen. Irgendwem hatte das Testament nicht gepasst. Sonst hätte er es nicht verschwinden lassen. Einleuchtend. Wem aber konnte das Testament nicht gepasst haben? Zuerst einmal einem Erben. Denn allen anderen würde es auch nicht helfen, wenn das Testament verschwunden war. Gut, aber noch nicht gut genug. Die Steinchen mussten noch mehr hergeben. Warum sollte jemand das Testament verschwinden lassen? Weil ihn störte, was drin stand. Wen konnte stören, was drin stand? Nur jemand, der gelesen hatte, was drinstand. Beinahe wäre ich aufgestanden und wild gestikulierend im Selbstgespräch versunken im Raum herumgegangen. Aber ich war noch zu stoned. Also starrte ich einfach weiter an die weiße Wand. Ich suchte somit jemandem, der das Testament gelesen hatte. Wer nicht wusste, was drin stand, der konnte auch kein Interesse daran haben, es verschwinden zu lassen. Nur, wer konnte es gelesen haben? Auch wenn ein Drittel der Österreicher nicht sinnerfassend lesen können, blieben immer noch 5,3 Millionen Menschen übrig. Das war ein bisschen viel. Vielleicht hatte ich ja noch ein paar Steinchen übrig.

Ganz unten im Schlamm meines Bewusstseins fand sich

dann doch noch was. Ein kleines Steinchen namens Schöller. Der Bankier Schöller hatte das Testament in Händen gehalten. Wenn er es gelesen hatte, wäre es möglich, dass er Thubois ermordet haben könnte, um zu verhindern, dass das Testament in Kraft treten würde. Allerdings hätte er dann Thubois gleich bei ihm zu Hause umlegen lassen können. Vor allem aber wäre er nie so einfach in den Deal eingestiegen, den ich ihm vorgeschlagen hätte, wenn er das Testament unterdrücken hätte wollen. Also war er es nicht gewesen. Aber er hätte die Information bezüglich des Testaments an jemand anderen verkaufen können. Eine der interessierten Parteien. Da fielen mir auf Anhieb drei Kerle ein. Welcher von denen nun infrage kam, war Geschmackssache. Ich konnte FP gar nicht leiden, aber das war noch kein Grund, ihn für den Mörder zu halten.

Ich kuschelte mich entspannt in den tiefen Sessel und zog die alte Wolldecke enger um die Schultern. In meiner Wohnung war es eisig kalt, wenngleich sicher noch ein paar Grad wärmer als draußen. Der Tee war schon kalt geworden, der Joint ausgegangen, und auch Charlie hatte vor ein paar Minuten die Waffen gestreckt. Obwohl ich auf Tee stehe, war die Aussicht auf kalten Tee in einer kalten Wohnung nicht gerade berauschend.

Kalt und berauschend blieben mir im Sinn hängen. Irgendwas war da doch gewesen. Der warme Empfangsherr, der mich angebraten hatte, als ich stoned war. Schöller hatte mich dorthin geschickt. Vielleicht wenn ich mal vorbeischauen würde, könnte das helfen.

Mittlerweile gefiel mir mein Mosaik schon ganz gut. Die Steinchen passten perfekt zusammen. Nun war es nur mehr schwierig mich zu motivieren, aus meiner warmen Decke rauszukriechen. Die Vorstellung von einem armen

Arno im Knast half nicht viel. Ein Arno, der seine umtriebigen Pläne aufdecken musste und dessen Träume so knapp vor der Erfüllung zerstoben, schon eher. Am meisten half wie immer Laura.

Typisch ich, dachte ich mir, als ich mit vor Kälte steifen Fingern meine Schnürsenkel band. Gehst mit einem Schwulen flirten, um eine Frau rumzukriegen. Ich bin beileibe kein heteronormativ-kleinkarierter Konservativer, aber irgendwie hat bei mir immer alles eine ungesunde Schräglage. Ich schloss die Tür hinter mir, ging durch das dunkle Treppenhaus, in dem es nach alten Klärgruben und kalter Kohlsuppe roch, und hinaus in den grauen kalten Wintertag.

III

Draußen erwartete mich eine nette kleine Überraschung. Es war nun gar nicht mehr so kalt wie noch in der Früh, es hatte ein paar Grad Plus. Das nahm das Wiener Wetter zum Anlass, um zu regnen. Winzig kleine, eiskalte Tropfen jagten vom beißenden Wind getrieben durch die Straßen. Ich weiß nicht, ob ich es schon gesagt habe, notfalls wiederhole ich mich eben: Das Einzige, was in Wien noch beschissener ist als die Wiener, ist das Wetter. Dabei bleibe ich.

Ich klappte den Mantel hoch und ging die Felberstraße Richtung Westbahnhof hinunter. Noch keine 20 Schritt weit gekommen – die Mädchen aus der Minibar lächelten mich mit großen Augen und kurzen Röcken an – blieb ein Auto mit quietschenden Reifen neben mir stehen.

»Eh, Dokta. Wos is, brauchst wem, der was da hülft?«, fragte eine rauchige Stimme durch einen winzigen Spalt in einem Autofenster.

»Schon.«

Eine Tür ging auf, und ich stieg ins warme Innere. Der Volvo war echt gut geheizt. Was ich nicht von der tiefen Pfütze neben dem Gehsteig sagen konnte, in die ich gestiegen war. Mein linker Fuß war patschnass und eiskalt. Aber der Rest war warm, immerhin.

»Wohin gehts 'n?«

»Zum Loquaiplatz 13.«

»Super. Jagma weiter hinter dem Geld her?«

»Aber warum durtn?«

»Oida Vodda, sei doch net so deppert, Kappl. Des echte Testament is verschwunden, und der Dokta schaut, wos bliebn ist.«

»Aber warum am Loquaiplatz? Des kapier i net.«

»Mir brauchma nix kapiern, des macht alles da Dokta. Mir führn n bloß.« Gesagt getan, der Oide Vodda stieg aufs Gas, und der Volvo beschleunigte wie eine Schildkröte auf Tranquilizern. Je schneller man sich bewegt, umso schneller vergeht die Zeit, sagt Einstein. Im Volvo dehnten sich die Sekunden wie Kaugummi. Es war fast so, als würden wir in der Zeit nach hinten reisen, so langsam war die Kiste. Was perfekt zur Zeitreise passte, war, dass wir diesmal Musik hörten. Der Oide Vodda hatte den Kassettenspieler in Betrieb gesetzt. Mir wurden schwermetallische Riffs mit theatralischem Gesang und atmosphärischen Keyboards um die Ohren geschlagen. Ich musste lange in meinem Gehirn kramen, um draufzukommen, wer da so gut Krach machte. Es war Ritchie Blackmore, und die Band hieß Rainbow. Ich war noch immer so stoned, dass ich mit meinem Fuß mitwippte und die Refrains mitsummte. Wir brauchten gefühlte 30 Minuten hinunter in den 6. Bezirk zum Loquaiplatz, aber mir war das wurscht. Ich fühlte mich so wohl, dass ich gar nicht auf die Frage kam, woher die beiden Helden eigentlich wussten, dass das Testament verschwunden war. Eigentlich wäre das ganz wichtig gewesen.

Mit quietschenden Reifen und ein paar Lackschäden parkierte der Oide Vodda schließlich ein. Ich war froh, dass der Typ einen Führerschein hatte, denn so musste ich nicht zu Fuß gehen. Außerdem hatte ich kein Auto. Leute mit einem Auto, vor allem einem, das dort geparkt war, wo der Oide Vodda parkte, sahen das sicher anders.

»Suima mitkumman?«

»Nix da. Ihr beiden bleibt sitzen und wartet. In einer halben Stunde bin ich wieder da. Wenn ich in Begleitung rauskomme, haltets euch im Hintergrund.«

»Die spaßigen Gschichten macht er immer allein.«

»Genau, ich gönn euch gar nichts.« Damit warf ich die Tür hinter mir zu und ging ins Haus hinein. Drinnen war es immer noch beängstigend irrenanstaltsähnlich. Irrenanstalten sind schlimme Orte. Leute wie ich, auch wenn sie nur zufällig reingeraten, bleiben da gern hängen. Nichtsdestotrotz stieg ich die eisernen Stufen hinauf. Oben wartete ich wieder, bis sich mein Herz beruhigt hatte, und klingelte anschließend. Als der Summer ertönte, fasste ich meinen ganzen Mumm beim Schopf und trat ein.

»Geh, da schau her«, flötete der junge Herr am Empfangstisch. »Wenn das nicht der hübsche Herr von gestern ist. Freut mich sehr.« Er stand auf und kam auf mich zu.

Die dunklen Haare lagen perfekt, diesmal trug er einen mitternachtsblauen Anzug mit weißem Hemd und bordeauxfarbener Krawatte. »Was kann ich für Sie tun?«

»Seien Sie mein Held und retten Sie mein Leben«, erwiderte ich geradeaus. Ich hatte mir überhaupt nichts zurechtgelegt, und so was passiert dann halt, wenn man stoned ist. Allerdings hatte ich genau den Ton getroffen.

»Wie denn das? Wollen Sie mir nicht alles bei einem Kaffeetscherl erzählen?«, flötete er und deutete auf eine Tür, hinter der sich wohl die Büroküche befand.

»Gerne.«

»Na, dann kommen Sie einmal mit. Schaun wir, was wir tun können für Sie. Ach, ich wollte schon immer mal ein Held sein.« Er hakte mich unter, und wir gingen zu der Tür. Schönes altes Holz, fiel mir auf. Irgendwie fühlte ich mich nicht so wohl, konnte es aber gerade noch verhindern, mich steif zu machen.

Der Raum hinter der Tür war recht groß, dunkles Parkett, helle Einrichtung, chromglänzende Espressomaschine, wandgroßer Spiegel, ein paar dekorative Flaschen. Er drückte mich auf einen der herumstehenden Lederstühle und eilte hinter die Bar.

»Kurz, ristretto, doppio, oder wie darf ich es Ihnen machen?«

»Ristretto bitte.«

»Sahne, Zucker, Milch?«

»Schwarz, aber viel Zucker bitte.«

»Och, das freut mich. So muss ein Kaffee sein, schwarz wie die Hölle, süß wie die Liebe und stark wie … das lassen wir lieber!«, lächelte er mich an. »Also diese Leute, die mit diesen Milchschaumdingern«, er winkte mit der rechten Hand ab, »die kann ich gar nicht leiden!«

»Jepp!«, meinte ich. »Beim Kaffee hört sich der Spaß auf.«

»Genau.«

Er hantierte gekonnt herum, und fast augenblicklich stand eine dickwandige Espressotasse vor mir, der feiner Geruch entströmte. Daneben lag ein rundes Plätzchen, ein Löffel und drei Stücke Zucker.

»Ich mag diese Amaretti so. Auch wenn ich sie nicht essen sollte, Sie können sich aber locker eines leisten! Mit dieser Figur«, rief er aus. »Und jetzt erzählen Sie mal«, meinte er und nippte elegant an seinem Espresso ristretto.

»Viel zu erzählen gibt es nicht. Ich bin einzig und allein hier, weil ich Ihre Hilfe brauche.«

»Wenn Sie da an unsere Boxen denken, da werde ich Ihnen beim besten Willen nicht helfen können. So sehr ich auch wollte. Wenn da was rauskommen würde! Stellen Sie sich vor, ich wäre erledigt.« Er legte die flache Hand auf seine Brust. »Nicht auszudenken wäre das! In unserem Metier ist Renommee alles!«

»Ich verstehe.« Dabei ließ ich den Tonfall auf die letzte Silbe ein wenig absinken und schaute mit leicht gesenktem Kopf in meine Tasse. Machte ein leises Klicksen mit der Zunge und schluckte den Kaffee runter. Der war übrigens wirklich gut. Ich sage das ungern, Laura sollte das nicht wissen: Seiner war besser als ihrer. Jedenfalls wirkte meine Darstellung eines waidwunden Rehs bei ihm genauso gut wie früher bei meiner Oma.

»Ach, so schlimm wird's doch nicht sein.«

»Doch, ehrlich gesagt schon.«

»Was brauchen Sie denn? Erzählen Sie mal.« Also begann ich und erzählte ihm alles, von meiner Einstellung bei Sternwald bis hin zu den jüngsten Ereignissen.

Nur Laura ließ ich aus, man kann ja nie wissen. Er hörte mir aufmerksam zu, hier und da sog er staunend die Luft ein und war ein guter Zuhörer.

»Sie bringen mich in Verdruss!«, bemerkte er abschließend. »Jetzt brauche ich erst mal so ein Amaretti. Wollen Sie auch noch eins?«

»Danke nein. Aber noch ein Kaffee wär super.«

»Selbstverfreilich. Was halten Sie denn von mir? Ich habe meine Schwächen, das kann ich nicht leugnen, aber ich bin doch kein Unmensch. Tztztz«, schüttelte er den Kopf und begann wieder an der chromglänzenden Maschine rumzuwerkeln. Genau wie zuvor dauerte es auch diesmal nur wenige Augenblicke, und es stand wieder eine Tasse heißer Genuss vor mir. Zucker und Löffel waren ebenso da, wie ein Amaretti.

»Ich wollte aber keines!«, meinte ich.

»Ach wo, jeder will die! Sie müssen nur die Größe haben, es sich Ihnen einzugestehen!«

Ich musste lächeln, dann lächelte auch er.

»Sie haben aber zwei gekriegt!«, meinte ich.

»Ich hab sie ja auch gekauft!«, meinte er und biss mit geschlossenen Augen hinein. »Ah himmlisch. Dieses bittere Mandelaroma, so herrlich zäh. Ein Genuss.« Dann war für kurze Zeit nichts mehr von ihm zu hören. Er saß einfach da und war glücklich. Schließlich fand er ins Hier und Heute zurück und wandte sich wieder an mich.

»Sie sind mir einer! Kommen her, bezirzen mich, nützen meine Schwäche schamlos aus – und ich! Ich bin so blöd und lasse mich einwickeln!« Er schüttelte den Kopf. Ich ließ ihn machen. Meine Erfahrungen im Flirten mit Männern sind begrenzt, nahezu inexistent, aber da ich ein wenig Erfahrung mit dem anderen Geschlecht habe, nahm ich mir das zum Vorbild. Irgendwie kam ich halbwegs durch, meinte ich.

»Ich werde Ihnen helfen. Aber Sie werden mit mir essen gehen. Ganz romantisch, ein Candlelight-Dinner.«

»Sicher, mit dem größten Vergnügen«, erwiderte ich.

»Sie suchen etwas, das Ihnen weiterhelfen könnte, mal sehen.«

»Was ganz Kleines wäre gut, das würde garantiert niemals auf Sie zurückfallen«, meinte ich zart.

»Nonetnana! Was glauben Sie eigentlich? Ich bin doch kein Idiot! Oder sehe ich etwa so aus?«, fragte er.

»Hören Sie auf, nach Komplimenten zu fischen. Sie wissen selbst sehr genau, dass Sie weder wie ein Idiot aussehen noch einer sind.«

»Eben. Ich werde Ihnen niemals die Abrechnungen der Schöller Bank zu dem Hochegger Transfer zeigen! Oder die Akten zu der Geschichte mit EADS! Aber ich weiß was Besseres!« Er stand auf und war für ein paar Augenblicke verschwunden. Ich saß da und wartete, nippte an meinem Espresso und aß meinen Keks. Diese Amaretti Dinger waren wirklich fein. Wahrscheinlich ebenso ungesund wie eine Mischung aus Zyanid und Räucherspeck, aber geschmacklich ein Genuss. Ich wartete schon eine ganze Weile und fragte mich, ob ich nicht auf eigene Faust nach einem neuen Kaffee und ein paar Keksen suchen sollte, als die Tür wieder aufging und meine Verabredung den Raum betrat. Ich stand auf und machte einen Schritt auf ihn zu. Er hielt ein Kuvert in der Hand und streckte es mir hin. Ich nahm es mir. Seine Hand streichelte zart über meine, und er sah mir tief in die Augen.

»Wo und wann soll ich den Tisch reservieren?«, fragte ich. Es brauchte meine ganze schauspielerische Klasse, um locker zu klingen. Innerlich war ich angespannt wie ein Torero in der Millisekunde, bevor der Stier die Arena betritt.

Er trat einen Schritt auf mich zu und legte seine Hand für einen Moment an meine Wange.

»Ach geh! Du Schlingel! Du bist so hetero, dass es schon wehtut! Das würde dir doch keine Freude machen. Hab ich von Anfang an gewusst und wollte nur sehen, wie weit du gehst. Der kleine Flirt hat mir Spaß gemacht. Das ist ein Geschenk von mir, und jetzt geh!«

»Danke«, sagte ich, blieb aber stehen.

»Geh«, sagte er leise. Das tat ich dann auch. Auf der Treppe, ein Stockwerk unterhalb der Kanzlei, blieb ich stehen und öffnete den Umschlag. Drinnen war eine kopierte Rechnung. Ausgestellt von einer Firma namens Sportpreise Preisser in der Maxingstraße über einen Betrag von 7500 Euro. Keinerlei Name oder sonstiger Hinweis war darauf. Sah nach nicht viel aus, aber manchmal trügt der Schein, und ich war mir sicher, dass der Hinweis Substanz hatte. Denn ein Typ wie Schöller setzte sicher alles von der Steuer ab, was nur irgendwie ging. Bei 7500 Euro dann aber weder einen Namen noch irgendeine Warenbezeichnung dazuzuschreiben, machte den Wisch sicherlich für jeden Steuerberater unbrauchbar. Also musste das was sein, das Schöller gar nicht absetzen wollte, weil er wusste, dass da irgendwas war, was nicht ganz korrekt sein konnte. So weit, so gut. Wir würden sehen.

Dann kam ich allerdings schwer ins Grübeln. Ich bin nicht der Typ für Gewissensbisse, aber diesmal hörte ich eine kleine Stimme tief drinnen, irgendwo dort, wo das Gewissen sitzt. Langsam wurde ich offensichtlich alt und weich. Zeit, mit diesem ganzen Blödsinn Schluss zu machen. Diese Sache noch durchziehen und dann ab in die bürgerliche Existenz. Wenn zur eigenen Unfähigkeit, ewigem Pech und bösartiger Polizei auch noch Gewissensbisse kommen, dann muss man die Gaunerei an den Nagel hängen, so schnell es nur irgendwie gehen mag. Zuerst Skrupel, dann Krüppel.

IV

Die Maxingstraße zieht sich an der Westseite des Areals von Schloss Schönbrunn im 13. Bezirk steil den Küniglberg hinauf. Die linke Seite der Straße bildet die gelbe Schlossparkmauer, die rechte Seite besteht aus Wohnhäusern. Bis auf die Nummer 6. Dort gibt es ein Gittertor, dunkelgrün und etwas rostig, dahinter einen kleinen Hof voll mit zerfallenden Europaletten und sonstigem Müll vor einer alten Wand, deren Verputz abbröckelt. Eine dreistufige Betonstiege führt zu einer weißen Schiebetür mit Milchglas. Die Schiebetür ist offen, man kann eintreten.

Wir taten das auch, zuerst ich, dann der Oide Vodda und hinter uns das Kappl. Mir wäre lieber gewesen, das Ganze allein hinzubiegen, aber die beiden wollten partout nicht im Auto warten. Also musste ich sie mitnehmen. Das ist der Preis, den man für ein Auto zu zahlen bereit sein muss.

Ein langer, dunkler und staubiger Gang führte in ein Büro. Jeder verfügbare Quadratzentimeter Wandfläche war vollgestellt mit Pokalen, Medaillen und allem, was eben so als Preise für sportliche Leistungen verwendet wird. Es hingen auch ein paar von den Tafeln rum, auf denen Rehe abgebildet sind und auf die Jäger schießen, wenn sie nichts Echtes vor die Flinte kriegen. Die Preise standen fein säuberlich aufgestellt in Vitrinen. Im Gegensatz zum Gang selbst war in den Vitrinen nicht das kleinste Staubkorn auszumachen.

Wir gelangten an eine Tür, ich klopfte, und wir traten in ein Büro ein. Die Einrichtung wirkte altmodisch, aus dem ersten Teil der Siebziger, wenn mich nicht alles täuschte, überall standen Kartons herum, und inmitten der halb ausgepackten und halb eingepackten Schachteln befand sich ein Schreibtisch. Hinter dem Schreibtisch saß eine Frau. Sie war ungefähr 40, grau meliertes Haar in einem Knoten am Hinterkopf zusammengenommen. Sie trug eine weiße Bluse und einen tiefen Ausschnitt. Das Kappl musste den Oiden Vodda mehrmals zurückhalten, damit er nicht hineinfiel. Das schien die Dame aber nicht im Geringsten zu stören, denn sie beugte sich immer wieder weit nach vorne, sodass ihre vollen Brüste auf dem Schreibtisch zu liegen kamen, und der Oide Vodda Gleichgewicht, Selbstbeherrschung und Zurückhaltung vollends verlor. Während dieser Tätigkeit unterhielt sie sich mit mir, als ob gar nichts wäre.

»Ja, was kann ich für Sie tun?«

»Eine kleine Hilfe bitte. Ich habe hier eine Rechnung und wollte wissen, ob Sie mir damit helfen könnten.«

»Geben Sie her. Lassen Sie mich mal schauen.« Sie beugte sich vor.

»Was wollen Sie zu der Rechnung wissen? Da sind weder Namen noch sonstige Angaben vermerkt, nur der Rechnungsbetrag«, fragte sie skeptisch.

»Ich bin der Privatsekretär von Herrn Schöller, auf ihn wurde diese Rechnung ausgestellt.«

»Warum fragen Sie da nicht bei ihm persönlich nach?«, fragte sie misstrauisch.

»Weil der Herr Schöller mir dann lautstark klarmachen wird, dass er mich für solche Sachen bezahlt, damit er sie nicht selbst erledigen muss.« Ich setzte alles auf eine Karte und nahm an, dass er nicht nur einmal einen Haufen Geld in diesem Laden liegen hatte lassen: »Sie kennen ihn ja.«

»Ja, wir kennen den Herrn Schöller seit Jahren, ein sehr guter Kunde. Aber auch sehr anspruchsvoll.«

»Bitte können Sie nachschauen. Sonst gibt's wieder ein Donnerwetter.«

»Ja, ja, mach ich schon.«

»Das wäre sehr lieb von Ihnen, danke.«

Sie drehte sich auf ihrem Sessel zu einer Aktenablage und beugte sich nach vorne, suchte ein paar Augenblicke und drehte sich mit einer Aktenmappe in der Hand wieder zurück zu ihrem Stuhl. Danach blätterte sie ein paar Augenblicke.

»Ah ja. Hamma schon. Was wolln S' denn wissen.«

»Ich soll eine rein private Ausgabenliste des letzten Kalenderjahres erstellen, und darum wäre es gut zu wissen, was er denn dort gekauft hat.« Denn mittlerweile interessierte es mich selbst brennend, denn in einem solchen Laden wie dem Sportpreise Preisser 7500 Euro abzudrücken, schien mir gar nicht so leicht zu sein. Das Gewicht der Ramschpokale, die sich damit kaufen hätten lassen, musste in den dreistelligen Tonnenbereich gehen.

»Das geht aus den Unterlagen leider nicht hervor, weil wir in diesem Fall nur vermittelt haben. Aber ich habe eine

Adresse für Sie. Da können Sie denjenigen selber fragen, um was es da damals gegangen ist.«

»Fein. Danke.«

»Warten Sie, ich schreib Ihnen das auf.« Sie suchte einen Bleistift, und bis sie ihn gefunden hatte, beugte sie sich weit vor. Schließlich nahm sie ein weißes Blatt und schrieb ein paar Zeilen. Dann reichte sie mir den Zettel.

»Herzlichen Dank«, meinte ich.

»Freut mich, dass ich helfen konnte«, meinte sie.

Wir gingen, wobei das Kappl und ich den Oiden Vodda hinausschieben mussten wie einen störrischen Esel.

Kaum waren wir draußen, machte er seinen Emotionen Luft.

»Ettitätti, des war ane!«

»Eh.«

»Was haßt eh? Hast den Atombusen gseng?«

»War sicher net echt.«

»Geh scheißen. Der war echter als die Leich von der Zita!«

»Glaubst ja selber net. Außerdem hast bei dera eh kane Meter.«

»Oida Vodda. Da kumm i nächste Wochn mit an Blumenstraußerl vorbei, wenns grad Feierabend machen will und …«

»Woher willst denn du wissen, wann de Trutschn Feierabend hat?«

»Bist waach? Da hängt a Schüldl: Bürozeiten Montag bis Freitag 9-16 Uhr. Wer lesen kann, hat halt an Vorteil.«

»Geh scheißen.«

»Oida Vodda.«

Mittlerweile saßen wir im Auto, und ich hatte den Zettel der Dame mit dem Ausschnitt gelesen. Er bestand aus zwei separaten Mitteilungen. Die eine beinhaltete eine Adresse, einen Namen und ein kleine Zusatzinformation. Die andere eine Telefonnummer mit einem Herz dabei.

»Ich glaube, du brauchst gar nicht vorbeikommen, sie hat mir eine Telefonnummer aufgeschrieben.« Ich riss sie ab und hielt sie nach vorne. Der Oide Vodda fetzte sie mir aus der Hand und starrte begierig auf die Zahlen.

»Oida Vodda! Die Glocken der Seligkeit läuten a für den klanen Mann!«

Vom Straßenverkehr bekam er nichts mehr mit, wodurch wir bei Rot auf die Kreuzung beim Eingang zum Tierpark fuhren. Reifen quietschten, es wurde gehupt, und überall wurde aus heruntergelassenen Fenstern geschimpft. Schepperndes Krachen war aber keines zu hören.

Der Oide Vodda und das Kappl hatten ihrerseits die Fenster runtergelassen und brüllten mit hochroten Köpfen obszöne Flüche in die kalte Winterluft. Nachdem das hinter uns lag, drehte sich das Kappl um und fragte: »Na Dokta, wohin geht's?«

»Nach Altmannsdorf, in die Hetzendorfer Straße Ecke Breitenfurter.«

»Kloa.«

Wir fuhren an Schönbrunn vorbei, bogen dann rechts ab, an der Außenstelle der chinesischen Botschaft vorbei, der östlichen Schlossmauer folgend die Grünbergstraße hinauf. Dann folgten wir den zäh fließenden Stahlkolonnen stadtauswärts nach Altmannsdorf, bis wir schließlich in die Hetzendorfer Straße einbogen. Hinter ein paar alten Kastanien stand ein schmutzigrosa Gemeindebau, oder etwas, das zumindest so aussah wie einer. Wir ließen das Auto stehen und gingen durch einen Bogen in den Hinterhof.

Dort standen wieder ein paar alte Bäume herum, ein paar Müllcontainer und in der Mitte ein weißer Betonklotz mit ein paar schießschartenartigen Fenstern. Das war unser Ziel. Wir gingen einmal um den Kasten herum, denn Tür war zuerst keine zu sehen. Schließlich kamen wir an die vom Haus abgewandte Seite und standen vor einer Glaswand, die nahezu die gesamte Frontfläche des Hauses ausmachte. Dort gab es auch eine Tür.

Rund um den weißen Betonwürfel war alles vollgeräumt mit Skulpturen, Güssen, Baumstämmen und Felsbrocken. Alles halb angefangen oder nicht beendet, hinterließen diese Objekte bei mir ein unbestimmt negatives Gefühl. Wohlfühlatmosphäre war das keine.

Hinter der Glaswand arbeitete jemand an einer Staffelei. Ich klopfte ans Glas, die Person wandte sich unsicher zu mir und kam dann widerstrebend zur Tür.

Sie war zart, dunkelhaarig, hatte große Augen und war ein wenig älter als ich.

»Ja? Wenn Sie wegen dem Geld kommen, ich muss Sie bitten, es ist so, ... wir haben nicht ...« Ihre Blicke jagten zwischen dem Oiden Vodda und dem Kappl hin und her, wobei die beiden ihre Sonntagsfinsterminen aufgesetzt hatten. Offensichtlich hielt sie uns für die Abordnung irgendeines Inkassobüros.

»Keine Sorge, darum geht's uns nicht.«

»Worum dann?«

»Vor fünf Monaten hat die Firma Preisser Ihre Dienste vermittelt. Können Sie sich daran erinnern.«

»Nein.«

»So, kann ich mir nicht vorstellen.«

»Was Sie sich net vorstellen können, das ist mir ziemlich wurscht.«

»Sie haben offene Rechnungen und können sich nicht an eine Einnahme von 7500 Euro erinnern? Das glaube ich einfach nicht.«

»Und wenn schon. Danke für den Besuch.« Sie verzog das Gesicht zu einer grinsenden Grimasse und wollte die Glastür zuwerfen, als das Kappl seinen Schuh in den Spalt zwängte.

»Pupperl, lass des bleibm. Was glaubst, wie schnell des Glas splittert?«

»Eh«, meinte der Oide Vodda und bückte sich, um einen herumliegenden kinderkopfgroßen Steinbrocken aufzuheben.

»Das ist Gewaltandrohung. Ich werde gleich um Hilfe rufen.«

»Wenn du um Hilfe rufst, dann schluckst deine Zähnt.« Das Kappl grinste, als würde er sich schon freuen.

»Lasse Sie uns hinein, wir reden zehn Minuten, und es wird Ihnen nichts geschehen. Versprochen.«

Die Frau merkte, dass sie nicht viel Aussicht darauf hatte, die Situation zu ihren Gunsten zu verändern. Doch sie war stur.

»Lecken Sie mich am Arsch«, stieß sie trotzig hervor.

Das reichte, und das Kappl gab ihr einen Stoß, sie fiel nach hinten, er war über ihr schneller als man schauen konnte, drehte sie auf den Bauch, fixierte einen Arm mit dem Knie auf den Boden und zwängte ihr den linken Arm in den Mund. Sie mühte sich zuzubeißen, aber seine blaue Jeansjacke war einfach zu dick. Ich glaube nicht, dass er überhaupt etwas spürte.

Das Kappl warf mir einen Blick zu, zwinkerte mir und seinem Kompagnon zu und schnüffelte laut an ihrem Ohr.

»Wenn i dein Wunsch nachkumm und di am Oarsch

leck, Pupperl, und meine Zunge verirrt sich amal in die Fut, is des dann Vergewaltigung?«

Die Frau stöhnte und wand sich, aber es half nichts.

»Oder hast es eh so wolln? Ha?«

Die Frau hatte richtig Panik. Zeit, dem ein Ende zu setzen. Ich packte das Kappl und zog ihn von ihr runter. Das ging erstaunlich leicht. Wahrscheinlich, weil er kooperierte. Sobald sie von der Last befreit war, begann sie gellend zu schreien. Ich glaube nicht, dass ihr das viel half, denn der weiße Betonwürfel wirkte enorm massiv, und die Glasfront ging nur auf ein paar kahle Bäume hinaus. Dahinter war dann eine fensterlose Rückwand irgendeines Wohnblocks. Niemand würde sie hören, also ließ ich sie schreien.

»Jetzt beruhigen Sie sich doch. Sagen Sie uns, was wir wissen wollen, und es wird nichts geschehen.« Ich hielt sie mit sanftem Druck am Boden fest. Nach etwa einer Minute hatte sie sich soweit beruhigt, dass ich ihr aufhalf.

»Gut, gut, nur pfeifen Sie das Schwein zurück.«

»Wenn Sie mir weiterhelfen, sicher.«

»Okay. Was isses?«

»Sportpreise Preisser, was haben Sie für die gemacht?«

»Das ist kompliziert.«

»Setzen wir uns, dann erklären Sie es mir.«

»Schicken Sie die zwei raus.«

»Gut, ich werde sie rausschicken.« Ich schnippte mit dem Finger und zeigte mit dem Kopf zur Tür.

»Wartet draußen.«

»Eh, Dokta«, meinte der Oide Vodda, und sie gingen raus. Kaum standen sie draußen in der Kälte, hatten auch schon beide eine Zigarette im Mund und gaben sich Feuer.

»Also. Sie wollten mir was erzählen.«

»Gut. Sie kennen diese Jägerscheiben?«

»Ja?«, fragte ich mehr, als dass ich es bestätigte.

»Die heißen manchmal auch Schützenscheiben. Das sind zumeist runde Scheiben mit einem Motiv aus der Tierwelt und einer Beschriftung, zu welchem Anlass diese Scheiben gefertigt wurden.«

»Ja, die Jäger schießen drauf, und wer als Nächstes ans Ziel kommt, der gewinnt irgendwas. Für gewöhnlich hat das mit Alkohol zu tun.«

»Exakt. Ein Bekannter von mir verfertigt solche Scheiben. Er lebt davon.«

»Das geht?«

»Sicher, die gehen von 250 Euro aufwärts.«

»Es gibt so viele Jäger?«

»Mehr als sie glauben. Jedenfalls kam da eines Tages die Anfrage nach einer speziellen Jagdscheibe, aber sehen Sie, er wollte es nicht machen.«

»Wieso?«

»Wegen des Motivs.«

»Wollte da jemand einen Panda drauf haben?«

»Nein, viel schlimmer.«

»Was denn dann?«

»Ich hätte es nicht gemacht, wenn ich nicht so in Geldnot gesteckt wäre.«

»Kann ich mir denken. Wissen Sie, für wen Sie das gemacht haben?«

»Keine Ahnung, das ging alles über diese Firma, abgeholt wurden die Bilder aber dann von einem Mann. Wer das war? Keine Ahnung.«

»Es waren mehrere Bilder.«

»Ja, sieben.«

»Und wie viel haben sie dafür bekommen?«

»7000 Euro.«

»Schwarz?«

»Schwarz.«

»Und Sie haben schon wieder Geldprobleme?«

»Des geht Sie gar nichts an.«

»Eh nicht. Ich wundere mich nur.«

»Dann wundern Sie sich daheim«, fuhr sie mich trotzig an.

»Soll ich meine beiden Freunde wieder reinholen?«

Sie starrte mir böse in die Augen. Nach den Erfahrungen der letzten Minuten konnte ich ihr das auch keineswegs verübeln. Wir waren nicht nett zu ihr gewesen. Ich musste mich innerlich ermahnen, nicht weich zu werden. Das war mir zuvor noch nie passiert.

»Sie wollten mir noch sagen, was auf den Bildern drauf war.« Ich betete, dass sie es mir freiwillig sagte. Ich hatte überhaupt keine Lust auf noch mehr Gewalt und Angst.

Sie offenbar auch nicht, denn sie meinte widerwillig:

»Aber das bleibt unter uns.«

»Sicher.«

Sie schaute quer durch den Raum.

»Wissen Sie was, ich hol Ihnen die Entwürfe.« Damit stand sie auf und ging zu einer Stellage, wo mehrere große Mappen lagen, mit roten, blauen, gelben und violetten Seidenbändern verschnürt. Ich behielt sie scharf im Auge, aber sie machte keine Dummheiten. Nach 20 Sekunden lag die Mappe vor mir auf dem Tisch.

»Sehen Sie selber.«

Ich öffnete und blätterte mich durch die einzelnen Skizzen. Raues Papier, sehr weicher Bleistift, klare Linien, fließende Bewegungen der dargestellten Lebewesen. Es sah alles sehr gut aus, bis auf die Tatsache, dass man förmlich fühlen konnte, wie sich die Künstlerin gequält hatte und noch immer quälte, denn sie stand mit abgewandtem Rücken da.

Bei den dargestellten Lebewesen handelte es sich um Menschen. Es waren unappetitliche Darstellungen, aber eines ist mir besonders in Erinnerung geblieben.

Jeder Mensch hat so seine persönlichen Bilder, die für ihn viel mehr bedeuten, als nur eben Bilder zu sein. Dabei kommt es sicher nicht darauf an, dass diese Bilder große, unsterbliche Meisterwerke sind. Bei mir zum Beispiel gibt es ein Bild von einer Hexe auf einem Besen, das ein Mädchen im Alter von acht Jahren gemacht hat. Schwarzes Seidenpapier wurde dabei einfach aufgeklebt, aber dieses Bild hat für mich die Magie von weiblicher Freiheit und Selbstbestimmung so zum Ausdruck gebracht wie der Dürer Hase, das darstellt, was heißt, ein Hase zu sein.

Ein anderes Bild, das mir sehr am Herzen liegt, ist die Darstellung des toten Christus von Andrea Mantegna. Durch seine Komposition und die Wahl einer extremen Perspektive zeigt es, was der Künstler an Jesus sah. Nicht den Sohn Gottes, sondern einen Menschen. Der nebenbei bemerkt ein Geschlechtsorgan aufweist, auf dass ein Pornostar neidisch werden könnte. Diese kaum verhüllte Fleischlichkeit bildet das genaue Zentrum des Werks.

Lebensgefühl, Weltanschauung, Wünsche, solche Dinge können sich in Bildern kondensieren. Aber eben nicht immer zum Positiven. Das eine Bild, das mir unter den sieben gezeigten Widerwärtigkeiten in Erinnerung blieb, stellte zwei dunkelhäutige Frauen dar, die an einem tropischen Fluss mit üppiger Vegetation stehen. Beide tragen hohe Tongefäße auf den Köpfen. Offenbar haben sie gerade Wasser geholt und unterhalten sich nun gemütlich, wie Menschen das seit Jahrhunderttausenden unter solchen Umständen machen. Die beiden Frauen sind nur mit eng anliegenden Wickelröcken bekleidet und tragen Holzketten mit roten Perlen um den Hals. Ihre Haare sind in kleinen Zöpfen so aufgesteckt, dass die Tongefäße einen guten Stand haben. Geschwungene Schenkel, volle Brüste, ausladende Hüften machen beide zu Idealbildern sinnlich-fruchtbarer Weiblichkeit. Und dort, wo bei der vorderen das Herz unter einer der festen Brüste sitzt, findet sich ein Kreis mit einem Punkt drin.

Unnötig zu sagen, dass die anderen Bilder ähnliche Sujets darstellten, immer dunkelhäutige Menschen in ländlich einfachen Verhältnissen, und nie fehlte in der Mitte der Scheibe die Zielmarkierung. Mir war klar, warum die Frau die Bilder unter keinen Umständen preisgeben wollte, und warum erst eine wirklich üble Drohung sie dazu gebracht hatte, einzulenken. Sie stand betroffen neben mir, und wir schwiegen gemeinsam. Ich brauchte etliche Momente, um mich wieder zu sammeln. Als ich soweit war, klappte ich die Mappe einfach zu und drehte mich zu ihr um.

»Diese Sujets haben Sie auf die Jagdscheiben gemalt?«
»Genau.«
»Alle?«
»Nein, eine Auswahl, drei wurden fertiggestellt.«
»Darf ich vielleicht fragen, welche? – Nein, vergessen Sie das, ist nicht wichtig, will ich gar nicht wissen. Jedenfalls wurden Sie bezahlt.«
»Genau.«

Nun gab es noch eine wichtige Sache. Wenn ich die Bilder als Druckmittel gegen Schöller verwenden wollte, dann musste ich sicherstellen, dass die Dinger sich nicht einfach in Luft auflösen würden. Nur, wie so was anstellen, ohne dass die Künstlerin Verdacht schöpfte? Für gewöhnlich verkompliziert sich alles, sobald die Gegenseite von den eigenen Absichten Wind kriegt.

So schnell es ging, ließ ich mir die Möglichkeiten durch den Kopf gehen, und da mir bis auf Diebstahl nichts Vernünftiges einfiel, musste ich ihr wohl oder übel vertrauen. Also hieß es nun, den Ball flach halten und nichts verraten.

»Gut, mehr ist es nicht, für die Rechnung?«

»Nein, es ging nur um die Bilder.«

»Das ist schade. Na gut, da kann man nichts machen. Danke, dass Sie sie mir gezeigt haben und nichts für ungut. Leider.«

Ich machte mich auf ins Freie, wo meine beiden Unheilstifter schon warteten. Unnötig zu sagen, dass beide einen Lungentorpedo im Mundwinkel klemmen hatten. Außerdem waren sie schon wieder in ein Streitgespräch verwickelt.

»Es is so, du saufst zvü, Kappl.«

»Bledsinn.«

»Wenn i das sag, Oida Vodda. Letztes Mal in zwa Stund vo ›hero to zero‹. Des is nimma gsund.«

»Hero to zero?«, fragte ich nach.

»Gsund interessiert mi net, des is Rock'n'Roll.«

»Bledsinn, des is a massives Alkoholproblem.«

»Woher wüllst denn du wissen, was a Alkoholproblem is, wennst immer nur Cola light saufst? Di kenntat a Alkoholproblem mit 150 überholen, ohne dass das erkennen tätst.«

Das Kappl musste einen Moment überlegen, um eine

Riposte zu finden, das nutzte ich aus, um meine Frage erneut zu stellen.

»Hero to zero?«
»Vo niachtern zu pumpzua – ausknipst.«
»Aha.«

V

Etwa 15 Minuten später hatten wir einen Parkplatz gefunden, und ich machte mich auf, Herrn Schöller einen Besuch abzustatten. Vorher instruierte ich noch meine beiden Sidekicks.

»Also, ihr wartet hier im Wagen, und wenn ich euch anrufe oder ein leeres SMS schicke, was macht ihr dann?«
»Mia fahrma ausse zu der Puppn und krolln uns de Büdln.«
»Genau. Das sollte dann schnell gehen. Keine Körperverletzung oder Ähnliches, nur die Bilder.«
»Oida Vodda, mir san ja net aufn Kopf gfalln.«
»Sehr gut. Was macht ihr, wenn eine oder beide der Assistentinnen von Schöller oder er selber aus der Bank kommen, nachdem ich drinnen bin?«
»Mir krolln uns die Pupperln.«
»Ohne Körperverletzungen, ohne Aufsehen zu erregen. Wenn das nicht geht, fahrma ihnen nach und schnappens uns, wenns aussteigen. Aber so, dass niemand was auffallt.«
»Genau. Warum?«

»Es geht nur darum, dass de Originale nix passiert.«
»Wieso das?«
»Wal des unser Geld is.«
»Fein. Ihr habts begriffen.«
»Oida Vodda, mir san ja net aufn Kopf gfalln.«
»Eigentlich bedenklich, wenn man auch noch explizit darauf hinweisen muss, findet ihr nicht?«
»Geh scheißn, Dokta«, grinste das Kappl. »Die Büdln werma scho schaukeln.«
»Gut zu wissen.« Damit stieg ich aus und ging in das Protzgebäude am Schwarzenbergplatz 16. Drinnen stand dieselbe Dame hinter demselben Marmorblock, und ich rief ihr im Vorbeigehen zu: »Rechte Treppe in den ersten Stock hinauf, für die Privatbank Schöller und Söhne.«
Sie nickte mir entgeistert zu, öffnete den Mund stumm und schloss ihn wieder. Diese stumme Mundbewegung hatte was von einem Karpfen hinter einer Glasscheibe, aber exklusiv duftete sie nach wie vor.
Ich schritt die Marmortreppen hinauf, das Klacksen meiner Ledersohlen auf dem glänzenden Marmorfußboden hallte im Stiegenhaus. Obwohl, Stiegenhaus hört sich eher nach Gemeindebau an. Das waren keine Stiegen, die man hinaufstieg, sondern ein Aufgang, der zum Schreiten gemacht war. Ich breitete die Hände aus und konnte mit den Fingerspitzen die Wände nicht berühren. Wahrscheinlich könnte man mit einem SUV bequem hinauffahren. Ich sah Herrn Schöller vor mir, wie er in einer weißen Hummer Stretch Limo mit seinen beiden Sekretärinnen vorfuhr, und musste schmunzeln.
Schließlich stand ich oben vor der Tür und suchte nach dem Klingelknopf, bis mir einfiel, dass es ja gar keinen gab. Also wartete ich. Es dauerte und dauerte und dau-

erte. Aber aufgemacht wurde mir nicht. Entweder war niemand da, oder man wollte mich nicht reinlassen. Ich tippte auf Zweiteres. Also fischte ich meine Rechnung von der Firma Preisser raus und hielt sie in die Luft. Vorsorglich in alle verschiedenen Richtungen und hoffte, dass die Firma Schöller eine gute Kamera mit Zoomfunktion besaß. Vor allem aber, dass niemand vorbeikommen würde, der mich kannte. Ich musste einen bizarren Anblick bieten.

Nach einer gefühlten Ewigkeit klickte es volltönend, und die Tür ging auf. Allerdings nur einen Spalt und ich wurde kritisch beäugt. Ob von Amanda oder von Louise, war mir nicht klar.

»Was wollen Sie?«
»Sie haben die Rechnung gesehen?«
»Sonst hätten wir Sie da vor der Tür verhungern lassen.«
»Gut, dann lassen Sie mich rein.«
»Der Herr Schöller lässt fragen, was sie wollen.«
»Mit ihm über die Rechnung reden.«
»Dass interessiert ihn aber überhaupt nicht.«
»Ich weiß aber, was er damit bezahlt hat, und dass so was einen riesen Skandal gibt, wenn rauskommt, welche Motive auf den Jagdscheiben waren.«

»Warten Sie kurz.« Die Tür ging zu, ich schmunzelte und kurze Zeit später durfte ich eintreten. Beide Frauen führten mich zu Schöller ins Büro. Eine vor mir und eine hinter mir. Sie trugen Kostüme in Marineblau, passende Pumps und silberne Ohrclips. Von eingesteckten Schusswaffen war nichts zu sehen.

Schöller saß hinter seinem Schreibtisch, immer noch umgeben von riesigen Bergen an Akten, Rechnungen und losen Zetteln. Er blickte mich böse an, die Mundwinkel hingen tief nach unten. Er wirkte wie ein riesiger Wels auf dem Trockenen.

»Gehn S', Linder, was is scho wieder los.«

»Ich hab da eine Rechnung gefunden und eine Künstlerin und mir ein paar Bilder angeschaut.«

»Is mir kloa. Wozu das Ganze?«

»Weil ich ein paar Antworten will.«

»Mir san pari, Sie und i. Des war die Abmachung. Ich halt mich an meinen Teil, Sie sich an Ihren. Auf Wiedersehen.«

»Thubois ist tot. Das Testament ist futsch. Dafür mache ich Sie verantwortlich, bin Ihnen aber nicht böse. Da mich aber die Kripo davon in Kenntnis gesetzt hat und ich wieder auf der Verdächtigenliste stehe und das meine Freundin mitgekriegt hat und mir deswegen den Weisel gegeben hat, dafür bin ich Ihnen persönlich böse.«

»Wenn irgendwer irgendwen hamdraht, geht mi des Ganze nix an.«

»Doch, diesmal schon. Jemand wollte das Testament, um es verschwinden zu lassen.«

»Und?«

»Sehen Sie den Zusammenhang denn nicht? Wer könnte ein Interesse daran haben, ein Schriftstück verschwinden zu lassen, das er nicht kennt?«

»Einleuchtend.«

»Sehen Sie, es kommen also nur Leute infrage, die sowieso erben würden, also Anspruch auf einen Pflichtteil haben. Die beiden Söhne und die Tochter.«

»Sicher.«

»Also einer von den dreien wollte lieber den Pflichtteil als das Testament. Wer war das.«

»Woher soll ich das wissen?«

»Weil Sie demjenigen das Testament zu lesen gegeben haben. Sonst hätte er keine Motivation für den Mord an Thubois gehabt.«

Schöller wurde bleich. Er wischte sich den Schweiß von der Stirn.

»Das können Sie nicht beweisen.«

»Ich bin ja auch nicht die Kripo, ich muss gar nichts beweisen. Aber wissen tu ich es.«

»Wenn ich Ihnen nicht sage, wer das Testament gelesen hat, dann verwenden Sie die Jagdscheiben.«

»Ungefähr, das ist die Idee.«

»Also wegen den Scheiben. Das erscheint auf den ersten Blick geschmacklos, aber ...«, stotterte Schöller.

»Mir wurscht, vor mir müssen Sie sich nicht rechtfertigen. Viel wichtiger ist: Wer hat das Sternwald-Testament gelesen?«

»Aber so hörn S' doch zu, des war a Scherz, einmalig, außerdem waß i jetzt eh, dass es ka guate Idee war. I entschuldige mi vielmals, wirklich.«

»Hören Sie nicht zu? Interessiert mich nicht. Ich will bloß wissen, wem Sie das Testament zu lesen gegeben haben.«

»Niemand.«

»Aber irgendwer hat was gewusst, haben Sie wem was erzählt?«

»Kunntat sein.«

»Denk ich mirs doch.« Mir fiel ein Stein vom Herzen. Die Theorie hatte unheimlich gut geklungen, allerdings ist das so mit den Theorien, dass oft diejenigen, die am besten klingen, am wenigsten funktionieren. Oder wie Homer Simpson das ausdrückt: »Papperlapapp. Theoretisch funktioniert sogar der Kommunismus.«

Schöller saß mir gegenüber, der Schweiß stand ihm auf der Stirn. Die Lippen hatte er aufeinandergepresst, als wollte er für immer schweigen.

»Kommen Sie, Schöller, ist doch nicht so schwer. Stellen Sie sich einfach vor, was mit Ihrer Bank passiert, wenn herauskommt, dass Sie in der Freizeit auf halb nackte Afrikanerinnen schießen.«

»Aber die san doch nur gmalt.«

»Die Schlagzeilen in der Krawallpresse sind auch nur gedruckt.«

Er starrte mich entgeistert an.

»Geben Sie sich einen Ruck, tief durchatmen, ein Wort, und die Sache ist gegessen. Wir werden uns nie mehr wiedersehen, und ich vergesse die ganze Geschichte mit den Scheiben und dem Testament. Faires Angebot.«

»Redn Sie ma net von fair. Sie kumman imma wieder und pressn mi aus!«

»Wenn Sie mich immer wieder dazu zwingen. Also wem haben Sie was gesagt.«

»Lecken S' mi am Oarsch.«

Schöller griff unter den Tisch und hielt wieder seine Kanone in der Hand. Mittlerweile kannte ich ihn besser und war nicht mehr so überrascht wie beim ersten Mal. Außerdem hatte ich fest damit gerechnet, und das macht es auch um Einiges leichter.

»Sie wern schön sitzen bleiben.« Er fixierte mich mit den kleinen Augen hinter den dicken halb beschlagenen Brillengläsern und hauchte mit der tonlosen Stimme des dicken Mannes, der vor Aufregung außer Atem ist, ins Gerät: »Louise, Amanda, fahrts raus zum Preisser und erkundigts euch, wo die Scheiben her warn. Dann rufts mich an. Gehts scho.«

»Sicher, Herr Schöller«, kam es aus der Gegensprechanlage rausgeflötet.

»So, Ihr Druckmittel is Geschichte. Gone with the wind.«

»Was fahren die beiden für einen Wagen? Muss ungeheuer adrett wirken.«

»Tuns net so cool. Sie ham kane Karten mehr.«

»Da steck ich offensichtlich bis zum Hals in der rue de gack.«

»Sich i genauso.« Er wollte selbstsicher klingen, aber ein Zweifel werkelte hinter seiner Stirn.

»Was sans so gelassen, Linder?«, presste er nach einer Weile durch die schmalen dunkelblauen Lippen.

»Warten Sie einen Moment, müsste gleich soweit sein.« Wir warteten. Es war nicht soweit, nicht nach einem Moment, nicht nach zweien und nicht nach dreien. Aber nach etwa einer halben Stunde summte es in meiner Manteltasche.

»Darf ich? Ich schwöre, dass ich unbewaffnet bin.«

»Sicher.«

Ich fischte das Handy raus, stellte auf Lautsprecher und nahm ab.

»Ja.«

»Servas, Dokta. Die Pupperln sitzen im Fond, und niemand hat was gseng.«

»Haben Sie sich gewehrt?«

»Scho, aber nur minimal. Was sui ma machen?«

»Sekunde, ich leite die Frage an Herrn Schöller weiter.«

»Sie ham meine Assistentinnen?«

»Sicher.«

»Des is Bluff.«

»Blödsinn, wollen Sie mit den Damen sprechen?«

»Des her i ma an«, meinte er trotzig, voll Mannesstolz bis zuletzt die Realität verweigernd.

»Amanda, Louise?«

»Ja, Chef? Tut uns leid, aber darauf waren wir nicht vorbereitet.«

»Ka Gschicht. Seids eh net verletzt?«

»Nein, überhaupt nicht. Es ging alles so schnell, wir konnten uns überhaupt nicht wehren.«

»Danke, das reicht, bringts die Mäderln wieder heim und das Auto auch. Was isses denn für eines?«

»A schnittiger kleiner Benz, so a Mischung aus ultramodern und altmodisch.«

»Schauts, dass keinen Unfall bauts.«

»Machma, Dokta.«

Ich legte auf. Schöller saß mir gegenüber mit dem Gesichtsausdruck eines Schachspielers, der gerade das eigene Schachmatt erkannt hat.

»Und?«, fragte ich mit kaum verhohlenem Triumph in der Stimme.

»Werner.«

VI

Von da an hätte alles sehr einfach sein können, aber ich wollte mal wieder alles zu gut machen. Mein Testament war sicher im Register untergebracht, sobald sich der zuständige Notar in zwei bis zehn Wochen darum bemüht hätte, wäre es zum Vorschein gekommen, und allein schon die Tatsache, dass es aus dem Testamentsregister stammte, hätte es über jeden Wisch gestellt, den irgendein anderer aus dem Ärmel gezogen hätte. Da ich aber überhaupt in der glücklichen Situation war, dass Werner das Testament nur hatte, um es verschwinden zu lassen, wäre mir nicht einmal das mehr in die Quere gekommen. Aber ich wollte auf Nummer sicher gehen. Warum einfach, wenns kompliziert auch geht.

Ich rief FP an.

»Kommen S' mich holen, ich wart im Café Engländer.«

»Worum geht's denn?«

»Part of the game.«

»Ich fliege.«

»Wissen Sie auch, wohin?«

»Nein, dafür bin i schneller durt.«

»Genau. Café Engländer.«

Ich legte auf und machte mich daran, an meinem Mokka zu nippen und den Käsetoast zu verzehren, der vor mir auf dem Teller lag.

Das Café Engländer, das zwischen der Postgasse und der Wollzeile verborgen liegt, ist eine seltsame Sache. Einerseits ist es so sauber, gepflegt und die Polster so undurchgesessen, dass es eigentlich gar kein Kaffeehaus ist. Andererseits aber fühle ich mich ziemlich wohl dort, und drittens machen sie den besten Schinken-Käse Toast, den ich je gegessen habe.

Die Güte des Toasts stammt nicht von Edelschweinen, die nur mit Kastanien gefüttert werden, und einem Vorarlberger Bergkäse, dessen Geschmack von den sagenumwobenen Kräutern des Walsertales stammt, sondern von was anderem. Käse und Schinken sind gut, aber nichts Besonderes. Der goldgelbe, knusprig-saftige Toast ist deswegen so gut, weil er nicht in der Toastschere, sondern auf der Herdplatte gemacht wird. In Butter. »Ausschließlich«, wie ich mir einmal zu später Stunde bestätigen ließ. Jedenfalls: Der Toast ist ein Hammer.

Ich war beim zweiten, den ich mir auch tatsächlich selber zahlen konnte, als FP eintraf.

»Was gibt's?«

»Das Testament ist verschwunden.«

»Eh.«

»Ich weiß, wer's hat.«

»Wer?«

»Werner.«

»Dann fahrma hin zu dem Arsch.« FP sprang auf und stürmte zu Tür, ich folgte ihm. Schließlich bin ich neugierig und wollte sehen, wo das alles enden würde. Zu FP sei noch gesagt, dass er total vergaß, mich zu fragen, warum ich ihm das gesagt hatte, ich hatte mir eine schöne Erklärung zurechtgelegt, aber war froh, sie nicht an den Mann bringen zu müssen. Mir war viel daran gelegen, dabei zu sein, wenn Werner das Testament vorlegte, schließlich musste ich wissen, wo es sich befand, wenn ich es verschwinden lassen wollte. Und genau das war mein Ziel. Ich musste den Konkurrenten meines eigenen Dokumentes beseitigen. Dazu war mir alles recht und ich hatte mir etliche Szenarien zurechtgelegt, um das zu erreichen. Dass mich FP einfach so mitnehmen könnte, wäre mir nie in den Sinn gekommen.

Knapp zehn Minuten später standen wir vor der Tür der Privatwohnung von Werner Sternwald.

»Meinen Sie nicht, dass er im Büro ist?«

»Der? Als Stadtrat? Ha!«, rief FP aus und klingelte.

Wir warteten. »Der ist nicht geschäftsführend. Der letzte Bürotag von ihm war ein 29. Feber.«

Durch die dicke Tür waren Schritte zu vernehmen und eine gedämpfte Stimme. Ich habe mich immer gefragt, warum geflüsterte Sprache über Entfernung viel besser zu hören ist als normal gesprochene. Kann man gut ausprobieren, dazu muss man nur in größerer Runde einmal flüstern. Alle werden wissen, was man gesagt hat.

»Ja?«, fragte uns die näselnde Stimme von Werner, als er ungeduldig die Türe aufriss. »Was is?«

»Wir wollen zu dir.«

»Dich soll ich reinlassen? Sicher nicht, du Schmarotzer.«

»Du hast den Wisch.«

»Blödsinn.«

»Er sagts!«, FP deutete auf mich.

»Woher wollen Sie das wissen?«, herrschte er mich an. Der Versuch, Autorität in die Stimme zu legen, ließ mich innerlich schmunzeln. Äußerlich ließ ich mir nichts anmerken.

»Sind Sie wirklich scharf darauf, dass ich Ihnen das alles im Stiegenhaus erzähle, wo jeder zuhören kann?«

Werner wechselte kurz die Gesichtsfarbe, trat dann zur Seite und ließ uns ein. Die Wohnung war riesig, hell und bot einen atemberaubenden Blick auf den Stephansdom. Alles wirkte so aufgeräumt wie in einem Museum. Ich fragte mich unwillkürlich, ob hier wirklich jemand wohnte oder nur so tat. Es lagen keine gelesenen Bücher herum, keine Kleidungsstücke, kein Anzeichen einer Benutzung. Wie aus einem Prospekt für schöneres Wohnen. Mir graute. Kein Wunder, dass alle Welt diese Psychopillen frisst, wenn die Leute in solchen Umgebungen wohnen.

In einem großen Zimmer befand sich eine schwarze Couch, die so stand, dass man die Ziegel auf St. Stephans Dach zählen konnte. In der Couch saß Joseph Sternwald und hielt einen Schwenker mit bernsteinfarbener Flüssigkeit in der Hand. Je mehr, desto besser, dachte ich mir, als wir in das Wohnzimmer eintraten. Allein wäre ich nie zu Werner gefahren, es verschwinden immer wieder Leute, und zu denen wollte ich nicht gehören. In der Herde ist es sicherer, das wissen auch die Schafe.

»Hallo«, grüßte uns Joseph von der Couch her.

»Wollts auch was zum Trinken?«

»Sicher«, meinte FP, und zwei Minuten später saßen wir alle mit einem Schwenker in der Hand auf der Couch.

»Also, woher wollen Sie das wissen«, fragte mich Werner.

»Vor ihm?«, ich blickte zu Joseph.

»Der hat auch so eine Theorie.«

»Schöller hatte das Testament, er hat Sie einen Blick reinwerfen lassen, Sie haben gesehen, dass es ungünstig für Sie war, Sie wollten es verschwinden lassen.«

»Genau, wie ich g'sagt hab«, ließ sich Joseph vernehmen.

»Was wollts jetzt von mir?«, fragte Werner Sternwald im Ton eines eingeschüchterten Volksschülers.

»Zeigen Sie das Testament her. Fürs Erste«, meinte ich. Joseph und FP nickten zustimmend.

»Des geht doch net«, begann Werner, sich windend wie ein Regenwurm am Haken. »Mir können doch nicht, ich mein, was wird denn … so einfach geht das nicht.«

»Sicher geht des!«, meinte Joseph.

»Aber wie denn!« Er reckte die Arme Hilfe suchend gen Himmel. Kein Schmäh, tat er wirklich.

»Du hast das Testament doch nicht vernichtet?«, fragte Joseph mit Grabesstimme. Sein dickliches, gemütliches Äußeres gab gar nicht Anlass zur Spekulation, dass ein solcher Ernst in ihm wohnen könnte. Aber wenns ums Geld geht, hört sich der Spaß auf, wie der Volksmund sagt. Auch FP neben mir war kalt und still. Er imitierte Joseph, sogar die Mundwinkel ließ er hängen wie sein Vorbild. Allerdings wirkte er wie eine Karikatur.

»Ach woher denn. Dem Wisch geht's super«, meinte Werner.

»Dann zeig ihn uns doch.«

»Aber das ... ich hab doch gesagt, dass so einfach, wie ihr euch das vorstellt ...«

»Werner, ich zähl bis drei, und wenn dann das Testament von unserm Vater net auf dem Tisch liegt, dann ruf ich die Polizei.«

»Eh, der Thubois, der hat sie net selber hamdraht.«

»Kusch, FP, von mir aus darfst dasitzen, aber mitreden geht net«, fuhren ihn Joseph und Werner, gleichlautend und im Timing keine Millisekunde auseinanderliegend, an.

»Ich bin seit zehn Jahren mit eurer Schwester verheiratet und ich werde ihre Interessen vertreten, so wahr ...«

»Geh, des Wort nimm besser net in Mund.«

»Wasn?«

»Wahrheit. Des steht da net«, meinte Joseph.

»Auf mir könnts es Oaschlöcher ruhig herumtrampeln, aber net auf meiner Frau, die Arme, ich vertret' sie und ...«

»Ah geh, FP«, meinte Werner, »spiel doch kein Theater, du hast sie doch nur gheirat wegen der Erbschaft. Des Bsuff nimmt doch eh keiner freiwillig.«

»Alkoholismus ist eine Krankheit! Des is anerkannt!«

»Muskelkontraktion im Oberarm? Unwillkürlicher Schluckreflex? Mach die net lächerlich. De Magi ist einfach ein Bsuff. Aus, basta.«

»Und warum, wenn ich fragen darf? Weil euer Vater die Arme immer …«

»Noch a Wort und ich streng eine Klage an gegen dich wegen Verleumdung. Merks dir!«, meinte Werner.

Dabei musste ich grinsen. Werner war nun wirklich nicht in der Lage, gegen irgendwen einen Prozess anzustrengen. Sogar ein Blinder hätte sehen können, dass er Blut an den Fingern kleben hatte.

Das begannen ihm nun auch die beiden anderen zu sagen.

»Du? Du? Du Mörder?«, stammelte FP, und Joseph versuchte, beruhigend einzuwirken. »Nun beruhigen wir uns alle wieder. Es hat doch keinen Sinn, sich so aufzuregen. Also Werner, was ist mit dem Testament. Du hast es, richtig?«

»Genau.«

»Dann zeig es uns doch einfach.«

»Sicher nicht. Ich werd mich doch nicht vor euch rechtfertigen! Ich hab das genauso für euch getan wie für mich! Wir wären sogar noch um den Pflichtteil umgefallen! Glaubts mir doch.«

»Glauben tumma viel, aber besser wär, du zeigst es uns.«

»Des geht doch net!«, rief Werner aus.

»Ich glaube, Herr Sternwald will uns das Testament nicht zeigen, weil das ein Schuldeingeständnis wäre.«

»Wir sind da wegen des Letzten Willens unseres Vaters, net wegen irgendan Butler. Da kannst di beruhigen, Werner«, meinte Joseph kalt. »Wenn du ehrlich mit uns bist, dann wird das andere niemand je erwähnen. Wir verstehen uns?« Joseph bot Werner die ausgestreckte Hand.

»Sicher.« Werner ergriff sie, und die beiden schüttelten sich die Hände. »Aber so einfach ist das trotzdem nicht.«

»Was denn noch?«

»Die Sonja dreht mir den Hals um, wenn sie merkt, dass ich euch was erzählt hab. Ihr wissts ja eh, wie sie ist.« Unwillkürlich fuhr ein Zeigefinger zwischen Hemdkragen und Hals, als ob ihm etwas die Luft abschnüren wollte. Joseph und FP sahen das offenbar ähnlich, denn beide wirkten ein wenig gelähmt. Joseph schien alle Energie verpufft zu haben und nun in sich zusammenzufallen wie ein schlecht aufgegangener Germteig. FP hielt sich an seinem Cognacschwenker fest wie die Kirche am Dogma der Unbefleckten Empfängnis. Irrational, aber eisern.

Neugierig geworden auf die Dame, deren Namensnennung allein schon solche Einschüchterung verursachen konnte, versuchte ich mir in Erinnerung zu rufen, ob ich ihr irgendwann im Sternwaldschen Haushalt begegnet war. Mir fiel nichts ein, bis auf den dummen Wunsch, sie einmal persönlich kennenzulernen. Wenn man vom Teufel spricht, hat meine Oma immer gesagt. Jedenfalls hörten wir das charakteristische Geräusch eines Schlüssels in einem Schloss, und die Wohnungstür öffnete sich. Die drei Männer, die vorher bei der Nennung des Namens nur eingeschüchtert gewirkt hatten, ließen nun jegliche Lebensfarbe vermissen. Homer schreibt in der Odyssee von der Verzweiflung der Gefährten des Odysseus immer mit der Phrase: So ließen sie die Ruder fahren. Genauso wirkten Werner, Joseph und FP auf mich. Nur dass sie eben keine Ruder hatten. Starr und grau saßen sie auf der

Couch. Draußen war es schon lange dunkel geworden, und von St. Stephan nichts mehr zu sehen. Die großen Fenster wurden so zu Spiegeln, und wir sahen unsere Spiegelbilder und dachten an Gespenster.

5. KAPITEL

I

Sonja Sternwald-Perrin betrat den Raum und ich konnte die Ängste meiner Geschlechtsgenossen getreulich nachempfinden. Die Frau bestand aus 167 Zentimetern reinem Willen. Ihre glatten blonden Haare lagen eng am Kopf, die kleinen Krähenfüße um die Augen waren alles nur keine Lachfalten. Diese Frau lachte nicht. Sie war smart, attraktiv, gut herausgeputzt und strahlte einen Hunger nach Erfolg und Einfluss aus, den ich bis ins Mark spüren konnte. Bis jetzt hatte ich den Besuch in Werners Wohnung sehr genossen. Mir wurde großes Theater geboten, aber mit Sonja hatte das Ganze eine Wendung genommen, die mich nicht mehr so unbeteiligt ließ wie zuvor. Sie wirkte auf mich wie ein weiblicher Dschingis Khan, der durch die Reihen der Gegner fährt wie der Nordwind und nichts als verbrannte Erde hinterlässt, wo einstmals blühende Städte standen. Ich nahm mich in acht.

»Ah, die ganze Belegschaft versammelt. Saufen tuts auch. Fein.«

»Hör zu, Schatzi, es ist alles nicht so, wie es scheint, weil …« Weiter kam Werner nicht, der hündisch unterwürfig auf seine Frau zueilte. Joseph war aufgesprungen und suchte verzweifelt nach Worten, schien aber keine finden zu können. FP versuchte, auf der Couch unsichtbar zu werden, was ihm fast gelang.

»Bei dir ist nix so, wie es scheint«, erwiderte die Angebetete mit schneidender Schärfe. »Was wollen die Loser bei uns zu Hause?« Werner wusste nicht, was sagen, da kam ihm der Zufall zu Hilfe. Der Zufall bestand aus einem mittellosen Arbeitslosen Anfang 30, der auf der Couch saß und an seinem Cognac nippte.

»Was macht denn der da?« Sonja wirkte entgeistert.

»Ja, äh, weißt du, das ist so, da wir uns hier, also ich will sagen ...« Seine Frau ignorierte ihn nicht einmal.

»Was wollen Sie«, richtete sie das Wort nun direkt an mich, nicht in Form einer Frage, sondern eines Imperativs.

»Wir haben uns getroffen, weil wir wollten uns beratschlagen, da ja nun das Testament verschwunden ist, was man da am besten tun sollte«, mischte sich nun Joseph ein, der mit den Armen rudernd und den Mund stumm auf und zu klappend danebengestanden war.

»So. Ihr beratschlagt. Fein. Da wird ja was rauskommen dabei!« Das klang wie eine Prognose zur wirtschaftlichen Entwicklung in der Demokratischen Republik Kongo. Hoffnungslos.

»Wir wollten keineswegs ohne dich, geschätzte Sonja, nur dachten wir alle, dass wir uns zusammensetzen sollten, weil sechs, Pardon, acht Augen sehen mehr als zwei.« Mich übersah Joseph in seiner Zählung geflissentlich. So wie er da all seinen Mut zusammennahm, wirkte er auf mich wie ein zaundünner Bub, der einen Panzer aus wohlerworbenem Fett um sich herum aufgebaut hat.

»Das Problem sind nicht eure Augen, sondern eure Spatzenhirne«, stellte Sonja fest. »Daran werden wir so einfach auch nichts ändern können. Darum darf ich euch jetzt bitten, zu gehen.« Sie wies zur Tür. »Ich habe einen harten und anstrengenden Tag hinter mir.« Das wirkte schon nahezu wie eine Erklärung, ein Zugeständnis an die familiäre Zugehörigkeit. Es änderte aber nichts an der Tatsache, dass Werner, FP und Joseph nicht mehr weiterwussten. Offenbar wollte keiner Sonja einweihen, um was sich die Unterhaltung wirklich gedreht hatte, denn sie schwiegen alle drei sehr beredt. Also gab ich mir einen Ruck.

»Das ist doch Blödsinn. FP und ich sind hier, weil wir wissen, wer das Testament hat. Joseph, so nehme ich wenigstens an, hat auch zwei und zwei zusammengezählt und ist deshalb hier. Bevor da nichts weitergegangen ist, werden wir auch nicht gehen.«

»Wer ist das noch mal?«, fragte Sonja Werner.

»Linder, der Privatsekretär von Papa.«

»Was hat der hier zu suchen? Gehört der etwa auch schon zur Familie? Ist wieder eine Schlampe aufgetaucht, die sich als Tochter ausgibt? Oder ist er der verlorene Sohn?«

»Nein, weißt du, ich wollte dir gerade sagen, dass er, so wie es ausschaut ...«

»Mich hat dieses Testament den Job, die Freundin und den guten Ruf gekostet. Ich wurde unschuldig mit Pistolen bedroht, die Polizei hat mich verhört und ich wurde angepöbelt. Jetzt will ich wissen, um was das alles geht, weil es mein Leben ist, das da im Begriff steht, verpfuscht zu werden. Diese Krot werden Sie schlucken müssen. Ich verlasse dieses Zimmer nur im Leichensack, bevor ich nicht weiß, was weiter geschehen wird.«

»Was glauben Sie eigentlich, dass Sie mir Bedingungen stellen können?«

»Zu glauben steht mir frei, was ich will. Mit dem Wissen aber ist es eine andere Sache. Ich weiß, das Thubois ermordet wurde. Ich weiß, dass das Testament verschwunden ist, und ich weiß, dass Sie das auch wissen. Vor allem aber weiß ich, wer das *nicht* weiß, aber viel dafür geben würde, es zu wissen.« Ich wartete noch einen Augenblick, bis mir klar war, dass alle im Raum verstanden hatten, dass ich die

Polizei meinte, und fügte dann mein Lieblingszitat von Kurt Ostbahn, ebenfalls Doktor, hinzu: »So schaut's aus.«

»Völliger Blödsinn, wir haben das Testament nicht«, stellte Sonja trocken fest. Ihre Krähenfüßchen um die Augen traten hervor, und die scharfen Falten um den Mund waren nun auch zu erkennen. Es wirkte wie ein Blick in die Zukunft, so wie sie in zehn Jahren aussehen würde. Ich war froh, nicht mit ihr verheiratet zu sein, denn dann blieb einem nur mehr die Hoffnung auf den Tod als Erlösung.

Als die Worte im Raum verklungen waren, atmete FP tief ein, Joseph kaute auf der fetten Unterlippe, und Werner trat verlegen von einem Fuß auf den anderen.

»Schatzi, weißt du, ich meine, eigentlich wollte ich nicht, aber, es war so und es blieb mir nichts anderes übrig, weil, also versteh mich nicht falsch ...«

Sonja blickte ihren Mann an. Verachtung ist nur ein Wort. Sonjas Blick hingegen war so real wie ein Ziegelstein, der einen Schädelbasisbruch hervorruft. Der Blick dauerte an, und erst als sie sich sicher sein konnte, dass in Werner nichts mehr war, kein Gefühl, keine Empfindung, keine Hoffnung und kein Glück, ließ sie von ihm ab. Blickte in die Runde. Leckte sich die Lippen. Stellte dann fest: »Du hast es also vor ihnen zugegeben.«

»Ja.« Das einzige Mal im Gespräch, dass Werner nicht stammelte, sondern seine Gedanken konzise darlegte.

Sonja fuhr sich mit der Hand unter die Perlenkette, die sie um den Hals trug, und spielte mit den matt glänzenden Kugeln, während sie intensiv nachdachte. Ich beobachtete sie und dachte ebenfalls nach. Laura besaß ebenfalls eine Perlenkette und trug sie auch oft. Die von Sonja bestand aus regelmäßigen mattweißen Perlen, die vom Verschluss nach vorne hin immer größer wurden, schön aufeinander abgestimmt, sodass ein Bild der Harmonie entstand. Lauras Perlen gefielen mir aber wesentlich besser. Sie hatte die Kette von ihrer Uroma, die hatte sie wer weiß woher, vielleicht als Morgengabe einer Liebesnacht, vielleicht geklaut. Die Kette bestand aus lauter unterschiedlichen Perlen, keine rund und makellos, sondern alle verknotet und verkrustet, manche mattsilbrig, manche milchigweiß, manche aquamarin, ein paar schwarz und glänzend, jede einzigartig und filigran. Beide Ketten schienen auf obskure Art die Seele ihrer Trägerinnen zu spiegeln, aber dieser Eindruck mag auch der Aufregung des Augenblicks geschuldet sein. Jedenfalls sehnte ich mich nach Laura, dass es wehtat. Ich hätte einiges gegeben, um ein paar Eisenketten um mein Herz gelegt zu haben, als ich von zu Hause wegging. Aber so was gibt's leider nur im Märchen.

Sonja ließ noch immer die Hand durch die Perlen gleiten, mein Tagtraum hatte sicher nicht mehr als einen Augenblick gedauert. Schließlich ließ sie ihre Hand sinken und begann zu sprechen: »Wir haben das Testament. Ich will aber jetzt und hier, ein für alle Mal klarstellen, dass wir des nicht nur für uns gemacht ham, sondern für alle drei Erben. Das Testament bescheißt uns nämlich zu gleichen Teilen. Wir alle werden verlieren, wenn das rauskommt.«

»Der Pflichtteil ist auch fett«, meinte FP.

»Wenn wir den überhaupt kriegen«, meinte Sonja. »Uns steht aber viel mehr zu, wir sind schließlich seine Familie. Wir haben uns um ihn gekümmert. Wir können doch nicht zulassen, dass er uns das aus dem Grab raus antut.«

Das ›wir‹, mit dem sie von der Familie sprach und mit dem sie sich selbst meinte, um dieses ›wir‹ ist es eine eigentümliche Sache. Mir will scheinen, dass die Würde und die Rechte einer Familie immer am heroischsten von Angeheirateten vertreten werden. Zumeist sind das Frauen, aber ob das einen Rückschluss auf das ganze Geschlecht zulässt, weiß ich nicht.

»Mir wolln Einsicht«, meinte Joseph, überrascht ob seines eigenen Mutes. Hunde, wollt ihr ewig leben, mochte er sich gedacht haben.

»Warum? Sonja hat doch gesagt, für uns alle, ich meine, am besten, das muss man doch sehen, ist es doch, also, wenn es, ich meine, also lesen, ich glaube ... Sonja«, er blickte seine Gattin an.

»Niemand muss es lesen. Wir haben nur im Sinne der Familie gehandelt.«

»Des soll i glaubn? Für so blöd haltets ihr mi?«, fuhr es aus FP heraus. Für wie blöd ihn die anderen hielten, war klar an ihren Mienen abzulesen.

»Ungern, aber i stimm ihm zua. Wer garantiert uns, dass ihr das Testament nicht unterdrückt, weil es uns, oder einen von uns, bevorzugt?«

»Blödsinn. Der wollte alles einer Stiftung vermachen. Rückwirkend, könnte sein, dass das juristisch haltet.«

Beim Wort *Stiftung* kitzelte mir die Großhirnrinde. Ich hatte mit meiner Fälschung die Wahrheit getroffen. Mir ging es ein wenig wie diesem berühmten italienischen Fälscher, der immer Bilder von großen Meistern fälschte, die diese eigentlich malen wollten oder malen hätten sollen. Er behauptete immer, nie gefälscht zu haben, sondern nur einen Makel in der Wirklichkeit ausgebessert zu haben. Hegel meinte in dieser Hinsicht mit unübertrefflichem Größenwahn, dass, wenn seine Philosophie nicht mit der Wirklichkeit übereinstimmen sollte, es in diesem Fall umso schlimmer für die Welt wäre. Im Moment, als Sonja das Wort Stiftung aussprach, erging es mir ähnlich. Vom Götterthron blickte ich hinab auf das mitleiderregende Gewurl der Menschen. Voll göttlichen Großmuts hörte ich der Unterhaltung weiter zu.

»Woher sollen mir das wissen? Einsicht, wir wollen Einsicht!« Joseph klopfte mit der Faust auf den gläsernen Couchtisch, der zum Glück nicht brach. Einzig die Cognacschwenker klirrten.

»Du glaubst doch nicht wirklich, dass wir dich reinlegen wollen?«

»Ach so? Warum nicht.«

»Joseph, du weißt so gut wie wir, ich meine, die Sache damals, mit der, also du weißt schon, diese Sachbearbeiterin, also damals, da hast du doch genug Material, also …«

»Werner meint, dass du so viel gegen uns in der Hand hältst, seit damals, als Werner noch der Finanzlandesrat war.«

»Bah, war das knapp damals. Also da habts ihr genau das Gleiche gegen mich in der Hand. Wenn ich euch austratsch, dann bin ich auch Geschichte, so einfach. Ich kann euch gar nichts wegen dem. Außerdem, trotz allem, auch wenn mein Bruder ein rotes Gfrast is, lass ich ihn doch nicht vor die Hunde gehen. Schauts nach Salzburg, gegen Werner sein Skandal ist des ja lächerlich, die paar Mille, de was durt fehlen, und was für ein Tamtam, da gmacht wird.«

Ich hatte in der letzten Zeit wenig in die österreichischen Tageszeitungen geschaut, zuerst in der Einsiedelei bei Sternwald und nun ständig auf dem Sprung, das bereute ich nun. Zu gerne hätte ich gewusst, um was es da gegangen war.

»Hörts doch auf mit die alten Geschichten, des interessiert mit net, was ihr für enge Haberer seids, als Brüder und so. Was is mitn Testament?« FP war einer dieser

Menschen, von denen der Spruch gilt, ich lebe, aber ich höre nicht, ich atme, aber sehe nicht. Er hatte offensichtlich keine Ahnung, was sich mit dem soeben Gehörten anstellen ließ. Ich nahm mir vor, ihn bald einmal darauf hinzuweisen. Würde sicher witzig werden.

»Egal jetzt. Zeigts mir den Wisch und ich bin zufrieden.«

»Aber Joseph, so hör doch, wir haben eh schon gsagt und versuch doch uns zu verstehen …«

»Blödsinn, Werner. Zeig mir den Wisch. Wenn alles okay ist, dann werd ich keine Manderln machen.«

Werner sah hin zu Sonja. Die verzog keine Wimper, aber doch war klar, was sie Werner mitteilte: »Das hast du uns eingebrockt, du Trottel.« Werner verarbeitete kurz die Mimik seiner Frau, schluckte den Schnaps hinunter, stand dann auf und ging auf eine Tür zu, die entweder ins Arbeitszimmer oder ins Schlafzimmer führte. Schon bei dem Gedanken, in solch einer Wohnung zu schlafen, wurde mir mulmig im Magen. Alles so kahlkaltaalglattteuer. Aber schlafen ist die eine Sache, arbeiten eine völlig andere. Ich hätte nicht für alles Geld der Welt hier sitzen wollen, an einem Designerschreibtisch und vier, fünf Stunden konzentriert arbeiten. In so einer Atmosphäre der zur Schau gestellten Äußerlichkeit müsste das eine Folter sein. Hier in einen Text hineinkriechen, völlig unmöglich. Ich schüttelte mich und schluckte ebenfalls den Stoff im Glas hinunter. Dann beugte ich mich zur Karaffe und schenkte nach. Der Gedanke an Arbeit in so einer Atmosphäre hatte mich erschüttert. So sehr, dass mir nun einfiel, dass ich gar nicht recht darauf geachtet hatte, was Werner da im Nebenzimmer anstellte. Ich ärgerte mich schon maßlos über mich selbst, denn es würde schwer genug werden, irgendwie an das Testament heranzukommen, wenn man die Hausaufgaben nicht gemacht hatte. Aber so fast völlig unmöglich. Wie gesagt war ich also gerade dabei, mir im Geist in den Hintern zu beißen, als Werner in der Tür erschien. Ich hätte beim besten Willen nicht sagen können, ob er eine oder fünf Minuten dazu gebraucht hatte. Es war zum aus der Haut fahren mit mir. Unfähig von vorn bis hinten. Ich ärgerte mich so, dass mir fast entgangen wäre, dass Werner in der Tür stand und mit Leichenbittermiene seine Frau anstarrte, als wolle er sie hypnotisieren.

Wir saßen so auf der Couch, dass FP und Joseph ihn nicht sehen konnten. Sonja, die gedankenverloren aus dem Fenster blickte, das ob der Dunkelheit draußen nur sie selbst zeigte, bemerkte nun endlich ihren Mann. Sie blickte ihn an. Die Frau war mit allen Wassern gewaschen, denn wenn ich nicht gewusst hätte, dass Werner in der Tür stand, hätte ich nicht sagen können, aus welchem Grund sie plötzlich ins andere Zimmer hinüberging. FP und Joseph bemerkten nichts.

Äußerlich völlig regungslos und gelassen aber innerlich hoch konzentriert lauschte ich ins andere Zimmer hinüber. Das Geflüster im anderen Raum war eine harte Nuss. Meine beiden Mitcouchsitzer bemerkten nichts. Ich hörte nur ein Wispern, aber ich ahnte, was da vor sich ging. Die Worte waren unverständlich, so sehr ich mich auch anstrengte, aber der Tonfall war erkennbar. Werner verzweifelt, Sonja erregt. Für mich ließ das nur einen Schluss zu, das Dokument musste verschwunden sein.

Nach kurzer Zeit betrat das Ehepaar wieder das Wohnzimmer. Dass sie mühsam um Haltung rangen, sah ich ihnen an der Nasenspitze an.

»Wo is da Wisch?«, fragte FP, der sich mit Joseph gemeinsam am Inhalt der Karaffe gelabt hatte.

»Ich kann ihn auch nicht sehen«, merkte Joseph an.

Sonja sah Werner auffordernd an. Der krümmte sich, was wieder an einen Regenwurm erinnerte, trat dann aber doch einen Schritt vor und begann zu sprechen.

»Ein klares Wort. Gut. Also, es handelt sich darum, dass Folgendes geschehen ist, um genau zu sein, das Testament, um das wir uns alle, also, Sorgen, dazu möchte ich anmerken, ohne meine Schuld, also ich kann da nichts dafür ...« Dann wurde es laut, und alles brüllte durcheinander. Nur mehr einzelne Worte waren zu verstehen. Von Sonja kam so was wie Hurenbock, Scheidung, die besten Jahre verschwendet, vom Sternwald kam ein Ausbruch an Hass, zu dem nur ein jüngerer Bruder fähig ist, und FP verwendete Wörter, von denen ich nicht einmal wusste, dass sie existierten. Kurz gesagt, es war recht lustig. Die zwei, die gesessen hatten, waren aufgesprungen und rannten wild gestikulierend durch das Zimmer. Gott sei Dank war wenig Einrichtung vorhanden, so konnte nichts zu Bruch gehen. Die modernen Gemälde an der Wand waren nicht in Gefahr. Denn bei ihnen handelte es sich um solche von der Art, bei der nicht einmal der Künstler selbst sagen hätte können, ob sie beschädigt gewesen wären. Es gibt die wunderbare Geschichte von einem Schweizer Philosophieprofessor, der bei einem Kongress in Wien ein grünes Kunstwerk für eine Tafel gehalten hatte, seinen Kreidehalter auspackte und munter drauflos schrieb. Bis ihm auffiel, dass die Kreide auf der Leinwand partout nicht haften wollte. Daraufhin beschwerte er sich lauthals über die miese Qualität der Tafel. Als man ihn darauf hinwies, dass es sich bei dem Objekt um ein Gemälde handelte und nicht um eine Tafel, da meinte er in Schweizer Tonfall: »Ja das müssen Sie mir doch sagen, sehen kann ich das nicht!

So von alleine.« Solche Bilder hingen jedenfalls auch bei Werner rum.

Ich trank meinen Schnaps aus und machte mich auf den Weg zur Tür. Von den Gestalten hier konnte ich nicht mehr viel erwarten. Das Testament war weitergezogen, und ich musste nun herausfinden, ob das für mich eine gute oder eine negative Wendung war. Dafür brauchte ich Ruhe. Ich schlich mich zur Tür, öffnete leise und trat hinaus auf den Gang. Vor mir stand der Oide Vodda, ein Telefon in der Linken und in der Rechten eine Kanone.

»Was soll denn das?«, fragte ich, während ich die Tür sanft hinter mir ins Schloss gleiten ließ.

»Irgendwer muss ja auf Sie aufpassen.«

»Und wo ist das Kappl?« Die unheilige Zweiheit getrennt zu sehen, war ungewohnt.

»Der is aufm Dach gegenüber und schaut sich an, was da in der Wohnung gschicht.« Er blickte verdattert drein. Offenbar wunderte er sich, warum sein Kompagnon ihm nichts darüber mitgeteilt hatte, dass ich den Raum verlassen hatte. Er riss das Telefon ans Ohr. Ich konnte nur ihn verstehen, das Kappl nicht.

»Geh herst, du waaches Weh! Da Dokta is draußt, und du merkst des net?«

»Was soll des haßen? Wenns unübersichtlich wurdn is, dann musst mir des sagn, ich geh dann rein!«

»Ah so a Bledsinn. Wenn di an Kelch ham, musst mir des sagn! Deswegen mach ma des Ganze. Oida Vodda!«

Er legte auf.

»Ahhh! Oida Vodda. Der braucht den Kopf a nua, damits eam net in Hals einiregnt.«

II

In der Felberstraße angekommen blieb der Oide Vodda vor Nummer 32 stehen und hielt mir eine Predigt.

»Des nächste Mal, wenns'd was ohne uns machst, sag uns wenigstens, wos hingeht. Wie soll ma auf di schaun, wenns'd di ständig abseilst?«

»Eh!«, fügte das Kappel hinzu. »Mir brauchma den Scheiß net.«

»Ich werd ganz brav sein«, versprach ich und stieg aus. Der Volvo raste ratternd los. Es klang wirklich so, als ob die Pferde unter der Motorhaube Schwindsucht hätten. Die beiden wurden mir immer unheimlicher. Ich hatte immer weniger Ahnung, was sie eigentlich wollten, und vor allem nicht, wie sie mich bei Werner Sternwald gefunden hatten. Den dafür nötigen Gedankengang hätte ich ihnen nie im Leben zugetraut. Ich verfolgte die Sache jedoch nicht weiter, denn kaum hatte ich den Schlüssel aus der Manteltasche herausgeholt, als sich eine Gestalt aus den Schatten löste und auf mich zutrat. Hohe Absätze klackten auf dem eiskalten Beton des Gehsteigs, Modeschmuck klirrte, und ein abenteuerliches Parfüm kitzelte mich in der Nase.

»Geh, beeil dich a bisserl, mir is kalt«, meinte die Gestalt, und mir war klar, dass nun ein paar spannende Minuten auf mich zukommen würden. Yvonne trug einen dünnen Mantel aus einem schwarzen Stoff, der irgendwie zerzaust aussah, obwohl er sich eng an ihren Körper schmiegte und in den Lichtkegeln der vorbeifahrenden Autos glänzte.

»Hättest dich halt warm anziehen sollen. Es ist Winter«, versetzte ich und sperrte die Tür auf.

»Mit Häkelmütze und Fäustlingen fangt ma kane Männer. I muss nachher noch hackeln. Geh mach schon.«

Ich öffnete und hielt ihr die Tür auf. Wir gingen wortlos durchs Stiegenhaus und oben in meine Wohnung.

»Boa, is das ein Loch«, meinte sie lapidar.

»Magst du einen Tee?«

»Sicher.« Yvonne warf sich in meinen Armsessel, sodass die langen Beine im kurzen Rock über die Lehne gelegt waren. Der Rock war pink, obwohl eigentlich kein Rock, sondern ein Einteiler mit massig nackter Haut im Bauchbereich. Dazu trug sie eine dunkle Strumpfhose mit Naht auf der Hinterseite und schwarze Stöckelschuhe. Der seltsam zerzaust-elegante Mantel lag achtlos neben ihr auf dem Boden.

Ich hantierte in der Küche und rief hinaus:

»Was willst du denn?«

»Egal, Hauptsache heiß.«

»Ich mein von mir.«

»Chill amal, Arno. Von dir will i nix.«

»So mein ich das nicht, warum bist du hier?«

»So meinst du das nicht? Ich hab deine Blicke gesehen.«

»Da waren keine Blicke.«

»Da hast völlig recht. Das war ein aufdringliches Starren. Richtig geschmacklos.«

»Lassen wir das, warum bist du hier?«

»Ich hab ein bisserl Zeit, i fang heut erst später an. Hast Lust? Ein Fuffziger, und du bist dabei.«

»Keine Lust.«

»Du bist pleite?«

»Überhaupt nicht.«

»So wie du gschaut hast?«

»Lass mein Schauen sein und antworte auf meine Frage.«

»Geh, Arno, du bist nicht mein Papa, obwohl, alt genug wärst fast.«

»Da bin ich aber froh.«

»Du bist der Erste, der froh ist, alt zu sein«, meinte sie belustigt.

»Absichtlich falsch verstehen kannst du gut.«

»Sicher.«

Mittlerweile war alles so weit hergerichtet, und ich brachte die Schalen und die dampfende Kanne ins Zimmer hinüber.

»Kan Zucker?«

»Nie.«

»Ohne geht das gar net.«

»Wird aber müssen. Ich hab keinen da.«

»Echt jetzt?«

»Sicher.«

»Honig auch nicht?«

»So was schon gar nicht.«

Yvonne schaute sich um und fragte dann ernst: »Hast du überhaupt einen Fernseher?«

»Nein.«

»Du lebst wie ein Penner.«

»Irdischer Reichtum ist vergänglich. Ich labe mich am Ewigen.«

»Ka Zucker, ka Geld für a Nummer, a Loch als Wohnung, wos net amal Albaner eini bringt, i bin ma nimmer sicher.« Sie kaute auf ihrer rot glänzenden Unterlippe herum. Mit dem kurzen, zerzausten Haar wirkte das richtig süß. Außerdem hatte sie im Kurs Augenaufschlag 2, Vertiefung und Feinheiten, richtig aufgepasst.

Wenn sie mit den Wimpern klimperte, schien die Welt stillzustehen. Gott sei Dank war ich erwachsen, moralisch gefestigt und in einer festen Beziehung. Mir konnte nichts passieren. Gut, Laura hatte mir den Weisel gegeben, also das mit der Beziehung stimmte so nicht mehr ganz, aber der Rest schon. Obwohl, sicher sein konnte ich mir da auch nicht. Schließlich hatte ich ein Testament gefälscht, Leute bedroht, und ein Ende war noch nicht abzusehen. Also das mit der moralischen Festigkeit stimmte auch nicht. Aber ich war erwachsen. Dessen war ich mir sicher, schließlich brauchte ich dazu nur auf meiner Geburtsurkunde nachzusehen. Wo die allerdings war, wusste ich nicht. Wieder einmal begannen sich alle Gewissheiten in Luft aufzulösen.

»Brauchst mich gar net so anschaun. Mitleidsnummer ist nicht«, meinte Yvonne und riss mich aus meinen Überlegungen.

»Fein. Dann sind wir ja beide zufrieden«, meinte ich, verletzten Stolz mit Sencha hinunterspülend. Das kann ich wirklich gut. Neben Stolz funktioniert es auch mit Träumen und Hoffnung perfekt. Ich verbannte mir zwar den Hals und die Zunge, aber das war es wert.

»Also was ist los. Kann ich was für dich tun?«

»Kannst du.« Sie schnupperte an der blassgrünen Flüssigkeit in ihrer Schale. Dann nippte sie vorsichtig, ließ den Tee im Mund, schmeckte nach und schluckte. »Wie heißes Wasser.«

»Nicht gut?«

»Ach, einfach nur fad. Pensionistengetränk. Ich steh auf Sachen mit Pepp. Red Bull.« Ich schenkte mir nach, stürzte eine Schale hinunter und füllte wieder nach. Bittere Aromen blieben mir im Mund, und dieses unbeschreiblich helle Aroma füllte meinen Rachenraum. »So was hab ich nicht.«

»Ist ungesund, weiß ich selbst, brauchst mir nicht sagen. Aber bevor ich deinen Tee trinke, sterb ich lieber. Brrr.« Sie schüttelte sich wie eine Katze, die einen Tropfen Wasser abbekommen hat.

»Ich glaub, ich steck in einer Klemme«, meinte sie nun übergangslos ernst.

»Gut, da sind wir ja schon zwei.«

»Und schuld daran bist nur du«, meinte sie.

»Das ist nichts Neues, das sagen mir alle Frauen«, meinte ich.

»Kann ich mir denken.«

»Wie das?«

»Du bist so der Typ dafür.«

»Na super«, meinte ich und kippte den nächsten Tee hinunter.

»Sei nicht so ein Weichei.«

»Bitte?«

»Das steht dir nicht.«

»Weichei?«

»Sicher, du jammerst ständig.«

»Aber ich hab doch gar nichts gesagt!«, protestierte ich.

»Geh chill amal«, war ihr abschließendes Argument. Da blieb ich stumm.

Wir saßen uns gegenüber. Ich auf einem unbequemen Ikea Sessel aus dem letzten Jahrtausend, sie auf meinem feinen Sessel.

»I steck in Troubles«, begann sie von Neuem.

»Ja?«

»Lass mich mal ausreden! Es ist echt nervig mit dir.«

Ich nickte nur.

»Versprichst du mir, dass du mir hilfst?«
»Das ist schwer, ich weiß ja …«
»Nicht einmal, blah blah blah? Interessiert mich nicht. Versprichst du mir, dass du mir hilfst, dass'd nicht zur Polizei gehst.«
»Das kann ich versprechen. Ich bin noch nie freiwillig zur Polizei gegangen.«
»Fein.«
»Ich …«
»Hör auf mit dein ›ich‹ und hör zu. Und fang ja nicht wieder an zu weinen. Auf so was steh ich gar nicht.«
Befehlsergeben verharrte ich in einer Position, die Männlichkeit und Stärke symbolisieren sollte, und hörte zu. Allzu gut machte ich die Sache sicher nicht, denn Yvonne huschte ab und zu ein Lächeln über das Gesicht.
»Wie ma den Notar mit den Testament gelinkt ham, hat ma taugt. Wie er gschlafen hat, hab ich ein bisserl reingschaut. War echt interessant. Vor allem wegen einem hab ich denken müssen: Sternwald.«
»Ja und?«
»Na der is ein Kunde von der Vernusch! Manchmal fahr ich da hin.«
»Ah.« Mir begann etwas zu dämmern.
»Ich hab mir gedacht, was du kannst, kann ich auch. Versteh mich nicht falsch, ich bin keine Diebin. Aber des ganze Leben aufm Rücken liegen und stöhnen ist a bisserl fad.«
»Kann ich mir denken.«
»Blödsinn, du hast keine Ahnung. Als Mann kannst des net wissen.«
Ich nickte einfach.
»Also ich bin beim Werner, manchmal, halt, weil so

heißt der. Das ist der Sohn, von dem was du das Testament hast.«

»Kann sein.«

»Na na, is so.«

»Wenn du sagst.«

»Lass mich reden, Arno. Das is mei Story.«

Ich verbiss mir, mit ›gut‹ zu antworten.

»Also wie ich gestern dort war, weil ich schau immer vorbei, wenn sei Alte weg is, bist du deppert, ist das eine Bissgurn. Kennst sie?«

»Hatte das Vergnügen.«

»Vergnügen? Mitn Hofrat Adocker seiner Frau, des war a Vergnügen. Aber die? Ich war einmal aufn Balkon, im Sommer, wie sie heimkommen is. Brrrr.« Wieder das Schütteln, das an eine Katze erinnerte.

»Also, der Werner schlaft, und ich hab mich umgschaut, und jetzt rat.«

»Du hast ein Testament gefunden.«

»Eh.« Sie war baff. Bevor sie fragen konnte, antwortete ich schon: »Das Testament, das du hast, das ist eine Fälschung. Ich hab das echte.«

»Glaub ich dir jetzt aber nicht. Weil, wieso solltest du den Notar brauchen, wenn du das echte hast?«

»Weil deines gut gefälscht ist. Ich war der Privatsekretär vom alten Sternwald, und sein letzter Auftrag war das. Er hatte Angst, dass seine Kinder den Text fälschen könnten. Was sie ja gemacht haben, wie du sehen kannst.«

»Echt jetzt?«

»Sicher.«

Sie kaute wieder auf der Unterlippe herum. Mir fiel auf, dass sich der Lippenstift kein Bisschen verwischte. Das hatten die Kosmetiker prima hingekriegt. Waren die Millionen Tiere also nicht umsonst gestorben. Schön zu wissen, dass Leiden einen Sinn hat.

»Und ich hab schon geglaubt, dass ich auf echt viel Geld sitzen würde. Weißt du, das wäre schon schön gewesen.«

»Tja, es kommt halt …« Weiter gings nicht, weil Yvonne zu schluchzen begann. Wenn so ein blutjunges Mädchen vor einem sitzt und weint, dann ist es schwer, ein steinernes Herz zu haben. Ich holte Taschentücher, bot sie ihr an, und irgendwie landete sie an meiner Schulter. Nach ein paar Minuten war alles vorbei und sie schnäuzte sich lautstark.

»Den Wisch kannst du dir an die Wand hängen. Oder besser doch nicht. Wäre risikobehaftet, weil so was ist Dokumentenfälschung.«

Yvonne ließ den Kopf hängen. »Da ist wirklich nichts drin?«

»Nein.«

Sie kaute auf der Unterlippe herum. Wahrscheinlich gibt's da auch einen Kurs, den die Mädchen belegen.

»Na ja, vielleicht doch. Wenn wir jemanden finden, der nicht so hell ist.«

»Du meinst, dass es jemand anderer haben will, der nicht weiß, dass es eine Fälschung ist?«

»Genau.« Yvonne hielt zwar noch ein Taschentuch in der Hand, traurig wirkte sie aber nicht mehr.

»Weißt du da wen?«

»Könnte sein«, meinte ich. »Könnte sein.«

Jetzt machte ich mich auch noch allen Ernstes daran, das echte Testament als ein gefälschtes zu verkaufen. So was muss schiefgehen.

III

»Oida Vodda. Bist deppart, Dokta?«

»Dem hams ins Hirn gschissen.«

»Halts Mäu, Kappl.«

»Bist net mei Muatta.«

»Eh net. I bin schena.«

»Des is a Minderheiten Meinung.«

»Sogar des Hundstrümmerl am Eck durtn is schena als wia dei Muatta je war.«

Das Kappl schluckte, griff in seine Tasche und ließ ein Messer aufschnappen.

»Meinst, da scheiß i mi a? Oida Vodda.« Und er griff in sein Holzfällerhemd.

»Lassts das bleiben«, unterbrach ich die beiden. »Wir haben auch so schon Probleme genug.«

»Eh, i versteh net, warum mir der Klanen da helfen, des Testament zum verchecken.«

»Eh«, meinte das Kappl zustimmend, das Messer noch immer in der Hand.

»Steckts die Waffen weg und ich erzähls euch.«

Beide zögerten ein wenig, doch dann nahm der Oide Vodda seine Hand aus dem Hemd, und das Kappl ließ sein Messer wieder in der Hosentasche verschwinden. Da, wo es hingehörte.

»Also, die Kleine weiß von unserer Nummer mit dem Notar.«

»Klar, war ja dabei.«

»Eben.«

»Was eben. Oida Vodda, i versteh nix.«

»Du bist a naturwaach«, meinte das Kappl giftig.

»Weil du eh waßt, um was es geht?«

»Sicher, es geht um, na halt, waßt eh, um die, die ...«, stotterte das Kappl, und der Oide Vodda grinste.

»Es geht darum, dass Yvonne eine Mitwisserin ist und dass man solche Leute möglichst zufriedenstellt.«

»Zufriedenstellen?«

»Indem wir ihr helfen, auch einen Schnitt zu machen. Indem sie das Testament verkauft.«

»Aber wenn ein zweites Testament auftaucht, samma angschissen.«

»Gar nichts wird passieren. Ein Testament ist im Register und ein anderes taucht auf undurchsichtige Art und Weise bei einer erbberechtigten Partei auf, die nicht angeben kann, wie sie zu dem Testament gekommen ist. Einem Testament wohlgemerkt, an dem ein Mord hängt.«

»Der Butler?«

»Genau.«

»Oida Vodda. Dokta, des kennt si ausgehen.«

»Beten und hoffen, Burschen, beten und hoffen. Und schauts net so zum Mädel rüber.«

Der Oida Vodda und das Kappl hatten alle 30 Sekunden zu Yvonne hinübergeschaut, die im Volvo saß und bei voll aufgedrehter Lautstärke dem Bombast Sound von Rainbow ausgesetzt war. Durch die geschlossenen Türen drang das mächtige Keyboard Riff des Refrains, und die Stimme von Ronnie James Dio sang deutlich hörbar: »A tower of stone, of flesh and bone, so many die, I don't know why.« Gute Omen klingen anders.

»Kannst du nicht was Fröhlicheres spielen?«, fragte ich den Oiden Vodda.

»Rainbow sind meine Heroes. Wie i zum ersten Mal

eingsessen bin, hab i immer in Aufenthaltsraum de Nummer ghert. War damals taufrisch.« Ich rechnete kurz nach und erkannte, dass der Oide Vodda zur Zeit meiner Geburt das erste Mal in einer Besserungsanstalt gewesen sein musste. Fühlte sich unheimlich an, das Ganze.

»Egal, fahr ma zum FP«, meinte ich, und wir gingen hinüber, stiegen ein, und der asthmakranke Volvo tuckerte los. Rainbow lärmten immer noch Vollgas, und Yvonne musste mir aus nächster Nähe in die Ohren brüllen, um sich verständlich zu machen.

»Arno, chill amal. Ihr müssts da draußen net so tuscheln. I lass euch scho net auffliegen. I will nur a Marie für des Papier.«

Ich nickte. Draußen zog die kalte, winterliche Stadt an uns vorbei. Auf die Schmelz hinauf, dann hinunter zur Thalia, den sanften Wilhelminenhügel rauf, die Wattgasse entlang, bis die Lidlstraße nach Gersthof hinaufsteigt. Dort, gegen Ende der Herbeckstraße, wo die Nummern dreistellig werden, hielten wir an. Unter den kahlen Sommerlinden standen glänzende PKWs auf Parkplätzen, die geräumiger waren als so manche Familienwohnung. Wie Sixt Rodriguez so schön formulierte: »Rich folks got the same jokes, but park in better places« – oder so ähnlich.

Auf der anderen Straßenseite stand ein geräumiges weißes Haus, halb verborgen von Weißtannen und kahlen Sträuchern. Die Fenster glotzten wie tote schwarze Augen aus der kaltweißen Fassade. Keine Vorhänge, kein Licht, es war deprimierend.

»Viel Glück«, meinte der Oide Vodda, und das Kappl hielt die rechte Hand ans Ohr. Anrufen, wenn was sein sollte. Ich nickte, stieg aus und hielt Yvonne galant die Tür auf.

»Glaubst i kann des net alan? Was bist'n du für aner?«, fuhr sie mich an. Ich grinste und ließ die Tür los. Yvonne ließ etwas hören, das klang wie: chill amal, wein net so, Weichei und Penner. Der Zusammenhang war unwichtig. Alles, was zählte, war, dass ich nun wusste, dass sie nervös war wie ein Schulmädchen, das soeben beim Ladendiebstahl erwischt worden war.

Wenige Schritte später standen wir vor einem grün gestrichenen Gartentor, von dem die Farbe langsam abblätterte. Ein Druck auf einen halb zersplitterten Klingelknopf, ein Surren, das Klacken vom Riegel im Schloss und ein paar Schritte auf halb überwachsenen Steinplatten. Als wir uns der Haustüre näherten, ging sie auf und FP erschien.

Er sagte irgendwas Freundliches, wirkte aber wie der nette Onkel, der Kinder in sein Haus lockt. Wir waren schon beide erwachsen, also hatten wir keine Angst und traten ein. Innen wirkte das Haus fast noch ungemütlicher als von außen. Alles dunkel, stumpf, stickig. Sämtliche Türen zwischen den einzelnen Zimmern, von denen es viele zu geben schien, waren geschlossen. Das Ganze wirkte nahezu so, als ob hier niemand wohnen würde. Als wir an einer der Türen vorbeikamen, hörten wir so was wie Dielenknarren auf der anderen Seite, und Swing drang durch die Tür. Die Musik klang so verwaschen, als ob sie von einer Schallplatte stammte, die viel zu oft und zu lang gespielt worden war. FP drückte merklich den Rücken durch und blickte angestrengt geradeaus, als wir an der Tür vorbeikamen. Yvonne und mir fiel das auf, wir blickten einander an. Anschließend stiegen wir eine knarrende Treppe aus dunklem Holz in das obere Stockwerk hinauf.

Yvonne flüsterte mir zu: »Das ist ja noch beschissener als deine Wohnung!«, und ich hauchte ein »Danke« zurück.

Oben, zwischen Bildern, die röhrende Hirsche, hoch aufragende Berggipfel und tiefe Wälder mit romantischen Wasserfällen zeigten, öffnete FP eine Tür. Dahinter lag sein Arbeitszimmer. Der Raum wirkte wenigstens bewohnt. Das war aber auch alles, was man zu seinen Ehren sagen konnte. Die Einrichtung passte überhaupt nicht zu der vom restlichen Haus. Draußen war alles stumpf und bieder, 50er Jahre mit ein paar geschmacklosen Einsprengseln der 80er, aber in FPs Zimmer war alles Utopia. Ein Schreibtisch aus schwarzem Rauchglas, chromglänzendes Metall, schwarzes glänzendes Leder, mit einem Wort, es war bizarr. FP war offenbar in Josephs Büro im Ringturm gewesen und hatte abgekupfert. Allerdings mit einem gravierenden Unterschied: Wirkte Josephs Büro unmenschlich, sachlich und elegant, so konnte man von FPs Büro nur sagen, dass es zusammengewürfelt aussah. Mit einem Schuss Lächerlichkeit, wenn man denn ein paar Tage zuvor im obersten Stock des Ringturms gewesen war.

FP bot uns Plätze an, und wir setzten uns alle. FP grinste und legte wiederholt die Fingerspitzen aneinander, in einer Geste, die Zufriedenheit ausdrücken sollte. Yvonne zappelte ein bisschen auf ihrem Stuhl.

»Also, was hams denn Schönes für mich, Herr Linder?«

»Eigentlich gar nichts. Aber die junge Dame neben mir, die hat was. Ich bin hier nur der Vermittler.«

FP zog eine Augenbraue hoch, was distinguiert wirken sollte, aber einfach nur nach partieller Gesichtslähmung ausschaute.

»Egal«, meinte ich, »hören Sie sich an, was sie zu sagen hat.«

»Sicher Pupperl, schieß los.«

Yvonne kaute auf ihrer Unterlippe herum und wirkte nervös. Langsam begann ich zu realisieren, dass das nur Show war.

»Ich hab das Testament«, stotterte sie zaghaft.

»Was für ein Testament?«

»Das vom Herrn Sternwald.«

»Und wie kommst du dazu?«

»Na, des is so, so umaglegen.«

»Herumgelegen? Wo denn?«

»Na, gfunden hab ichs halt.«

»So was findet man nicht einfach.«

»Doch.«

»Nein.«

»Aber sicher!«, meinte Yvonne und blickte Hilfe suchend zu mir. Mit riesengroßen Rehaugen.

»Yvonne ist Raumpflegerin, und die Leute lassen so einiges liegen«, half ich ihr aus. Yvonne nickte.

»Wer hat was liegen lassen, und warum weiß sie überhaupt davon?«

»Na weils in der Zeitung gestanden ist, dass der Millionär Sternwald tot ist und dass sein Testament verschwunden ist, und in der Firma haben alle drüber gredet und alle ham gsagt, was sie mit dem Geld net alles anstellen würden und, na, da hab ich halt putzt und da isses dann glegen.« Yvonne schaute unschuldig zwischen uns beiden hin und her, verstummte dann, zuckte mit den Achseln und kaute wieder auf der Unterlippe herum.

»Wo hast du das gefunden?«

»Bei einer Kundschaft.«

»Ich will einen Namen hören.«

Yvonne schüttelte den Kopf. Zaghaft, aber deutlich.

»Ohne Namen interessiert's mich nicht.«
»Namen sag ich keinen.«
»Dann kauf ich's nicht.«
Yvonne schaute mich an und stand auf. Ich mit ihr. Wir standen im Begriff, den ersten Schritt in Richtung Tür zu machen, als FP schon mit einem Tigersprung um den Tisch herum war und uns den Weg verstellte.
»Na, na, na, na. Net so eilig. Aber woher weiß ich dann, dass es das Echte is?«
»Sie können's lesen.«
»Du hast es dabei?«, entfuhr es FP entgeistert. Das war ein schwerer Fehler von ihm, denn ich konnte förmlich hören, wie die Registrierkasse in seinem Kopf klingelte.
Yvonne nickte und setzte sich wieder. FP blieb stehen und streckte die Hand aus. Yvonne reichte ihm eine Klarsichtfolie mit ein paar Blättern Papier drin.
FP las, zuerst langsam und genau, dann immer schneller, schlussendlich blätterte er die Seiten einfach nur mehr um. Zum Schluss stieß er ein triumphierendes Schnaufen aus.
»Des is nur a Kopie, Pupperl.«
»Sicher, meinen S' etwa, ich komm da mitm echten daher? Wenn der dabei is?« Sie deutete mit dem Daumen auf mich. »Sicher nicht«, meinte sie bestimmt, die Maske der Nervosität endgültig fallen lassend.
»Sie vertrauen Herrn Linder nicht?«
»Niemals. Der is net koscher.«
»Gute Menschenkenntnis, muss ich sagen.« FP grinste. »Du hast das Original.«
»Sicher.«
»Wo?«
»Des werd' ich sagen. Ha!«, und rümpfte das Näschen. Mir war klar, dass sie nur eine Show abzog, aber kalt ließ

es mich deswegen noch lange nicht. FP war ihr total verfallen. Die Kleine hatte es faustdick hinter den Ohren.

»Wie kommen wir dann ins Geschäft?«

»Ich hab ein Handy. Sobald Arno weg is, werd ich halafonieren, und in 20 Minuten hamma den Wisch da.«

»Gut.«

»Aber nur, wenn das Geld da ist. Sonst nicht.«

»Wie viel solls denn leicht kosten?«

»Viel.«

»Genauer geht's nicht?«

»Erst wenn Arno weg ist.« Sie schaute mich an. »Servus, Arno«, und winkte mir zu. FP nahm mich am Arm und zog mich hinaus. Leicht verdattert folgte ich. So überrumpelt wie jetzt eben, das war mir noch nicht oft passiert. Wir stiegen die knarrende Treppe hinunter, und als wir unten an der Tür vorbeikamen, hinter der die Musik spielte, wurde FP stocksteif. Noch immer drang der Swing verwaschen und gedämpft durch die Tür. In der staubigen, toten Atmosphäre dieses Hauses erzeugte die sinnlich lebhafte Musik einen eindringlichen Kontrast. Das freudlose Lachen der Verdammten musste sich so anhören. Mir schauderte ein wenig und ich war froh, als ich an der Schwelle angekommen war. Draußen fühlte ich mich um etliche Kilos leichter.

Ich stieg ins Auto, und die beiden Kompagnons blickten mich groß an.

»Was is mit der Klanen? Soll ma auf sie warten?«

»Eh, da kennt ma si a Biertschi einistelln«, meinte das Kappl.

»Wir warten nicht auf sie.«

»Echt net jetzt?«

»Nein, aber gibt's da irgendwo einen Platz, wo wir

ungesehen parken können und trotzdem alles im Blick haben?«

»Sicher, da hint«, meinte der Oide Vodda und zeigte auf die andere Straßenseite zu einem Lieferwagen hinüber.

»Gut.« Es war dunkel, man sah keine Straßenlaternen, und mit ein bisschen Glück lugten weder FP noch Yvonne aus dem Fenster. Wir rollten auf die andere Straßenseite 100 Meter weiter, dann ließ der Oide Vodda den Motor leiser werden, rollte im Leerlauf und quetschte uns gekonnt hinter den Lieferwagen, der uns vor dem Licht der Straßenlaterne schützte.

So saßen wir etwa eine halbe Stunde im Dunkeln, bis ein Auto herankam. Es war schwarz, glänzte und sah nach einer Menge Geld aus. Drei Leute steigen aus: zwei groß gewachsene Kleiderschränke in engen Lederjacken und eine Frau. Sogar aus der Entfernung war ihre Persönlichkeit zu spüren. Ich musste nicht nachdenken, um zu wissen, wer da in das Haus von FP hineinging. Das war Dite Vernusch mit zwei Bodyguards. Mir drehte sich der Magen um, fünf Minuten zuvor hatte ich noch FP ausgelacht, weil er auf Yvonnes Nummer reingefallen war. Nun hatte ich keinen Grund mehr zu lachen, mich hatte sie noch viel schlimmer aufs Kreuz gelegt.

»Geh, Dokta, is des net die Puffmutter von neulich?«

»Das ist sie.«

»Was macht die da?«

»Die liefert das Testament.«

»Aber uns ist das wurscht.«

»Nein, das ist uns nicht wurscht. Weil die Frau ist ein echtes Problem. Ich hätte sie niemals um Hilfe bitten dürfen. Der einzige Mensch, dem sie hilft, das ist sie selbst.«

»Aber unser Testament is schon noch was wert.«
»Das wird die Zeit zeigen. Wie gesagt, hoffen und beten, Jungs, hoffen und beten.«

IV

Die nächsten Tage verbrachte ich in einem fiebrig angespannten Zustand höchster nervöser Erregung. Ich konnte kaum essen, der Tee schmeckte nicht, und nicht einmal meine Bücher konnten mich trösten. Ich schmiedete tausend Pläne von Flucht und Exil, aber blieb dann doch in meinem Ohrensessel sitzen. Jeden Morgen kaufte ich mir sämtliche Tageszeitungen und verbrachte dann den Tag damit, die Homepages der großen österreichischen Tageszeitungen nach Neuigkeiten, den Sternwald Fall betreffend, zu durchforsten. Zu mehr war ich nicht in der Lage. Ich war gelähmt und handlungsunfähig. Ich erwartete stündlich die Nachricht, dass FPs Testament aufgetaucht und meines als Fälschung entlarvt war, mit der Folge, dass zehn Minuten später die Polizei an meine Tür klopfte. Aber nichts geschah. Gar nichts.

Was mir allerdings auffiel, war, dass die Bar Scandaleux, an der ich auf dem Weg zur Trafik vorbeimusste, geschlossen war und geschlossen blieb. Außerdem konnte ich keine Spur vom Volvo entdecken. Die beiden Kompagnons waren verschwunden, wie vom Erdboden verschluckt. Ich rief sogar einmal an, mit dem traurigen Ergebnis, dass mir eine mechanische Frauenstimme wohlartikuliert mitteilte, dass es keinen Teilnehmer unter dieser Nummer gäbe. Ich kam mir vor wie ein Kind, das einmal schaukelt, und alle seine Freunde am Spielplatz sind vom Erdboden verschluckt. Nur es selbst bleibt allein und verlassen zurück.

Mit jedem verstreichenden Tag nahmen meine Ungewissheit und Rastlosigkeit zu. Es war dann etwa eine Woche vergangen, und ich kam gerade von einem kleinen Einkauf zurück. In einem Plastiksäckchen mit dem Aufdruck »Ünsal, Delikatessen« beförderte ich Fladenbrot, Humus, ein paar Oliven und gefüllte Paprika. Unter den Arm geklemmt trug ich die Tageszeitungen und gewohnheitsmäßig öffnete ich meinen Briefkasten, obwohl eh nie was anderes als Freiheitliche Wahlwerbung zu kommen scheint, und fand einen Brief vor. Unter Aufbietung aller mir zu Gebote stehenden Selbstbeherrschung wartete ich mit dem Öffnen, bis ich in meiner Wohnung war. Absender war unleserlich, aufgegeben war das Schreiben in Italien. Neapel, um genauer zu sein. Poststempel von vor einer Woche. Ich bekam einen trockenen Mund, mir krampfte sich der Magen zusammen und ich zwinkerte nervös. Zuerst nahm ich einen Schluck Sencha, dann setzte ich mich, und als ich mich gesammelt hatte, öffnete ich das Kuvert. Drinnen befand sich ein gefaltetes Blatt, mit flüssiger Handschrift bedeckt. Das stand dort zu lesen:

»Lieber Arno,

wir sind jetzt in Neapel, in ein paar Minuten geht unsere Fähre und wir sind schon ganz aufgeregt. Weder Frau Vernusch noch ich waren je auf dem Meer. Hoffentlich wird uns nicht übel. Frau Vernusch sagt, dass es ungerecht von uns wäre, dir nichts zu sagen. Also:

Als du damals versucht hast dein Kuckucksei Testament dem Notar aufs Auge zu drücken, da hat sich Frau Vernusch gedacht, dass das doch was wäre. Also haben wir darauf geschaut, dass dein Testament den Weg ins Register nicht gefunden hat. Frau Vernusch hat einfach dem Notar seine Rechnungen ins Gesicht gehalten, und wir haben den Wisch gehabt. Bitte geh jetzt nicht zu ihm und tu ihm was. Er kann am wenigsten dafür.

Danach haben wir das Testament gelesen, und Frau Vernusch hat ein bisschen herumgefragt, und es hat nicht lange gedauert, bis wir alles gewusst haben über den Herrn Sternwald, seine beiden Söhne und die Tochter, die in dem hässlichen Haus eingesperrt ist und so viel trinkt.

Dann haben wir nur mehr gewartet, bis wir wussten, wer das Original hat. Das war nicht schwer, weil alle Männer gehen zwei Wege: auf den Friedhof und ins Puff. Danach bin ich dem Werner nachgestiegen und ich muss sagen, er war ganz süß. Ich glaube, er war richtig nervös. Jedenfalls, wie er dann geschlafen hat, war das mit dem Testament ganz einfach und ich habs mitgenommen. Wie ich gehen wollte, da ist seine Frau heimgekommen und hat mein Hoserl gefunden. Hat die ein Theater gemacht. Ich hab mich derweil hinter einem Vorhang versteckt, und als die beiden so richtig gestritten haben, bin ich raus. Ohne Hoserl, aber mit dem Testament.

Naja, und dann hast du uns noch mal geholfen. Danke dafür, so war es viel einfacher für uns, was aus dem Dokument rauszuholen. Der FP wäre sonst viel zu vorsichtig gewesen, und wer weiß, wenn wir dich nicht gehabt hätten, dann hätte er vielleicht sogar die Polizei geholt.

So war aber alles ganz einfach, und für das original Testament als Sicherheit hat FP dann noch in der gleichen

Nacht einen Haufen Geld gekriegt. Das haben jetzt wir. Schaun wir einmal, wie lange das halten wird, weil wir sind ziemlich viele Mädchen und wir haben jede Menge Spaß. Danke also nochmals von der Frau Vernusch, den anderen Mädchen, die sich auch schon alle auf die Fähre freuen, und von mir.

Chill einmal, Arno,
und ein Bussi
Yvonne«

Ich drehte das Blatt um und erkannte auf einen Blick eine der Seiten, die ich beim Fälscher in der Zentagasse erhalten hatte. Die Geschichte war wahr, und mein Testament den Weg alles Irdischen gegangen. Die Hoffnungen auf eine Fixanstellung auf der Uni waren also dahin. Viel war mir jetzt nicht geblieben. Das mit Laura hätte sich vielleicht noch einrenken können, wenn ich meinen Plan durchgeboxt hätte, vielleicht hätte mir eine Fixanstellung die Aura von Seriosität verliehen, die ich ihr gegenüber so dringend nötig hatte. Damit war jetzt aber auch nichts mehr. In meiner Verzweiflung bemühte ich noch mal die Nummer vom Oiden Vodda, aber da war wieder nur die elektronische Damenstimme. Kein Anschluss unter dieser Nummer. Ich war mir diesmal so sicher gewesen, keinen entscheidenden Fehler gemacht zu haben, und doch war es sich nicht ausgegangen. Vielleicht hatte Laura doch recht und ich lief die ganze Zeit nur Illusionen nach, und die Möglichkeit, tatsächlich einmal zu ein wenig Unabhängigkeit in Form von Geld zu kommen, war nur Einbildung.

Ein Gutes hatte die Sache zwar, und das war nicht wenig. Denn dadurch, dass mein Testament vernichtet war, konnte ich auch für gar nichts mehr zur Rechenschaft gezogen werden. Wenn also tatsächlich noch einmal die Polizei vorbeischauen sollte, dann konnte mir gar nichts geschehen. Ich hatte also nicht mehr als zu Anfang, aber auch nicht weniger. Ein paar Minuten hielt diese Einsicht an, verbreitete Hochstimmung, und ich konnte sogar ein paar Seiten lesen, bis mir wieder zu Bewusstsein kam, dass ich Laura verloren hatte. Viel mehr weniger kann man gar nicht haben. Wer Laura kennt, muss dem zustimmen. Laura. Allein schon der Klang dieses Namens rief mir den Duft in Erinnerung, der hinter ihren Ohren wohnt, ihre dunkle Stimme, die leichten Schritte mit dem melodiösen Klacken der Absätze auf dem Steinboden. Diese Frau hatte mich gefragt, ob ich sie heiraten wollte, und ich konnte nur an das blöde Testament denken. Das Glück war vor meiner Nase gelegen, und ich hatte einer Einbildung von Reichtum nachgejagt. Totale Verblendung. Ich hätte mich selbst ohrfeigen können. Ich war so in Erinnerung an meine verflossene Liebe versunken, dass ich begann zu halluzinieren. Denn viele Frauen tragen Highheels. Manche können damit sogar gehen, dass es nicht aussieht wie der betrunkene Paarungstanz eines Seelöwen, aber nur Laura hat diesen Swing in den Schritten, zu dem ich immer tanzen möchte, wenn ich ihn höre. Doch genau den Swing vermeinte ich nun zu hören. Ich ermahnte mich zu innerer Ruhe, atmete tief durch und lauschte nochmals. Wie ich gedacht hatte. Der Klang war verschwunden. Alles nur Einbildung. Da klopfte es an der Tür. Mein Herz blieb stehen. Ich nicht, ich raste zur Tür und riss sie auf. Draußen stand Laura. Ich war verdutzt. Ich starrte sie an. Dann sagte ich was, was ich besser nicht gesagt hätte:

»Was suchst denn du hier?«

Laura, die mich unsicher angelächelt hatte, wischte sich das Lächeln aus den Augen und wurde ernst. Sehr ernst. Todernst. Gar nicht gut.

»Ich meine, ich freue mich, dich zu sehen. Nur hätte ich das nie erwartet. Du hast mich komplett überrascht. Wie ...«

»Blödsinn. Du hast gewusst, dass ich kommen würde. Genau gewusst. Du hast nur wieder mit mir gespielt. Die ganze Zeit habe ich gewartet, dass du dich melden würdest. Aber hast du nicht. Kein einziges Mal. Da war ich schon echt sauer, und dann das von gestern. Und du hast dich noch immer nicht gemeldet. Ich hab mir gedacht, vielleicht geht es ihm nicht gut, vielleicht ... ach, was weiß denn ich, was ich gedacht habe. Ich bin eine blöde Kuh!« Bei der letzten Feststellung konnte ich ein paar Tränen ganz weit hinten raushören. »Ich hab wirklich gedacht, dass du das für mich getan hast! Aber so kann man sich täuschen.« Sprachs und drehte auf dem Absatz um. Bereit, für immer aus meinem Leben zu verschwinden. Ich lief ihr nach, aber sie war schnell und hatte ein paar Meter Vorsprung. Die Verfolgung donnerte nur so die gewundene Steintreppe runter, die unregelmäßigen Stufen sind ohnedies schon eine Gefahr, aber Laura, elegant wie eine Füchsin, sauste nur so runter. Ich hingegen, wie sollte es auch anders sein, blieb irgendwo hängen und rasselte mit Knall in die Wand. Laura drehte sich um und starrte mich an. Ich starrte zurück, und nach etwa zehn Sekunden lachten wir beide herzhaft.

»Noch alles ganz?«

»Hm, schwer zu sagen.« Meine Füße schauten zum Plafond, mein Kopf war in meinen Brustkasten gedrückt, und mein rechter Arm verschwand in einem unnatürlich aussehenden Winkel hinter meinem Rücken.

»Komm, lass dir helfen.«

»Ich brauche keine Hilfe!«, erwiderte ich mannhaft und versuchte, mich hoch zu kämpfen. Erfolglos.

»Na komm, nimm meinen Arm.«

»Na gut.« Zerknirscht willigte ich ein und nach ein klein wenig Anstrengung stand ich auf wackeligen Beinen da.

»Du bist nicht mehr 20, Arno, du solltest langsam ein wenig auf dich achten.«

»Ich bin noch kein Greis!«

»Wer von uns beiden ist soeben die Treppe runtergefallen? Du oder ich?«

»Hm, weiß nicht.«

»Arno!«

»Na ich.«

»Genau. Und wer von uns beiden hat keine Stöckel an?«

»Ich.«

»Eben. Normalerweise fallen nur Senioren die Treppe runter.«

»Weißt du was? Du kannst mir ja gern einen Rollator zum Geburtstag schenken.«

»Ja, da kannst du dann deine Bücher vorne drauflegen, wenn du durch die Gänge rollst …« Laura kam kaum noch zu Luft vor lauter lachen.

»Ist schon gut, ist schon gut. Ich bin die Treppe runtergefallen, und wir haben alle gelacht, aber jetzt würde mich was interessieren.«

»Was denn?«, meinte Laura und wartete auf einen Kuss. Aber es wäre ja nicht ich, wenn ich die Sache nicht schon wieder völlig falsch angepackt hätte.

»Du sagtest vorher was davon, dass ich was für dich allein getan hätte. Was wäre das gewesen?«

»Jetzt tu nicht so!«

»Ich tu gar nichts. Schon gar nichts wissen.«
»Red ordentliches Deutsch, Arno.«
»He, ich bin vorher auf den Kopf gefallen.«
»Ich dachte, wir wollten den Seniorenrittberger vergessen.«
»Egal, was ich getan habe. Warum kommst du wieder?«
»Arno, zwing mich nicht, es jetzt zu sagen.«
»Doch, schon. Ich will das jetzt wissen.«
»Na der Trust. Du hast es gedeichselt, dass mein Name im Verwaltungskomitee auftaucht. Deswegen werde ich jetzt Teilhaberin bei unserer Kanzlei. Ich bin die Einzige, die so einen riesen Fonds verwalten darf.«

Mir rasten eine Million Fragen durch den Kopf. Aber es ging alles so schnell, dass ich es nicht fertigbrachte, auch nur eine zu Ende zu denken, geschweige denn zu formulieren. Ein Hai, der in einen Thunfischschwarm hineinstößt, muss ein ähnliches Gefühl haben. Überall flutscht es appetitlich, aber man kommt nicht dazu, zuzubeißen. Ich schnappte verbissen, und irgendwas blieb hängen.

»Ich will dich heiraten«, entfuhr es mir. Dafür, dass Laura mich hinausgeworfen und ich keine Ahnung hatte, warum sie eigentlich wieder bei mir war, kam das enorm mutig heraus. Eigentlich hatte ich so etwas fragen wollen wie: »Was für ein Trust? Wer hat dich als Verwalterin eingesetzt? Was habe ich damit zu tun? Erklär mir alles noch mal langsam der Reihe nach.« Aber so war es auch nicht schlecht, denn Laura schaute mich an, lächelte und küsste mich.

Nachdem der Kuss geendet hatte, befanden wir uns in meiner Wohnung. Wie, weiß ich nicht, aber war auch nicht so wichtig. Jedenfalls unterbrach ich und fragte atemlos:
»Also was jetzt. Was für ein Fonds?«

»Na der vom alten Sternwald seiner Verlassenschaft.«

»Echt jetzt?«

»Sicher, Arno. Hat alles geklappt. Ich war gestern mit Glanicic-Werffel auf der informellen Verlassenschaftssitzung. Das Verfahren wird noch dauern, aber im Prinzip ist alles klar.«

»Glanicic-Werffel?«

»Sicher, sie hat mir doch alles im Detail erzählt. Dass du das gedreht hast, dass das Institut den Fonds nutzen darf und so als Haupterbe vom Sternwald dasteht. Du kannst dich bei deiner Chefin bedanken, Arno, weil sie hat mich mitgenommen, als juristischen Beistand sozusagen. Sie hat mir auch zugeredet, mich wieder mit dir zu vertragen. Weil, na, weißt du, sie meint halt, dass du ein ziemlicher Filou bist, aber ganz sicher kein Langweiler.«

»Soso.«

»Ja. Außerdem, ich hätte mir nie gedacht, dass dein Plan funktionieren könnte.«

»Ich auch nicht.« Und das war jetzt nicht einmal gelogen.

»Du meinst«, fuhr ich fort, »dass du mit der Glanicic-Werffel da warst und dass sie dir von dem Deal erzählt hat?«

»Ja, Arno, ich freu mich so für dich. Jetzt müssen wir vor meinen Freunden nicht mehr rumschwindeln, jetzt bist du Professor! Es muss nur mehr die Tinte trocknen, und dann ist es offiziell. Ich bin so stolz auf dich.«

Ich war nicht stolz, ich war baff. Wie konnte das nur geschehen sein?

»Was ist mit den anderen, mit Werner, Joseph und FP?«

»Weißt du das nicht? Bei uns spricht man die letzten Tage von gar nichts anderem mehr.«

»Ich hatte mich ein wenig aus der Welt zurückgezogen, die letzten Tage.«

»Das war sicher sehr vernünftig von dir. Keep low profile. Jedenfalls kam FP mit einem Testament an und präsentierte es als das echte. Das ließen sich die anderen Söhne aber natürlich nicht gefallen.«

»Woher weißt du das eigentlich?«

»Na, ich war doch am Freitag mit dem Marko zum Abendessen. Der ist einer der Juniors bei Wolff-Heiss, und die vertreten den Werner Sternwald und ...«

»Du warst mit dem Essen?«

»Ja, er hat mich eingeladen.«

»Das war ein Date!«

»Kann sein.«

»Hast du ihn geküsst?«

»Vielleicht, das macht man so, bei einem schönen Abendessen. Dich habe ich doch auch geküsst, nach dem Schimansky.«

»Aber das war auch ich.«

»Arno, wenn du nicht willst, dass ich andere Männer küsse, dann solltest du auf Heiratsanträge meinerseits sowohl schneller als auch herzlicher reagieren. Außerdem sollte die Polizei nicht öfter als einmal im Jahr anrufen. Und andere Frauen solltest du auch nicht anschauen.«

»Andere Frauen?«

»Ach, du bist so süß, wenn du schwindelst. Das Bussi auf dem Brief dort drüben, den sieht eine Frau auf 100 Meter Entfernung an, dass es von jemandem kommt, der dich toll findet.«

»Überhaupt nicht wahr! Die hat mich nur reingelegt, sonst nichts.«

»Arno, dafür, dass du so durchtrieben bist, bist du auch

furchtbar naiv.« Damit war der verbale Teil unserer Kommunikation endgültig beendet, und wir gingen zum nonverbalen über. Reden ist Silber, aber Schweigen ist Gold.

V

Dafür, dass eigentlich alles klar war, hatte ich erstaunlich wenige Antworten parat. Eigentlich interessierte mich überhaupt nur eine Frage: Was, zum Henker, war da eigentlich passiert? Im Glücksrausch der Wiedervereinigung mit Laura, der durch einen besonders schön beginnenden Frühling noch verstärkt wurde, vergaß ich ein paar Tage auf die Ereignisse der letzten Wochen, aber nicht auf Dauer.

Die Erinnerung kam plötzlich und in doppelter Gestalt. Aber alles der Reihe nach. Zuerst hatte ich von Glanicic-Werffel erfahren, dass meine Bestellung durchgeboxt war, obwohl weder das Testament eröffnet worden war noch irgendeine offizielle Sitzung stattgefunden hatte. Das offizielle Dokument würde also erst in dem Moment ausgestellt werden, wenn die erste Zahlung auf das Institutskonto eingehen würde, aber da ich dessen sicher war, war ich zufrieden.

Jedenfalls saß ich nun in einem eigenen Büro, durfte die Sekretärin des Instituts bemühen, sobald irgendetwas ausgedruckt, kopiert oder organisiert werden musste, und arbeitete hart. Schließlich galt es ein halbes Jahr ohne wissenschaftliche Tätigkeit aufzuholen und bis Mitte August drei Lehrveranstaltungen vorzubereiten, sodass ich was ins kommentierte Vorlesungsverzeichnis schreiben konnte, was nicht einfach nach Verzweiflung klang, sondern vielleicht auch ein paar intelligente Studierende anlocken würde. Die Arbeit war hart.

Ich brütete über einem Absatz, der sich mir einfach nicht erschließen wollte, trommelte mit den Fingern auf die Schreibtischplatte und schenkte mir mit einem tiefen Seufzer einen Schluck aus der Bürokanne ein. Ich nahm gar nicht wahr, was ich da trank, so konzentriert war ich. Plötzlich klopfte es an der Tür. Zuerst ignorierte ich es, denn Studierende gingen mich noch nichts an, Glanicic-Werffel klopft nicht in ihrem eigenen Institut, und alle anderen konnten mir gestohlen bleiben. Die Strategie des Ignorierens funktionierte aber überhaupt nicht, denn das unangenehme Klopfen, frech und störend, wiederholte sich. Irgendein renitenter Störfaktor stand da draußen auf dem Gang.

»Ich bin nicht da!«, brüllte ich hinaus auf den Gang.

»Mir aber scho!«, kam es zurück. Durch die Tür hindurch erkannte ich den Kürbiskerntonfall des Oiden Vodda. Kaum hatte ich das realisiert, als auch schon die Tür aufging. Herein kamen die beiden Kompagnons. Beide in Karohemden, die Ärmel ob des warmen Vorfrühlingswetters hinaufgerollt, die Krägen offen, sodass Goldketterl und Peckerl hervorlugten, ein Grinsen im Gesicht und eine Zigarette im Mundwinkel.

»Rauchverbot.«

»Bist net mei Oide, Dokta.«

»Eh net.«

»Schon, aber ich krieg sonst Probleme.«

»Bist leicht net der Chef von da?«

»Nein. Nur so eben fix angestellt.«

Die beiden traten ein, schlossen die Tür hinter sich. Der Oide Vodda pflanzte sich in den Studentenstuhl vor dem Schreibtisch, das Kappl auf die Schreibtischplatte. Beide wirkten ein wenig aggressiv.

»Was kann ich für euch tun?«

»Was glaubst?«

»Ich bin Atheist.«

»Was sui des haßn?«

»Ich glaube an nichts.«

»Hä?«

»Wie bitte?«

»Hä?«

»Das heißt nicht ›hä‹ sondern ›wie bitte‹.«

»Oida Vodda, kumma net so gscheit, Dokta. Des is net gsund.«

»Also, warum seids ihr hier?«

»Weil ma kan Stich gmacht ham.«

»Da kann aber ich nichts dafür.«

»Wer weiß?«, das Kappl schaute sich um »Schlecht schauts net aus bei dir.«

»Mein Bankkonto ist leer, und Job auf der Uni wollts ihr sicher keinen haben.«

»So fett hintern Schreibtisch sitzen, tät ma scho taugn«, meinte das Kappl.

»Fett bist eh immer«, meinte der Oide Vodda.

»Eh. Aber mit a so an Schreibtisch, da tät des ganz anders kumman!«

Bevor die zwei noch den ganzen Tag brauchen würden, unterbrach ich sie.

»Also, was ist euer Plan?«

»Was net, vielleicht entführ ma die Freindin«, meinte der Oide Vodda und rauchte eine neue Zigarette an. Das Zippo ließ er laut zuschnappen.

»Meine Freundin entführen? Viel Spaß.«

»Um Spaß geht's da net, aber wer waß, vielleicht hamma sie scho? Irgendwo im Wienerwald, in aner klanen Hüttn? Vielleicht hamma a an Spaß mit ihr, wer waß?«

Ich versuchte, ganz ruhig zu bleiben, nickte mit dem Kopf und schenkte mir einen neuen Tee nach. Diesmal konzentrierte ich mich ganz auf den Geschmack. Es war ein Nilgiri broken, sehr aromatisch und stark. Eigentlich trinkt man den mit Sahne und Zucker, aber ich mag das pelzige Gefühl auf der Zunge, das nach der zweiten Tasse unweigerlich entsteht. Ich konzentrierte mich so auf den Tee, dass ich die beiden auf der anderen Seite des Tisches komplett vergaß. Als die kupferfarbene Flüssigkeit daraus verschwunden war, stellte ich die Schale ab, langsam und sorgfältig, als ob es das Wichtigste auf der Welt wäre.

Als die Tasse ganz sicher dastand und es ganz klar war, dass ich die beiden Ganoven vollkommen ignorierte, schnappte ich mir mit der linken Hand den Brieföffner, der neben meinen Schreibutensilien lag, und sprang über den Tisch. Das Kappl, das dort saß, fegte ich hinunter, und bevor der Oide Vodda reagieren konnte, hielt ich ihm das improvisierte Messer an den Hals. Der Oide Vodda hielt die Hände hoch, und das Kappl kauerte am Boden.

»Ohne Schmäh jetzt. Warum seid's ihr da?«

»Mir sulln di holen kommen.«

»Zu wem?«

»Zum Chef.«

»Wer ist das?«

»Wirst schon sehen.«

»Und mit Laura?«
»War alles nur a Schmäh!«
»Soso.«
»Na wirklich, wir solln dich bloß holen kommen, mehr net. Mir ham nur an Schmäh gmacht.«
»Gut.« Ich ließ den Brieföffner sinken und holte mein Handy raus.

Fünf Sekunden später klingelte es bei Laura. Zehn Sekunden später nahm sie ab.

»Ja, Arno, ich hab jetzt nicht viel Zeit.«
»Bist du entführt worden?«
»Nein, dann würd ich jetzt ja nicht abnehmen. Schalt dein Hirn ein! Um was geht's denn?«
»Ach nix, hübschen Tag noch, meine Süße.«
»Dir auch.«

Ich legte auf.

»Schlechter Schmäh.«
»Eh. War a blede Idee.«
»Also wer ist euer Chef?«
»Wirst sehen, mir fahrn di hin.«
»Was soll die Geheimhaltung?«
»Geh, es is a Überraschung, Dokta. Kumm, gemma.«
»Gut.« Ich trank eine letzte Tasse Nilgiri, spülte die Kanne aus, packte meine Siebensachen der Wissenschaft in die alte, bauchige Ledertasche und sperrte hinter mir ab, gespannt, was vor mir lag.

Wir verließen die Uni Richtung Rathaus und kamen zum Radstreifen. Dort parkte der Volvo, mitten auf einem aufgemalten Radfahrer.

»Es wird euch noch einmal einer den Rückspiegel abschlagen, wenn ihr so parkt.«
»Geh, de Radlfahrer, des san eh alles Ökos.«

»Eh, die tun Baze-fisten.«

»Bitte?« Ich konnte mir beim besten Willen nicht vorstellen, welche Art von halbperverser Sexualtechnik das sein sollte.

»Oida Vodda, für an Dokta bist aber ziemlich bled.«

»Kann schon sein, aber was tut man, wenn man seinen Bazi fistet?«

»Bledsinn, des geht net ums Fisten, des is, wenn ma ka Gewalt mag.«

»Keine Gewalt?«

»Eh, die Ökos, des san alles so ane Warmen, de scheißen sich immer in die Hosn, deswegen tans Baze-fisten.«

»Pazifisten, meint ihr?«

»Eh, sagma doch, die ganze Zeit. Baze-fisten.«

Mit den Worten: »Burschen, es ist euer Rückspiegel«, beschloss ich das Gespräch und stieg ein.

Wir fuhren hinauf zur Landesgerichtsstraße, wo ich nach Laura Ausschau hielt, sie aber nicht sah. Dann am NIG vorbei, hinunter zum Ring, dem folgten wir bis zum Donaukanal, um dann am Kai bis zur Urania hinunter zu rasen, dass die Tachometernadel rechts anschlug. Muss bei einem alten Volvo nicht viel heißen, aber im Stadtverkehr wirken 90 sehr leicht wie 190. Dann gings den Ring wieder hinauf, bis zur Johannesgasse, und als wir dort einbogen, wusste ich schon, wen wir treffen würden und wo. Unser Ziel war das Café am Heumarkt, und ich kannte nur einen Menschen, der dort verkehrte.

VI

Wien im Winter, das ist eine Stadt, der die Farben abhandengekommen scheinen. Nach eingehender Prüfung scheint sich der Mangel an Farbe als ein Mangel an Licht herauszustellen. Was nun nicht heißen soll, dass es in Wien den ganzen Tag Nacht ist. In manchen Köpfen vielleicht, zugegeben. Aber nicht bei allen und nicht immer. Hell ist es also schon in der Stadt, bloß Licht scheint zu fehlen. Alles wirkt grau in grau. Sogar die Fassade des Lesben- und Schwulenhauses an der Wienzeile ist grau. Obwohl man doch weiß, dass sie rosa gestrichen ist. Der Mangel an Farbe, an Licht, kurz an buntem Leben und Treiben, manifestiert sich nirgends so deutlich wie im Café am Heumarkt. Die graue Stadt ist dort am grauesten.

Kein Lichtschein dringt durch die nikotinbeschlagenen Fenster, kein Pärchen tuschelt verliebt über einer Melange, alles ist grau und leise. Das einzige vernehmbare Geräusch ist das des Kühlschranks in der Raummitte. Alle fünf Minuten springt ein kleiner Motor an, um der Sachertorte, dem Apfelstrudel und ein paar Flaschen Coca Cola Kühle zu bringen. Diese Requisiten eines normalen Kaffeehausbetriebes wirken im Heumarkt wie die mumifizierten Überbleibsel hinter Glas im Naturhistorischen Museum.

Ganz hinten, unter einem Schild, das darauf hinwies, dass der Telefonwertkartensammlerverein Europa jeden zweiten Donnerstag tagt und Gäste willkommen sind, saß Unrath. Ich bewegte mich auf ihn zu. Er war in die Lektüre der Krone vertieft und bemerkte mich nicht.

Der Oide Vodda und das Kappl waren draußen im Volvo geblieben.

»Der Chef mags net, wemma uns mit eahm sehn lassn.«

»Eh. Der is heikl in der Beziehung.«

»I tatat mi a net sehn lassn mit dir, du Bsuff, wenns net sein müsst!«

»Waßt, Oida Vodda, du gehst ma a so am ...« Weiter hörte ich der Unterhaltung nicht zu, denn da hatte ich die Autotür zugeworfen.

Wie gesagt, ich bewegte mich auf Unrath zu, blieb kurz am Tisch stehen, bis er mich wahrnahm, und setzte mich, nachdem er mir Selbiges bedeutet hatte. So wartete ich, bis er sein Lektüre beendet hatte.

»Ah, Linder. Fein.« Er nahm einen Schluck von seinem Mokka.

»Freut mich auch. Um was geht's?«

»Ich hoffe, Sie sind zufrieden?«

»Einen Kaffee hätte ich gerne.«

»Sollen Sie haben, sollen Sie haben«, meinte Unrath, hob einen Finger, und von ganz hinten war eine Stimme zu vernehmen: »Großer Mokka, kummt sofort.«

»Ham Sie heute schon das Vergnügen gehabt, die Zeitung zu lesen?«

»Nein, ich habe heute noch keine Gelegenheit gehabt.«

»Dafür sollte man sich immer Zeit nehmen«, tadelte mich der alte Mann. »Nichts ist wichtiger als eine Schale Kaffee und ausgedehnte Lektüre.« Unrath nickte mir zu. »Persönlich rette ich die Welt immer erst nach dem zweiten Mokka. Aber da ist jeder anders.«

»Sie retten die Welt?«

»Sicher, Tag für Tag. Und es ist ganz schön ermüdend mit der Zeit, aber lassen wir das.«

Er unterbrach sich kurz, da mir der Mokka serviert wurde. Nur wenige Geräusche sind so schön wie das des Metalltabletts auf der Marmorplatte eines Kaffeehaustisches. Wenn der Löffel klirrt und die Kaffeetasse leicht klickend an der Untertasse anschlägt.

Unrath fuhr fort: »Also lesen Sie.« Er hielt mir die Krone unter die Nase. Ich las. Zuerst einmal, dann ein zweites Mal.

»Na, was sagn S' dazu, Linder?«, fragte mich Unrath nach beendeter Lektüre.

»Bin bass erstaunt.«

»Denk' ich mir. Soll ich's Ihnen erklären.«

»Nichts lieber als das.«

»Na gut. Als ich Sie damals bei Sternwald untergebracht hatte, war das mit einem Hintergedanken geschehen. Ich wusste, dass der alte Mann nicht mehr lange zu leben hatte. Außerdem wusste ich, dass sein Erbe nicht an seine Kinder gehen sollte. Sie haben die Bagage kennengelernt. So einem Haufen auch noch Geld in die Hand zu drücken, das ist mir zuwider.«

»Denk ich mir.«

»Eben. Also ging ich mein Pouvoir durch und da kam ich auf Sie. Linder, Sie sind ein komischer Vogel, und ich mag Sie. Also habe ich Sie eingeschleust, und siehe da, die Sache kam in Bewegung.«

»Also waren Sie es, der Schöller so eine Heidenangst vor mir eingejagt hat, dass er mich mit einer Waffe bedroht hat?«

»Exakt. Irgendwie musste ich ja für eine Beschleunigung der Vorgänge sorgen.«

»Aber der Tod von Sternwald?«

»Also, in dramaturgischer Hinsicht war das natürlich

wunderbar. Menschlich hingegen sehr bedauerlich. Auch wenn der alte Sternwald bei Gott kein guter Mensch war. Jedenfalls haben Sie die Ihnen zugedachte Rolle sehr gut gespielt.«

»Der Oide Vodda und das Kappl?«

»Ach ja, die beiden. Sie arbeiten schon seit geraumer Zeit für mich. Unter der trotteligen Oberfläche sind beide ungeheuer tüchtig. Was Sie sicher bemerkt haben dürften.«

»Dass die beiden immer am richtigen Ort zur Stelle waren, das ist auch Ihnen zu verdanken.«

»Schaun Sie, Linder. Wien ist meine Stadt. Es geschieht nicht viel, ohne dass ich es bemerke.«

»Also hatte ich die ganze Zeit zwei Kindermädchen an der Seite.«

»Genau. Sie sind mir viel zu wertvoll, als dass ich was riskieren␣täAt.«

»Jaja. Das glaube ich Ihnen aber nicht so ganz.«

»Naja, ein bisserl schon. Aber es ist ja auch um viel gegangen.«

»Trotz zweier Aufpasser ist alles in die Hose gegangen, und die Vernusch hat mich ausgetrickst.«

»Ja, die Vernusch, die war eine Überraschung. Ich habe die Frau vorher überhaupt nicht gekannt, aber ich muss sagen, Kompliment. Um ein Haar hätte sie uns ausgetrickst.«

»Sie haben sie mit dem ganzen Geld davonkommen lassen?«

»Zuerst, da war ich ein wenig ungehalten, weil so oft werde ich nicht ausgetrickst, aber wie ich dann genauer hingschaut hab, da war mir die Person sympathisch. Und getroffen hat es eh keinen Unschuldigen. Dieser Schwiegersohn vom Sternwald.« Unrath schüttelte sich, als hätte er etwas sehr Unangenehmes gerochen. Dann nahm er einen Schluck von seinem Mokka.

»Wo waren wir?«

»Bei der Vernusch.«

»Ach ja, genau. Frau Dite Vernusch. Ich muss sagen, der Gedanke, dass sie mit den ganzen Mädchen im Gepäck unterwegs ist, erheitert mich. Da muss es fantastisch zugehen. Ein Stoff für Shakespeare, wenn Sie mich fragen. So weit ich weiß, sind sie gerade in Griechenland. Hoffen wir das Beste für das arme Land!« Unrath kicherte.

»Aber wenn die Vernusch das Testament, das ich beauftragt habe, vernichtet hat, wie sind Sie dann wieder zum Zug gekommen?«

»War von Anfang an so geplant.«

»Dass die Vernusch mein Testament aus dem Verkehr zieht?«

»Nein, das nicht. Aber ich hätte auf jeden Fall mein eigenes platziert. Nichts gegen Sie, Linder, aber ich kann das besser.«

»So?«

»Glauben Sie ja nicht, dass Sie der Einzige sind in Wien, der ein Testament fälschen kann! Mein Gott, wir fälschen Testamente seit der Pragmatischen Sanktion. Lernen Sie Geschichte, Herr Linder.«

»Na gut. Also haben Sie das Testament wieder ins Register zurückgebracht. Aber wofür das alles?«

»Das ist eine gute Frage, Linder. Wofür macht man so was?« Er blickte in die Ferne, die nur einen halben Raum entfernt war, nahm einen Schluck von seinem Mokka und seufzte philosophisch.

»A bisserl für die Gaudi, ein bisserl fürn Gusto, ein bisserl fürs Börserl, da kommt schon was z'samm.« Er stellte seinen Kaffee ab. »Schließlich bin ich in Pension. Ich hab soviel Zeit, und seitdem sie das Taubenfüttern im Park verboten haben, was bleibt einem alten Mann noch übrig? Ich kann ja nicht nur im Kaffeehaus sitzen und nichts tun.«

»Ja, nichts tun ist schwer. Ich glaube, das war Marx, der gesagt hat, dass der Mensch eher Nichts macht, als dass er nichts macht.«

»Das ist treffend.«

»Sei dem, wie es wolle. Wie haben Sie profitiert?«

»Ist das nicht offensichtlich?«

»Seltsam. Also ich denke, es ist Ihnen bewusst, dass ich Ihre Laura eingesetzt habe, um sich um die juridischen Aspekte des Trusts zu kümmern.«

»Das ist es.«

»Bedanken Sie sich nicht, das habe ich gern getan. Weil es auch in meinem Interesse geschehen ist. Schließlich ... aber ich muss das nicht aussprechen.«

»Müssen Sie nicht.«

»Gut. Wissen Sie aber auch, wer den Trust effektiv kontrollieren wird?«

»Nein, ich habe das Testament nicht gelesen.«

»Hätten Sie sollen. Da kommt meine Wenigkeit ins Spiel. Damit können wir ganz schön was machen.«

»Wird Ihnen da nicht wer draufkommen. Cui bono ist die Lieblingsfrage der Kripo.«

»Ach was. Niemand weiß, dass hinter der Lotte Fritsch Privatstiftung, Opernring 11-13, eigentlich ich stehe.«

»Niemand?«

Unrath lächelte verschmitzt. »Da ham S‹ mich erwischt, Linder. Jedes Kind in Wien weiß, dass ich das bin. Aber ...«, er breitete die Arme aus, »... das ist meine Stadt, und niemand wird mich anklagen. Glauben Sie mir, es wird mich nicht einmal wer fragen kommen. Niemand in Uniform, niemand mit Polizeimarke und niemand mit Parteibuch.«

»Dann ist ja gut.«

»Eben. Finde ich auch.«

»Aber eigentlich gehörte das Geld ja dem Sternwald. Haben Sie nicht die kleinste Spur eines schlechten Gewissens?«

»Ach wo. Der Sternwald hat das Geld ja auch nicht auf der Straße gefunden. Irgendwem hat das auch einmal gehört.«

Plötzlich kam mir eine Idee.

»Der Partner, den er beim AKH gegen die Wand laufen ließ, im wahrsten Sinne des Wortes, das war ein Strohmann von Ihnen, stimmt's?«

»Verraten Sie das niemandem, Linder. Bleibt unter uns. Aber Sie haben recht. Das waren mein Strohmann und mein Geld, das ich damals verloren habe, weil die Türen für die Spitalsbetten zu eng waren. Aber zu guter Letzt habe ich doch noch gewonnen.«

»In nahezu biblischem Ausmaß.« Ich deutete auf die offen daliegende Kronenzeitung.

»Kann man so sehen. Es sollte sich niemand mit mir anlegen, na Sie ham den Artikel eh selbst gelesen.«

Hatte ich. FP war mit dem echten Testament gegen die beiden Brüder ausgerückt, nicht ahnend, dass das Unrath-Testament auch noch da war. Die beiden Brüder hatten kurz gemeinsame Sache gegen FP und dessen Testament gemacht und ihn in eine Verurteilung wegen Betrugs gehetzt. Das, obwohl er eigentlich das echte Testament hatte. Verrückte Welt. Der Artikel, den mir Unrath gezeigt hatte, beschäftigte sich aber mit den beiden Brüdern. FP hatte im Untergehen noch ein paar Hinweise auf die illegalen Unternehmungen der Brüder ausgestreut, die Polizei war interessiert aufgesprungen, und in der Drucksituation hatte sich auch aufgeklärt, wer Thubois erschossen hatte. Werner Sternwald hatte Thubois erschossen, und die Scheidung von seiner Frau war zeitgleich rechtswirksam geworden. Er sah einer langen Haftstrafe entgegen. Joseph war ein wenig glimpflicher davongekommen. Allerdings marschierte auch er in die Vollzugsanstalt. Es hatte alle überlebenden Sternwalds erwischt. Bis auf die betrunkene Frau in der Villa an der Herbeckstraße. Aber die ging ihrem eigenen Schicksal entgegen.

EPILOG

Nach dem Treffen mit Unrath vergingen noch ein paar Wochen. Der Vorfrühling wich einem bösartig zurückkehrenden Winter, das letzte Aufgebot des Winters dem echten Frühling. Die Luft war lau, roch nach erwachender Erde, und zartes Grün spross überall.

Ich trug meinen besten Anzug, war rasiert, meine Schuhe glänzten, und ich hielt einen Blumenstrauß in der Rechten, während ich auf Laura wartete. Meine Lederschuhe klackten auf dem Steinboden im ewig langen Gang im Bezirksamt Josefstadt, während ich wie ein Tiger auf und ab marschierte.

Endlich ging eine Tür auf, Laura trat heraus.

»Warum brauchst du so lange?«

»Der verfluchte Rock, ich krieg ihn weder von oben noch von unten über die Hüften. Ums Haar hätt ich mich angepieselt.«

»Selber schuld, wenn man unbedingt so schön sein muss!«

»An meinem Hochzeitstag will ich schön sein. Auch wenn sonst niemand da ist.«

»He, ich bin da.«

»Na, du schon.«

»Ein bisschen mehr Wertschätzung dem Ehegatten gegenüber, wenn ich bitten darf.«

Laura streckte mir die Zunge raus. »Darfst du nicht.«

»Wie sollen wir den Rest unseres Lebens glücklich sein, wenn du mir jetzt schon so auf dem Kopf herumtanzt?«

»Für den Rest des Lebens verheiratet, Herr Gescheit. Von glücklich ist da nichts gesagt.«

»Hast du recht.«

»Küss mich, Herr Linder.«

»Sehr wohl, Frau Linder.«

Nach etwa eineinhalb Minuten meinte Laura.

»Verheiratet schmusen macht Spaß.«

»Na, da weißt du wenigstens, warum du mich geheiratet hast.«

»Nein, dich hab ich nur geheiratet, weil du Linder heißt.«

»So?«

»Na sicher, so hab ich wenigstens die gleichen Initialen behalten.«

»Jepp, die Ehe verlangt reife Entscheidungen.«

»Genau.«

Unterdessen waren wir zu Lauras geparktem Peugeot gekommen.

»Wem soll ich den Brautstrauß zuwerfen, wenn wir doch niemanden eingeladen haben?«

»Das habe ich nicht bedacht.« Ich blickte suchend umher und fand auf der anderen Straßenseite ein Schulmädchen, vielleicht zwölf Jahre alt. »Da, schau.«

»Super!«, meinte Laura und lief über die Straßenseite.

Das Mädchen machte große Augen und war etwas ängstlich. Laura trat auf sie zu und meinte: »Servus, ich bin die Laura. Ich habe gerade geheiratet. Magst du meinen Brautstrauß haben?«

Das Mädchen schaute groß.

»Magst du?«, fragte Laura freundlich nach.

»Schon. Aber wieso ist sonst niemand da?«

»Weil wir alleine geheiratet haben.«

»Habt ihr denn keine Freunde?«

»Doch, schon, aber wir wollten es lieber allein haben.«

»Was sagen da eure Eltern?«

»Meine Eltern sind tot«, meinte Laura.

»Und meine wollen mich nicht mehr sehen«, meinte ich.

»Was, wirklich? Habt ihr gestritten?«

»Ja, schlimm gestritten.«

»Na gut, wenn ich den Strauß haben darf, dann nehm ich ihn.« Laura gab ihn ihr, wir rannten über die Straße zu unserem Auto und rasten mit einem lupenreinen Le Mans Start davon.

Wohin? Davon hatten wir damals noch nicht den geringsten Schimmer, und Mick Jagger sang: »Give me champagne if I'm thursty, and give me a reefer if I wanna get high.«

ENDE

GLOSSAR

Benutzung erfolgt auf eigene Gefahr und ersetzt die Zuhilfenahme eines kompetenten Nachschlagewerks auf keinen Fall.

Takla Makan	Dem Vernehmen nach trockenste Wüste der Welt.
Jänner	Januar
Negerant sub auspiciis	In Österreich kann, wer sein Studium und sein gesamtes Schulleben mit höchster Auszeichnung abgeschlossen hat, über einen tadellosen Lebenswandel verfügt und nicht länger als Mindeststudiendauer gebraucht hat, unter Aufsicht des Bundespräsidenten promovieren und es wird ein Ring verliehen. Ein Negerant ist jemand der immerzu mit leeren Taschen dasteht. Arno bezeichnet sich also selbst als ein von höchster Instanz ausgezeichneter Habenichts.
moussiert	Bezeichnet das Perlen eines Schaumweines. Von franz. Mousseux – Schaumwein.
Okkasion	Gelegenheit, besonders günstige Gelegenheit
Zermergelt	Von Mergel, einem Sedimentgestein, das sehr schnell verwittert und zerfällt.
Tu felix Austria	Teil des berühmten Ausspruches: Andere mögen Kriege führen, du aber heiratest, glückliches Österreich.

Transdanubien	Der Teil Wiens, der östlich der Donau liegt. Also der 21. und 22. Wiener Gemeindebezirk
Zund	Hinweis, Hilfe.
›cogito, ergo sum‹.	Ich denke, also bin ich. Die Grundaussage des modernen Rationalismus. Als solche auch Fundament der politischen und religiösen Emanzipation.
Karyatiden	Frauengestalt, die als Säule einen Teil eines Gebäudes stützt.
Mezzanin	Der Mittelstock zwischen dem Erdgeschoß und dem ersten Stock. Aus der Zeit stammend, als nach Stockwerken Steuer abgeführt werden musste und somit jede Menge Zwischenetagen eingeführt wurden, um Geld zu sparen.
Hawiderre	Umgangssprachliche Verballhornung von ›Habe die Ehre‹ – Kann sowohl Grußformel darstellen als auch einen Ausdruck des Erstaunens.
Gfrast	Bezeichnet einen Menschen demgegenüber eine Haltung des Misstrauens eingenommen wird. Kann aber auch ein Kind bezeichnen, was dann sowohl ehrlich böse als auch liebevoll gemeint sein kann.
Embonpoint	Wohlstandbäuchlein.
Guanciale	Italienischer, luftgetrockneter Speck aus der Schweinswange, vor allem aus der Region Latium.
Heckenklescher	Wein, der an allen Regeln und Gesetzen der gesitteten Winzerei vorbei erzeugt wird. Gewonnen aus den Trauben von

	Rebstöcken, die Haus- oder Felswände als Hecken bewachsen. Wird auch als Rabiatperle bezeichnet, da diesen Weinen eine gewisse Aggressiviätsteigernde Wirkung zugesprochen wird. Vgl. »A Lackerl Bluat is schnell verpritschelt.«
Peggerl	Tätwowierung. Von »peggen« – stecken, pieksen, anstoßen oä.
waach	Umgangssprachlicher Ausdruck für den durch Einnahme von Rauschmitteln, vor allem der Volksdroge Alkohol, entstandenen Zustand der Bewußtseinstrübung. Vgl. Naturwaach – Von Natur aus dumm.
Tschikken	Rauchen, von Tschick Zigarette.
peckst	Wie oben ›peggen‹, nur diesmal im Sinn von Lachen, sich vor Lachen schütteln.
Zniachtl	Schwache, kleine Person. Hauptsächlich für Männer verwendet, die aus Mangel an Statur und Größe auch der Wind umblasen kann.
Zervel	Streit, Schwierigkeiten.
Zumpferl	Männliches Geschlechtsteil, verniedlichend oder herabsetzend gemeint.
Brennans di aus	Die überhöhten Preise in den Gaststätten sorgen dafür, dass der Gast nicht selten finanziell ausgebrannt = als Ruine, zurückbleibt.
Blost	Fellatio
Riposte	Hier im Sinne von Antwort gemeint, ursprünglich aus der Fechtkunst stammende Bezeichnung für einen Angriff aus unmittelbarer Verteidigung heraus. Konter oder Umschaltspiel im Fussball.

Weisel   Laufpass geben, eine Beziehung beenden.
Gewurl   Hektisches Durcheinander, an einen Ameisenhaufen erinnernd.
Fistet   Vom englischen Wort Faust herkommend eine Sexualtechnik bezeichnend.

*Weitere Titel finden Sie auf den
folgenden Seiten und im Internet:*

WWW.GMEINER-VERLAG.DE

Anne Nordby
Eis. Kalt. Tot.
Thriller
505 Seiten
13,5 x 21 cm,
Premium-Klappenbroschur
ISBN 978-3-8392-0024-7
€ 16,00 [D] / € 16,50 [A]

Wenn sich die beschaulichen Gassen von Kopenhagen in einen Ort des Grauens verwandeln und du nicht weißt, ob du das nächste Opfer bist …

Ein bizarrer Fall für die Super-Recognizerin Marit Rauch Iversen und ihre Kollegen von der Mordkommission.

Zwischen Abscheu und Faszination – Anne Nørdby besitzt das einzigartige Talent, das Unaussprechliche in Worte zu fassen. Verbunden mit einer gehörigen Portion Adrenalin.

GMEINER SPANNUNG

WWW.GMEINER-VERLAG.DE
Wir machen's spannend

Ansgar Thiel
Network
Thriller
505 Seiten
13,5 x 21 cm,
Premium-Klappenbroschur
ISBN 978-3-8392-0065-0
€ 16,00 [D] / € 16,50 [A]

Berlin 2046: Die Innenstadt ist eine glitzernde Metropole, separiert von Außenbezirken, in denen die »aus-dem-Netz-Gefallenen« ihr erbärmliches Dasein fristen. Diejenigen, die früher zur Mittelschicht gehörten, sind aufgrund fehlender Jobs zum größten Teil erwerbslos. Um soziale Unruhen zu verhindern, werden sie zur »Virtual Work« verpflichtet. Als der visionäre Erfinder des »Virtual-Work-Gesetzes« brutal ermordet wird, übernehmen Mitglieder einer Spezialeinheit die Ermittlungen. Auf dem Weg zur Lösung des Falls durchstreifen sie das dystopische Berlin. Eine gefährliche Jagd beginnt …

GMEINER SPANNUNG

WWW.GMEINER-VERLAG.DE
Wir machen's spannend

Alexander Hoffmann
Brillanter Abgang
Roman
251 Seiten
12 x 20 cm, Hardcover
ISBN 978-3-8392-0005-6
€ 20,00 [D] / € 20,60 [A]

Was tun, wenn man auf seinem Konto plötzlich 200 Millionen Euro vorfindet, die einem nicht gehören? Der insolvente Antiquitätenhändler Hans Bäumler aus Frankfurt am Main traut seinen Augen nicht, als sein Kontostand über Nacht neunstellig geworden ist. Er nutzt die Chance und taucht mit seiner neuen Freundin Tonja, einer feurigen Kroatin, und den 200 Millionen an der Adria unter. Doch dann gibt es ungeahnte Probleme, und sogar die Mafia ist hinter ihm her. Bäumler fällt von einer Überraschung in die andere. Von wegen reich und glücklich …

GMEINER SPANNUNG

WWW.GMEINER-VERLAG.DE
Wir machen's spannend

Dagmar Hager
Schöner sterben in Wien
Kriminalroman
410 Seiten
13,5 x 21 cm, Premium-Klappenbroschur
ISBN 978-3-8392-0077-3
€ 15,50 [D], € 16,00 [A]

Rache aus der Vergangenheit: Vor Jahren hat die Wiener Reporterin Lilly den Unfalltod ihres Mannes und dessen Geliebter vertuscht. Nun der Schock: Jemand weiß Bescheid. Auf der Suche nach den Hintergründen stößt Lilly gemeinsam mit ihrem urigen Kameramann Ferdl und dessen cleverer Nichte Marlena auf einen Mörder, der mit Botox tötet. Ihre Jagd führt sie zu einer dubiosen Schönheitsklinik am Attersee – und zu jahrelang geschürtem Hass, tödlicher Eitelkeit und einer Wahrheit: Wer schöner stirbt, ist trotzdem tot.

GMEINER SPANNUNG

WWW.GMEINER-VERLAG.DE
Wir machen's spannend

Hermann Bauer
Rachemokka
Kriminalroman
284 Seiten
12 x 20 cm, Broschur
ISBN 978-3-8392-0071-1
€ 12,50[D], € 13,00 [A]

Im Café Heller treffen Befürworter und Gegner eines touristischen Projekts auf der Eichendorff-Höhe am Bisamberg aufeinander. In derselben Nacht wird die Anführerin der Gegenpartei, die Lehrerin Monika Kirchner, erschlagen beim Denkmal des Dichters aufgefunden. Bei seinen Ermittlungen im Umfeld beider Parteien findet Oberkellner Leopold heraus, dass mehrere Verdächtige die Tote aus ihrer früheren Heimat kannten. Leopold macht sich daran, den Fall zu lösen und versucht die Geschehnisse der Mordnacht vor Ort zu rekonstruieren.

GMEINER SPANNUNG

WWW.GMEINER-VERLAG.DE
Wir machen's spannend

DIE NEUEN Lieblingsplätze

ISBN 978-3-8392-2628-5 — Schwarzwald

ISBN 978-3-8392-2615-5 — Donau Passau–Wien

ISBN 978-3-8392-2620-9 — Lahntal

ISBN 978-3-8392-2635-3 — Zwischen Nord- und Ostsee

ISBN 978-3-8392-2618-6 — In und um Passau

ISBN 978-3-8392-2623-0 — Regensburg und Oberpfalz

ISBN 978-3-8392-2630-8 — Tölzer Land – Tegernsee – Schliersee

ISBN 978-3-8392-2631-5 — Vogelsberg und Wetterau

ISBN 978-3-8392-2632-2 — Von der Eifel bis in die Ardennen

ISBN 978-3-8392-2405-2 — Romantischer Rhein Bingen – Bonn

ISBN 978-3-8392-2622-3 — Ostfriesische Inseln

ISBN 978-3-8392-2545-5 — Weinviertel

ISBN 978-3-8392-2629-2 — Spreewald

ISBN 978-3-8392-2634-6 — Wesermarsch und Umzu

GMEINER KULTUR

WWW.GMEINER-VERLAG.DE
Mensch, Kultur, Region